感动系列 | 最新版

书梦的灯

GAN DONG ZHONG XUE SHENG DE 100 GE GU SHI

感动中学生的100个故事

总主编◎刘海涛

本册主编◎袁春常　吴亚枚

九州出版社
JIUZHOUPRESS　全国百佳图书出版单位

图书在版编目(CIP)数据

书梦的灯:感动中学生的 100 个故事 / 袁春常,吴亚枚

主编. —北京:九州出版社,2009.4(2021.7 重印)

("读·品·悟"感动系列:最新版 / 刘海涛主编)

ISBN 978-7-5108-0035-1

I. ①书... Ⅱ. ①袁...②吴... Ⅲ. ①故事–作品集–世界

Ⅳ. ①I14

中国版本图书馆 CIP 数据核字(2009)第 053894 号

书梦的灯:感动中学生的 100 个故事(最新版)

作　　者	袁春常　吴亚枚　主编
出版发行	九州出版社
地　　址	北京市西城区阜外大街甲 35 号(100037)
发行电话	(010) 68992190/2/3/5/6
网　　址	www.jiuzhoupress.com
电子信箱	jiuzhou@jiuzhoupress.com
印　　刷	北京一鑫印务有限责任公司
开　　本	710 毫米×1000 毫米　1/16
印　　张	15.5
字　　数	214 千字
版　　次	2009 年 5 月第 1 版
印　　次	2021 年 7 月第 3 次印刷
书　　号	ISBN 978-7-5108-0035-1
定　　价	39.90 元

新课程·新学法·新成果

☕ **刘海涛**

这是一种与以往不同的新的学习方式。

在中小学语文新课标里这种学习方式被定义为探究式学习，在高中和大学里被理解为研究式学习。同学们在教师的指导下，确立了一个探究文学问题的目标，为了解决这个问题就需要重新整合自己过去已学过的知识，重新确定新的阅读材料和阅读方法，通过自己投入身心的感受、体验以及创造性的写作去表达自己的理性认识和审美态度。这种阅读、品味、感悟的全过程就是一种语文选修课（研究型课程）要经历的全过程。这样的课程和过程，有利于培养过去的语文教学中比较忽略的鉴赏能力和语文素养；有利于激活同学们主动地创造性地进行自主学习的积极性；有利于把"成功素质教育"的实施真正落实到教与学的实处。

在大中小学语文学科的教学改革中究竟怎样有效地开发出这种带有研究性质的文学类选修课？怎样引导学生的课外文学阅读？怎样构建同学们开展研究式阅读和创造性写作的教学平台？这样一种"读·品·悟学习法"开始引起了众多师生的关注。"读·品·悟学习法"是让同学们在自己感兴趣的文体中开展广泛的有选择性的文学阅读，在广泛的文学阅读中挑选出一篇或一组真正感动了他们、启迪了他们的文学精品，并把这些挑选出来的文学精品当做他们研究社会、研究人生、研究历史，甚至是研究他们自己的案例。在赏析、解读、研究、评鉴的过程中，他们的思想、感情被文学精品隐含的意蕴激活了，他们联想了自己已经经历的生活，他们想象了自己未曾经历过的生活，他们初步学会了用一种人文社科的研究方法去探究文学案例，并创建一种他们用自己的眼睛和心灵观察过、体验过的生活世界和艺术世界。

多少年来一直被教育理论家倡导的"自主性学习"、"探究式学习"以致那种"快乐学习"、"快乐教育"的情景在这里显现了。同学们体验到了一种自己掌握自己学习的愉悦。他们好像是在大声喧闹着展开一场智力竞赛——看谁选的文章好看，看谁写的研究性文章分析到位，看谁编选的文集拥有的读者多。一种新的阅读方式在这种"竞赛"中启动了，一种真正的"我手写我口"、"我手写我心"的写作本体观在这种"竞赛"中重现了，一种"成功教育"、"快乐教育"的情景悄无声息地来临了……

他们在做着他们的老师在50岁时才开始做的主编工作，他们学会了用青少年的眼光和心灵去选择他们需要的文学精品和文学案例；他们选出来的文学精品甚至让他们的老师大跌眼镜——一些名不见经传的作者和作品频频亮相于他们的文集中——这并不奇怪，因为他们的选文标准是真正拨动了他们心弦的东西。经典的作品因为拨动了青少年的心弦他们选了，不那么经典的作品只要能拨动了青少年的心弦的他们也选。他们工作后的副产品能让许多社会学家、心理学家、青少年思想教育家颇感兴趣，因为这个"感动系列"已经成为一扇把握当代青少年学生的思想脉搏，了解他们那些或者是朴素的、或者是新潮的、或者是另类的价值观的一个窗口。他们的工作也可能会让一些当代文学的研究者、参与者颇感兴趣，他们实际上在做着一项分类准确、原则鲜明的当代文学选本工作，这样的选本可以说是为权威专家的文学选本贡献了一个特定的"补充"。他们的工作还可能会让一些课程理论专家和教学理论专家颇感兴趣，他们"读·品·悟"的全过程不正是一个典型的课程构建过程吗？

"读·品·悟学习法"催生了"读·品·悟感动系列丛书"。这套丛书的组稿与出版，显影了大中小学语文学科正在生长、发育的一种课程新理念，这就是——"审美型阅读、研究式学习、创造性写作"。这个语文新课程理念隐含着成功素质教育的内核，体现着现代教育的真正本质，也为基础教育、高等教育的课程改革培育了一个生动的教学案例。

目录

Part One
苦茶醇酒

生活如茶,虽然苦涩,细细品味却是满口芳香与甘甜;生活如酒,虽然炽热似火,但也只有醉过方知酒浓……

凝望我们的生活,那里有人生的百味、有我们成长的脚印、有许多意想不到的风风雨雨。因此,我们开始感悟生活、思考生命,也渐渐成熟起来,学会了用理性的文字表达这如茶如酒的生活。

目录

Part Two
花香絮语

康乃馨代表母亲的爱，热情、真诚；郁金香代表无尽的爱，纯情、纯洁；玫瑰代表永远的爱，奔放、热烈……

生活里，总有一些东西令我们感动不已，如至爱的亲情，纯洁、永恒的友情，浪漫、动人的爱情。让我们一同感受花开花落时散发出的幽香，聆听花丛里的爱语吧！

Part Three
古榕流韵

"古榕,一种有着历史深度的树,一种充满了诗意和希望的树。"校园里的那棵榕树,虽然古老,却永远勃发着绿色的生机。这里时而是我们读书的地方,时而是我们嬉戏的场所,时而是我们谈古论今的场地,时而是我们表演的舞台……这里每一个角落都留下了我们的故事,而这些故事在时间的河流里荡漾了一个又一个美妙动听的音符……

目录

Part Four
青青丝竹

"咬定青山不放松,立根原在破岩中。千磨万击还坚劲,任尔东西南北风。"

每个人的青春里都有不同的插曲,或是激扬高昂的音符,或是低沉婉转的旋律。或许我们应该静下心来倾听竹笋破土而出时的声音,感受竹在风吹雨压时的傲然挺立,或雨晴风定时的亭亭玉立。这样青春就多一份"竹魂"——宁折不弯、甘于淡泊。

Part Five
霜雪青松

葱绿的青松,在悬崖峭壁上能顶天立地,恭迎八方客人;在霜欺雪压时仍然从容镇定,毫不动摇,风骨永存……

现实生活里,我们也许会遇到进退维谷的困境;也许会遇到人生的坎坷不平;也许会面对生离死别……面对这些我们茫然不知所措,这时霜雪里的青松是我们的精神支柱,流浪的灵魂能在那里感受智慧和力量。

爱，如纯洁的阳光，可以照亮生命旅途上的每一处角落，让我们的人生路处处绽放鲜花，充满花香。

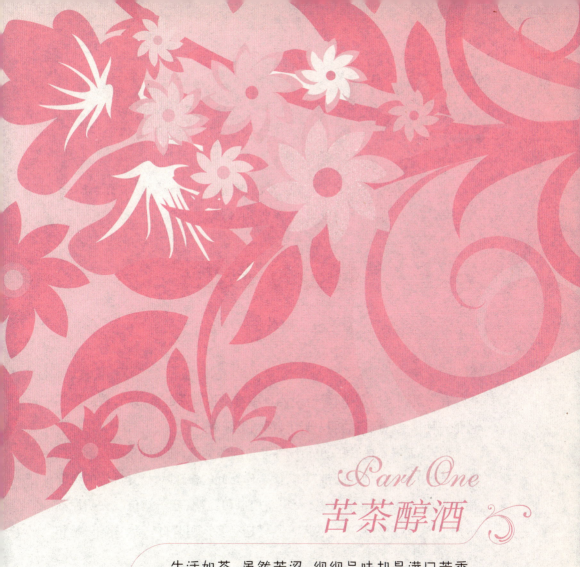

Part One
苦茶醇酒

　　生活如茶，虽然苦涩，细细品味却是满口芳香与甘甜；生活如酒，虽然炽热似火，但也只有醉过方知酒浓……

　　凝望我们的生活，那里有人生的百味、有我们成长的脚印、有许多意想不到的风风雨雨。因此，我们开始感悟生活、思考生命，也渐渐成熟起来，学会了用理性的文字表达这如茶如酒的生活。

生活不是缺乏美，而是缺少发现。我们要学会在生活、工作中寻找快乐！

把苦日子过甜

赵晓东

有一次到美国观光，导游说西雅图有个很特殊的鱼市场，在那里买鱼是一种享受。同行的朋友听了，都觉得好奇。

那天，天气不是很好，但市场并非鱼腥味刺鼻，迎面而来的反倒是鱼贩们欢快的笑声。他们面带笑容，像合作无间的棒球队员，让冰冻的鱼像棒球一样，在空中飞来飞去，大家互相唱和："啊，五条鳕鱼飞去明尼苏达州了。""八只螃蟹飞到堪萨斯了。"这是多么和谐的生活，充满乐趣和欢笑。

我问当地的鱼贩："你们在这种环境下工作，为什么能保持愉快的心情呢？"

他说，事实上，几年前的这个鱼市场本来也是一个没有生气的地方，大家整天抱怨。后来，大家认为与其抱怨沉重的工作，不如改变工作的品质。于是，他们不再牢骚满腹，而是把卖鱼当成一种艺术。再后来，一个创意接着一个创意，一串笑声接着一串笑声，他们成为鱼市场中的奇迹。

他说，大伙练久了，人人身手不凡，可以和马戏团演员相媲美。这种工作的气氛还影响了附近的上班族，他们常到这儿来和鱼贩共同用餐，感受他们乐于工作的好心情。有不少没有办法提升工作士气的主管还专程跑到这里来询问："为什么一整天在这个充满腥味的地方做苦工，你们竟然还这么快乐？"他们习惯了为这些不顺心的人排忧解难，"实际上，并不是生活亏待了我们，而是我们期求太高以至忽略了生活本身。"

有时候，鱼贩们还会邀请顾客参加接鱼游戏。即使怕鱼腥味的人，也很乐意在热情的掌声中一试再试，意犹未尽。每个愁眉不展的人进了这个鱼市场，都会笑逐颜开地离去，手中还会提满情不自禁买下的货品，心里似乎也会悟出一点道理来。

让生命追寻快乐 ◎梁杰荣

读完这个故事后，鱼市里的生活让我们感动。鱼贩们只是改变了自己的心态，把卖鱼当成了一门艺术，终于渐渐喜欢上那里的生活。很佩服他们的睿智，他们懂得苦中作乐，懂得在生活里享受人生。生活就是一面镜子，你对它哭，它就对你哭，你对它笑，它就笑。《菜根谭》里说："迷则乐境成苦海，如水凝为冰；悟则苦海为乐境，犹冰涣作水，可见苦乐无二境，迷悟非两心，只在一转念间耳。"道出了人生苦与乐之间的真谛——要善待生活，善待自己，学会在生活中追寻快乐。

确实，生活如棋，变幻莫测；生活如茶，苦中带甜。人生的路起伏不平，面对生活的多彩，我们常常埋怨生活。其实，这正如故事中所说的那样："实际上，并不是生活亏待了我们，而是我们期求太高以至忽略了生活本身。"在鱼市里，我们找回了自我，学会了去做些令自己开心的事，懂得在紧张的压力下放松自己。其实，很多时候是我们自己给自己一些不开心和抱怨的借口，让生活变得枯燥乏味，久而久之才会对生活有了厌倦。而鱼市的鱼贩却看破这些尘世中的俗网，在自己的创意下寻找快乐。如果山不过来，那么我就过去。是的，世界不会因为你的出现而改变，既然我们无法改变世界，无法改变生活，那么我们就要改变自己的生活态

苦茶醇酒

度，去寻找生命被我们丢弃的快乐。

生活不是缺乏美，而是缺少发现。我们要学会在生活、工作中寻找快乐！

人们忘了，忘了时间的残酷，忘了人生的短暂，忘了世上有永远无法报答的恩情，忘了生命本身有不堪一击的脆弱……

别等到葬礼再相见

古　木/译

我遇到一个为父亲举行葬礼的人。他们父子已经有很多年没有见过面了。事实上，从儿子这一方面来看，父亲在他还是一个小男孩的时候就离开家了，他们之间一直没有什么联系。直到大约一年以前，父亲给他寄来一张生日贺卡，并且写了一张表示想见见儿子的字条之后，他们才开始互通消息。

儿子与妻子、孩子们商量之后，准备在两个月后到佛罗里达去看父

亲。到那时候，孩子们会放假，他将带着全家人一起去。他把这个计划写信告诉了父亲。怀着一种苦涩又希望见到父亲的复杂情感，他把信投进了邮箱中。

他很快就收到了回信。在一张从练习本里撕下的纸上，父亲用钢笔写了一些潦草得几乎无法辨认的兴奋的语句。错别字、错标点随处可见，而且文理不通。他为父亲感到害臊。

他对即将到来的会面一共只想了两次。

与此同时，他的女儿被选为学校里的拉拉队队长，必须参加相关的技能训练，而参加训练的时间就定在学校放假一个星期之后。于是，到佛罗里达去的计划只有往后延期了。

父亲说他能理解。但是在那之后，独生子很长时间没有收到父亲的信。他们只是偶尔写一张简短的便条，或者是打一个电话。他们谁都没有说太多的话。

同年 11 月，儿子接到父亲的一位邻居打来的电话，说父亲因心脏病发作被送到医院去了。独生子和护士长通了电话，护士长告诉他，他父亲恢复得很好。父亲也说："我很好。你不必到这里来看我。"

从那以后，他每隔几天就打电话给父亲。他们随意地聊天、说笑，彼此说些"很快就能见面了"之类的话。圣诞节的时候，他给父亲寄了钱。父亲则给他的孩子们寄来了一些小礼物，并给他的独生子寄来了一套笔。这些礼物价格很便宜，也许是从一些小商店里买的折价商品，孩子们毫不在意地把祖父送的礼物扔在了一边。不过，他的妻子收到了一个用水晶做的珍贵的音乐盒，她非常喜欢。在圣诞节那天他们打电话给父亲时，她向老人表达了谢意。"那是我母亲的，"老人解释道，"我希望你拥有它。"

妻子告诉他，他们应该邀请老人到家里来过圣诞节。但是接着，她又为他们没有这么做找到了一个借口，她说："也许这里对他来说太冷了。"

苦茶醇酒

第二年 2 月,他决定去看父亲。但不巧的是,老板的妻子必须做手术,于是,他不得不经常加班。他打电话给父亲,告诉他也许能在 3 月或者是 4 月到佛罗里达去看望他。

我是在星期五遇到他的。他终于来了,他是来安葬父亲的。

那天早上,当我来到殡仪馆准备开门的时候,他正等候在门口。他坐在父亲的遗体旁边,父亲身上穿着崭新的、漂亮的、藏青色的细条纺布的衣服,躺在一个深蓝色的金属棺材里。棺盖内侧写着"回家"两个字。

我给他倒了一杯水,他哭了,"我应该早些来的,他不应该孤独地死去的。"我们一起在那里坐到很晚。

那天晚上,我请父亲第二天和我一起打高尔夫球。在我上床睡觉之前,我对他说:"我爱你,爸爸。"

父母不会一直等着你 ◎ 郑月娇

相信每一个赤诚的孩子,都曾在心底向父母许下"孝"的宏愿,相信来日方长,相信水到渠成,相信自己必有功成名就、衣锦还乡的那一天,可以从容尽孝。

可惜人们忘了,忘了时间的残酷,忘了人生的短暂,忘了世上有永远无法报答的恩情,忘了生命本身有不堪一击的脆弱,忘了人生没有很多的下一次,很多的遗憾就是等待中出现的。岁月不饶人,父母不会一直在那里等着你。

父母重病在床,无论你有多大理由,都不能置之不理或找借口等下一次,因为父母不会一直等着你。在一位老人行将就木的时候,将他对与子女想见的最后期冀斩断,让他以绝望之心在寂寞中远行,遗留给我们的是永远无法偿还的心债,我们也将永远无以言孝。

天下的儿女们,一定要趁父母还健在的时候尽一份孝心,不要留下"子欲养而亲不待"的终生遗憾。

人活着，就要有良心；人活着，就要有孝心。

不该漏扫的墓

 韦启智

有一个故事，说的是清明节给老人上坟的事。

故事里的主人公叫石老板。不过他本来不姓石，是因为这几年做石材生意发了，那里的人就这么叫他。

说起石老板这个人，年纪一大把，钱财一大堆，人们都说他是靠好政策先富起来的一个，可他总说自己是托祖宗的福，一定是自家的某个祖坟葬在风水宝地里，让后代沾了光。所以每年清明节，哪怕再忙，石老板也必定撂下生意，专程从城里赶回老家，把所有祖坟都认认真真地祭扫一遍，好让祖宗继续保佑他发财发财再发财。

这年清明一到，石老板照例携妻带子从城里回来给祖宗上坟。不巧回去时赶上一场不大不小的雨，石老板因为急着赶路摔了一跤，把腰扭伤了。本以为过一阵会没事，没想回去以后他的腰越来越痛，最后竟痛得躺在床上起不来了。家人把他送到医院，医生也开不出什么特效药，只能慢慢治疗。可治来治去治了大半年，一直没见有多大的好转，把生意都耽搁了。

石老板愁死了，整天躺在床上唉声叹气。邻居提醒他说："从来不见你生病，怎么这次病得这么厉害？你不会上坟时留下什么差错吧？"

苦茶醇酒

石老板心里一动：对呀，我这腰就是在上坟回家的路上扭伤的，我怎么早没有想到这一层呢？于是连夜请邻居叫人算了一卦，果然说是他漏扫了一个祖坟。

石老板顿时就吓傻了，就是天大胆儿给了他，他也不敢对祖宗不敬啊！可是扳着指头横算竖算，没发现自己漏了谁呀？

这事儿就奇了，石老板想来想去，想不明白。

邻居见他整天愁眉苦脸的样子，就劝他说："你不如回去问问你爹吧，自家祖上的事总还是自家人清楚。"石老板一听邻居提他爹，没吱声。原来他爷俩已经几年没见着了，他进城之后嫌爹邋遢，住一起丢自己面子，于是和媳妇变着法子把爹赶回了老家。当初和爹已经闹翻了脸，如今有了难处又要找上门去，爹会理睬吗？

可想来想去实在又没有更好的办法，石老板只好让邻居架着自己，硬着头皮走进了那个他已经生疏了的老家。

几年没见，石老板突然发现爹老了许多，头发全白了，背几乎弓成了90度。在他踏进门槛的刹那间，他看到爹那张布满皱纹的脸上，两只混浊的眼睛里突然闪过一道亮光，可是立刻就消失得无影无踪。石老板自知无颜见爹，就"扑通"一声跪了下来："爹，儿子不孝，儿子今天向您赔罪来了！"

只见爹浑浊的眼睛里滚出两颗大大的泪珠。其实爹哪天不盼着自己养大的儿子回来看看自己呀，可当儿子真来了，他却不知道说什么好了，况且他也猜不透儿子突然回来是什么意思。爹愣在那里，张了张口，什么也没说。

石老板此刻当然没忘记自己回来的目的，他向爹一口一个"赔罪"之后，就费尽口舌让爹告诉他，自己到底漏扫了哪一座祖坟。爹盯着他看了半天，闷闷地叹了口气。

是爹不知道，还是爹不肯说？石老板急得大喊一声："爹啊，我给您磕头了，您就告诉我吧！"他推开搀扶自己的邻居，再一次给爹磕起头来。

一磕,二磕,三磕,磕完了就趴在那儿,怎么也不肯起来。

这时候,只听"嘎"的一声,石老板突然觉得自己的腰一颤。怎么不痛了?他试着站起身,居然能慢慢把身子挺直了,而且在屋子里走动起来。

石老板惊异万分,突然醒悟过来。他奔到爹的面前,抱住爹的腿放声大哭:这漏扫的祖坟不就是自己爹吗?这几年爹过的日子,等于是被自己活活送进了坟墓!

不能丧失的良心 ◎梁 超

千百年来人类都在歌颂亲情的伟大,孝敬老人更是我们中华民族的传统美德。可是,在物质文明日益发达的今天,居然还有一个"年纪一大把"的石老板靠历代祖宗的保佑发财致富,却丢根忘本——置自己的老爹于一边不闻不问!这不能不令人心寒,引人深思。

年幼的时候,是谁把一条鱼分成两半,把鱼肉夹给幼稚无知的我们,却把鱼头留给自己?是父母!又是谁含辛茹苦地把我们养大?是父母!人人都会说,滴水之恩,当以涌泉相报。父母对我们可谓是恩泽一生,就算我们常侍奉膝下也难以回报父母的恩情。因此,不要总以为父母对子女的爱是天经地义的,不要总以为自己对父母的孝心已经尽到了。伟大诗人孟郊有一句诗:"谁言寸草心,报得三春晖。"扪心自问,小草的嫩心又怎么能回报三春阳光的温暖照耀?

子女年幼的时候,不管怎么样,父母都不曾放弃;年岁逐增,慢慢懂事甚至有所作为,作为子女又有什么资格嫌弃两鬓苍苍、年老力衰的父母?大概人的本性即是如此,总是痛定才会思痛!殊不知,生命是那样的反复与无常。风烛残年的父母随时会有离开我们的可能。所谓"天有不测之风云,人有旦夕之祸福。"趁父母健在的时候,我们应该好好尽孝,这是为人子女也是做人的最基本准则。不要总以为父母是挺拔的大树,会

苦茶醇酒

一直站立在我们身边；更不要错过了才去追悔，这种追悔不仅毫无意义，更是人生的悲哀！

人的一生可以错过很多东西，但万万不能错过回报父母的恩情。"树欲静而风不止，子欲养而亲不在"，世界上最大的悔恨莫过于此！不要等到自己"年纪一大把"了，才突然醒悟要孝敬养育自己的人，要回报栽培自己的社会！

人活着，就要有良心；人活着，就要有孝心。

人无诚信不立。要想在当今社会很好地立足，诚信是不可缺少的。

阿翠

刘会然

我们全家外出旅游一回来，邻居就给了我一个沉甸甸的蛇皮袋，说是一个中年农村妇女留下的，托他一定把它交给我们。

是她，一定是她回来过！

她是老乡阿翠。阿翠闯入我们的生活还是6年前。阿翠在我们这座城市一个建筑工地帮人看管杂物。由于老板拖欠了工人几个月的工资，她便和几个工友来我工作的报社反映情况，报社安排我负责接待他们。阿翠见到我就问，你是刘村的阿然吧，在家里的时候就听人说你在报社工作。阿翠说她是杨家村的。

阿翠的问题第二天以记者调查的形式见了报,很快她就拿到了拖欠的工资。几天后,阿翠和几个同事买了一些苹果,找到我家里说是表示感谢。在距家乡千里之外的城市工作,我数年没有听到过乡音了。阿翠用家乡话跟我聊起了家乡的情况,她的到来使我倍感亲切。离开的时候,我礼节性地说了一句:有时间过来玩。

　　于是,只要有时间,阿翠就来我家玩,有时纯属为了叙叙旧,因为在这座城市里,她和我一样很难找到能说家乡话的老乡。有时阿翠来我家帮忙干一些体力活儿,那阵子老婆怀孕,家里正缺个帮手,阿翠为我们减轻了不少负担。

　　我从阿翠的言谈中得知了她的情况:阿翠嫁到邻村并生了两个孩子,丈夫帮一家公司开货车,前些年日子过得还不错,后来丈夫因为车祸去世了。为了供孩子读书,阿翠不得不出来打工,两个孩子留给年迈的婆婆照顾。

　　我对阿翠充满同情。妻子也同情阿翠,但妻子从小生活在城市,体会不到阿翠的艰辛。我想请阿翠做我们孩子的保姆,但妻子嫌乡下人文化低,怕带不好孩子。

　　阿翠后来在一家餐馆找了一份洗碗的工作,可老板又总是拖欠工资。由于需要日常开支,阿翠经常向我们借几块或几十块钱,最多的时候也不超过 100 块钱。我也乐意借给她,因为等发了工资阿翠就会立即把钱还给我们。

　　那次,阿翠匆匆忙忙地跑到我家,说家里大孩子病了,住院动手术需要钱,她羞涩地要我借给她 800 元,说等发了工资就还给我们。我深表同情,当时 800 元钱是我一个月的工资,但我还是毫不犹豫地把钱借给了她。

　　钱借给她后,她就再也没有来过我家。妻子忍不住埋怨我:我早就怀疑她是骗子,她会这么热心给我们家做事? 鬼才相信有这样的好人。

　　我对妻子说,以前人家借了不都还了吗?

苦茶醇酒

妻子愤愤地说：她就是利用我们这种心理啊，这种骗钱的伎俩现实生活中太多了，亏你还是在报社工作的，哼！

从此我们真的没有再见到过阿翠，有几次路过阿翠曾经工作过的地方，也没有见到过她。后来听店里一伙计说，不知道什么原因，有一天阿翠跟谁也没打招呼就匆匆离开了……

打开蛇皮袋一看，在一些松果、薯条等农产品中夹着一封信，信封里装着8张崭新的百元钞票，信封的背面写着数行歪歪扭扭的字。原来6年前她的不辞而别是因为医院说孩子得了白血病。虽然她匆匆忙忙地赶回了家，但因为无钱救治，孩子已随丈夫而去。她说那时真的想再次向我借钱，但怕还不起就没有再开口。现在她和最小的孩子相依为命，为了还这800元钱，她和孩子整整省吃俭用了6年，现在钱还了，她悬着的心也放下来了……

我和妻子都朝老家的方向远望，但钢筋水泥垒就的大厦一层层把我们的视线阻断，我们看到的只是狭小的一线天。

不知何时，我发现妻子眼里早已噙满泪水。

诚 信 无 价 ◎陈力彰

当今社会是市场经济的社会，"诚信"二字几乎无处不在，无处不需。诚信更是生意场上的立足之本。在合同等法律手段的束缚之下，诚信的坚守本是责无旁贷的，然而对于文中的阿翠而言，却又是某种人生哲理的升华了。

阿翠，是个典型的乡村妇女的悲剧形象。然而，她不卑不亢地在这个世界上活着，为了死去的丈夫和活着的孩子，特别是后来因为无钱救治得了白血病的孩子，她没有怨恨，没有放弃对生活的信念，而是"和最小的孩子相依为命"地活下去，为了活着的小孩子和不在人世的丈夫与大孩子，为了还这800块钱……

为什么"妻子"会以为阿翠是个骗子？甚至以为阿翠"这么热心给我们家做事"只是为了骗钱？我想这或多或少就是因为"钢筋水泥垒就的大厦一层层把我们的视线阻断"了，以致"我们的眼里看到的是狭小的一线天"了。而阿翠呢，是不是生她养她的大山没有城市大厦高楼那样高立呢？我想不是的，也许是阿翠的心灵比山还高阔，比楼还高阔吧。

阿翠辛苦地与孩子省吃俭用，她用苦难的日子换来可贵的诚信。因为她有对生活的勇气，她有对诚信人生的执著。

人无诚信不立。要想在当今社会很好地立足，诚信是不可缺少的。

警钟还在长鸣，执迷不悟的人们，能否静下心来反思一下，去体味黄河乡亲生命中的那一碗水的沉重与无奈……

水 的 记 忆

魏 雷

苦茶醇酒

有些事情会在你的脑海里潜伏很久，牢牢地蛰伏于你人生的路径上，每次想起都会让你深思，感慨万分。在我的生命里曾经流淌过一碗水，是这碗水让我懂得了绿色的珍贵和生命的意义。一滴又一滴的水珠像鱼儿一样游荡在我脑海深处，它们与我亲切而贴近，时时在对我诉说着它们的存在。

　　暑假时，久居都市的我决定与朋友结伴西行参加社会实践。车子在高高的黄河大堤上爬行。黄河河底或龟裂或时断时续，不管往哪里看都好像是褐红而又惨白的颜色，那颜色让人想到了刚刚燃尽的一炉炭火，仿佛你触摸一下就能烫出一手水泡，一阵微风吹过就有死灰复燃的可能。

　　天热得像发了狂，我们挥汗如雨。在黄河的拐弯处好不容易见到一个村子，村子因树而得名，叫"五棵树村"。据说那里前几辈的时候，全村确确实实只有这顽强生存下来的五棵树。而现在环村已种下了不少小树，显然栽上没几年，虽有些弱不禁风，但多少给这黄河装点了几分生命的绿色。

　　在村头有个苗圃，绿阴一片，让长途跋涉的我们略感一些凉意。一个姑娘拿着一个特制的大瓢，瓢的下端有个长长的滴管，在每一棵小树苗根上小心地滴上一点点水，那动作好像是在轻抚睡梦中的婴儿。

　　"小姑娘，能不能给点水？"我一边问一边不停地用毛巾擦着好像永远也擦不干的汗，渴望能洗一把被汗水浸渍的脸。小姑娘迟疑了一下，转身走向苗圃后面的屋子，屋子里的椅子上坐着一位老妇人，脸上带着世事洞明的安详，小姑娘轻轻对她说了些什么，老妇人点点头，从腰间"哗啦"一声摸出一串钥匙，这时我才看见在屋子和苗圃之间有一眼水窖，水窖设有坚固的木盖，木盖上牢牢地锁着一把大铁锁。我曾听说水窖是这里人的财富，如果谁家的儿子想让人介绍对象，准会夸张地说自己家里有几眼水窖，因为这里的水比油珍贵。

只见小姑娘轻盈地走到水窖前，熟练地打开了大铁锁。用一个小木桶小心地提出一点水，倒在一个干净的白瓷碗里，然后小心地用双手捧着那碗水，走到我面前说："走远路渴了吧，快用吧！"我看了一眼，那水竟漂浮着一些细小的杂物，在白瓷碗里更显浑浊，其实我只是想要一点水让脸凉爽一下，饮用水我独自带了许多瓶。况且这不干净的水似乎根本不能喝。等小姑娘转过身来继续汲水给我其他的同学，这时我则让同伴把那碗水倒在我手上，开始洗脸。

听到水落地的声音，老妇人和小姑娘都不约而同地转过来愤怒地看着我，老妇人"腾"地一下从椅子上站起来。伸开双臂大喊"作孽呀！"随后竟然一个趔趄又摔倒在地上。小姑娘没有去搀扶老妇人，而是惊叫着跑到我的身边，迅速地抢过我的同伴正在倾倒的白瓷碗，然后竟然跪在我的脚下，伸开双手用力挖我脚下那一点被水浸湿的土。直到挖见了干土后，才把手中的湿土捏成一个湿泥团，又跑到苗圃旁新栽的小树边，深深地挖了一个坑，把湿泥团贴着树根埋下。做完这些，小姑娘这才急切地叫着"奶奶"，向老妇人扑过去，慢慢把老妇人搀扶到椅子上。

我被这突如其来的一切惊呆了，一时间站在那里不知所措。这时我才发现老妇人瘸了一条腿，刚才摔着的正是那条瘸腿，老妇人抚着那条伤腿痛苦地呻吟，我和同伴慌忙跑过去赔罪，老妇人铁青着脸不理，小姑娘不住地抹着眼泪。

老妇人默然的愤怒深深刺痛了我，如果做些什么能补偿我的过失，我一定会不遗余力地去做，但老妇人只是愤然盯着刚才被小姑娘挖的小坑，表情怆然而悲痛。良久，我们才从小姑娘口中知道，老妇人是这村里原来的妇女干部，上了年纪后主动要求来到村头培养苗圃，这村周围和黄河大堤旁的小树苗都是她老人家培养出来又一棵棵栽上去的，由于连年缺水，老妇人便挖了这个储水窖，前年遭遇大旱，水窖里也难存住水，为了刚栽上的小树苗能够成活，老妇人翻山越岭徒步20余里的山路去挑水，不料在一次途中一脚踏空摔下山坡，便瘸了一条腿……老妇人叹

苦茶醇酒

了一口气，意味深长地说："孩子，不是我小气，这样热的天，我的苗圃一天才用我自制的那一瓢水，你们不知道吃水的苦，这样糟践水我心疼呀！……"我愣愣地立在那里，眼里竟充满了泪水，因为我知道这世上不仅有繁华的都市，还有饥渴难耐的黄河乡村。

沉重的一碗水 ◎ 梁明雅

　　文章以淡淡的笔调，叙述了一件潜伏在作者脑海里的令人感动的故事。老妇人那无私奉献的精神强烈地震撼了作者，让他懂得了绿色的珍贵和生命的意义……

　　掩卷沉思，不禁感慨万分。是啊，生活环境优越的我们怎能体会到那一碗浑浊的水的珍贵呢？在我们毫无节制地享用清凉卫生的自来水时，谁又能想起那遥远的饥渴难耐的黄河河底，风沙弥漫的荒漠上那奄奄一息的树苗……再看看我们周围的人们，却仍在继续着悲剧的上演：大片森林被砍伐，裸露的山梁令人惊心触目，水土流失日益严重，往日那"鄱阳湖上渔船漂"也不时搁浅，"问渠哪得清如许，为有源头活水来"。一些急功近利的商人竟毫不负责地向河流排放工业废水、污水，把清澈透亮的生命之源变得腥臭、不堪入目，让人不得不扼腕叹息："野蛮制服不了野蛮，文明却可以吞噬文明。"

　　当人们还在肆无忌惮地"糟蹋"大自然，一味地向大自然索取时，大自然却让"聪明的人类"付出了惨重的代价：据联合国统计，目前全球有11亿人缺乏安全饮水，25亿人缺少卫生设施，每年有500多万人死于同水有关的疾病，水资源危机已经成了全球性的问题，形势越来越严峻，"救救我们的母亲河"的呼声一浪高过一浪，美国专家最近还新提出了"蓝色(水)革命"口号……

　　警钟还在长鸣，执迷不悟的人们，能否静下心来反思一下，去体味黄河乡亲生命中的那一碗水的沉重与无奈……

> 良心是评判我们内心的准线，良心是衡量我们心态与行为的天平，良心是瞄准我们行为的猎手……

被跟踪的良心

✔ 吕新建

吴强是特区三立仪表厂的一名车间工人。这天，他下夜班回自己的住处时，在路上遇见三个酒气熏天的青年正恶狠狠地追打一个瘦男人。那个瘦男人很弱的样子，一看就是附近工地上营养不良的民工。而三个青年则是当地居民模样。

那个挨打的瘦男人见吴强经过，忙不迭地求救："兄弟，他们喝醉了，他们会把我打死的，你行行好，快救救我吧……"

三个青年看瘦男人竟敢求救，打得更凶了，嘴里还骂道："打死你这'瞎眼猪'！"

吴强问三个青年："几位大哥，你们为什么打他啊？"

三个青年盯了一眼吴强胸口三立仪表厂的厂徽，警告道："少管闲事！否则，没你的好果子吃！"

挨打的瘦男人则解释道："兄弟，我刚才走路时不小心碰了他们一下，他们就这样打我……"

没等吴强表态，那三个青年又冲他吼道："还不走？找打呢！"

苦茶醇酒

　　吴强犹豫了一下，想到自己也是外来打工者，要是真的得罪了这几个当地的青年，引来他们报复的话，很可能自己在三立厂就待不下去了。于是，他叹了口气，避开瘦男人恳求的目光，躲进路灯的阴影中，转身走了。

　　走出没几步，吴强又听到那个瘦男人在背后喊："兄弟，求求你了，给打个报警电话吧……"

　　吴强的心里很不是滋味，他见不远处有一个公用电话亭，便有心停下来，又想要是今天挨打的是我，别人会帮我吗？最后，他什么也没做，加快脚步离开了现场。

　　转眼过了一个多星期。这天吴强下班后，看看时间还早，就去附近的一个超市购买食品。结账的时候，吴强发现超市门口有个瘦瘦的男人注视着他。当时，他也没往心里去，只是觉得对方似曾相识。当他走到自己的寝室门口，下意识一回头，看见那个瘦男人仍跟在自己后面，心里不由得犯起了嘀咕："他想干什么？"突然，吴强脑中灵光一闪："这不是那天挨三个青年打，向自己求救的男人吗！"

　　"他跟着我干什么，难道是为那天我没有出手相救而报复吗？"想到这一点，吴强的心里再也不能平静。再回头看时，那个瘦男人已不见人影。

　　接下来的几天，吴强又两次在上下班的途中遭遇那个瘦男人的跟踪。而每次，当吴强用目光搜索时，对方却又总是避开了。渐渐地，吴强感到了一种莫名的压力。他不知道瘦男人究竟想怎样"报复"，是找人痛打自己一顿，还是采取其他更恶劣的手法。

　　这天是吴强和女友小莉相识100天的纪念日。吴强早早约好小莉，下班后，两人一起去附近的一家川菜馆美餐一顿。可是，就在吴强和小莉边吃边聊时，他又突然发现那个瘦男人像不散的阴魂一样，站在餐馆的玻璃窗外向里瞅着自己。吴强再也忍不住了，他几步冲了出去，但那个瘦男人又不见了。

　　小莉追出来问道："怎么了？刚才外面是谁？"

吴强叹口气，述说了一个多星期前，自己下班途中遇到的那件事。

小莉听后，埋怨道："那你当时为什么不报警？"

吴强道："我不是怕人家报复嘛。小莉，我们都是出来打工的，多一事不如少一事……"

小莉像是不认识他似的盯着他看了足有一分多钟，看得吴强的心里直发毛。最后，她伤心道："我吃饱了，你一个人慢慢吃吧……"说完，她没等吴强再说什么，拦了一辆出租车，头也不回地走了，留下吴强一个人在原地呆呆地发愣。

吴强不怨小莉，却恨透了那个跟踪自己的瘦男人！第二天，他终于瞅准了时机，对跟在身后的瘦男人吼道："你到底想怎样？见义而不为确实令人不齿，但也不犯法吧？"

瘦男人看了看盛怒的吴强，叹口气道："三年多了，我的心里一直承受着折磨。你说得没错，见义而不为确实不犯法，但当夜深人静时，我总会时不时想起那一幕，我的良心就会不安……最近几天我跟着你，开始是想确认一下你是不是那个被我'伤害'过的人。昨天，当我看清你嘴角的那个疤痕，又跟踪到你打工的厂里，偷偷打听到你的原籍后，我就明白了，你就是那个很久以来我一直在寻找，又怕真的面对的人……"

吴强越听越糊涂，他打断了瘦男人的话："你到底想对我说什么？"

瘦男人道："我知道，一声迟到的'对不起'，是不能挽回你曾经受到的伤害的，但我还是很高兴能在这里遇见你，让我有机会亲口对你说声'对不起！'"

吴强不解道："你跟我说'对不起'？你能说得明白点吗？"

这下，轮到瘦男人不解了："刚才你还说'见义而不为'，怎么一会儿你都忘了……"

原来，瘦男人说的那件事，吴强还真的"忘了"：三年前，吴强从四川老家外出打工时，在由家乡小镇开往省城的长途汽车上，他遭遇了小偷。幸好他当场就发觉了，小偷只得把刚到手的钱包飞快地扔在了车厢地板

019

苦茶醇酒

上。当时吴强年轻气盛，决心好好惩罚小偷，他要求司机把车直接开到最近的派出所，但司机不置可否，而小偷一看司机没行动，反倒来劲了，他一把抓住吴强的衣领，骂道："你他妈的，说话干净点，谁是小偷？"吴强就把目光落到了站在自己身边、一个30多岁的瘦男人身上，吴强明白他应该是看得最清楚的。但那瘦男人看了一眼人高马大、凶神恶煞般的小偷，竟怯生生道："我没看见……"结果，小偷在众目睽睽之下，用拳脚狠狠教训了"诬陷"他的吴强……

瘦男人对吴强道："我就是当时站在你身边的那个人，说出来不怕你笑话，我还是天天教书育人的为人师表者呢……多年来，我的良心一直被谴责，我总想有个机会，亲口对你说声对不起。这次，我的弟弟被人打了，我过来照顾他，谁知那天无意间在超市遇见了你……"

吴强听后，心里真可谓百味俱全，一时不知说什么好…….

但突然间，吴强又想起什么，问瘦男人："你刚才说，你是因为你弟弟被人打了来照顾他的，你是不是跟你弟弟长得很像？"

瘦男人道："是啊，你怎么知道的？我们是双胞胎啊。"

吴强急道："那你弟弟是不是被三个青年打的？"

瘦男人惊奇不已："是的，你是怎么知道的？"

吴强什么都明白了，他冲瘦男人问道："你能带我去见见你弟弟吗？"

瘦男人狐疑道："为什么？"

吴强答："像你一样，良心被跟踪的话，灵魂也会不安的，我需要当面对你弟弟说声对不起……"

良心的煎熬 ◎ 梁杰荣

良心是评判我们内心的准线，良心是衡量我们心态与行为的天平，良心是瞄准我们行为的猎手，如果我们做了有违良心的事，我们会永远被良心谴责，永远活在良心的责骂之下！

故事中的两位主人公，都是因为做了有违良心的事，不但让别人受到了伤害，更重要的是自己也受到了伤害——那就是每日每夜受到良心的煎熬。身体受到的伤痛可以恢复，但是心灵受到的伤痛与煎熬却很难治愈。正因如此，瘦男人被良心跟踪了三年。

　　良心就是别人受伤时扶人一把，良心就是在别人危难时挺身而出，良心就是对正义的伸张、对邪恶的讨伐……不敢想象失去了良心的世界会是什么样，因此，我们不要等到做出了有违良心的事，才想到补救，那时已经迟了，因为你已经受到了良心的折磨。

　　雨果说："人生像无际的海洋，人有时候跟一条光杆船一样。良心是这条船的铁锚。"所以，无论你身处何地，面对任何的恶境，都要坚守自己的良心，用自己的良知去抵抗。否则，你永远都停不了"船"！

　　要在社会里活得精彩，就要学会竞争，学会争取自己的正当利益。

工　钱

　　✔ 红桃 K

苦茶醇酒

　　王小春是一名大学二年级学生，他来自贫困山区，家里很穷，全家人都勒紧腰带，供他一人念大学，所以王小春学习很刻苦，平时在学校里也很节省，从不多花一分钱。

这一年暑假到了，王小春为减轻家里负担，他决定不回去了，就留在城里打工。

王小春在城里转悠了两三天，也没找到合适的用人单位。这一天，当他来到了"好再来"大酒楼门口时，恰好看到酒店的招聘启事，于是，他就鼓起勇气进去了。

没想到，王小春很快就被老板聘用，他的任务是干杂活：洗洗碗，跑跑腿，端端盘子，择择菜，给大师傅当个下手什么的，虽说每月工钱500元，但条件也很苛刻，工作时间从早9点到晚9点，一天12小时，没有星期天，王小春最后咬咬牙答应了。

王小春原本就是个苦孩子，他来到饭店后，没日没夜、辛辛苦苦地干着，由于他能吃苦，而且不爱多说话，受到了厨房大师傅和大堂领班们的好评。

眼看一个月时间到了，王小春见老板还没发给他工钱，而再过几天就要开学了。于是，他就硬着头皮到楼上老板办公室找老板要钱。

老板是个精明的中年人，平时整天绷着张脸，对手下人很严厉，大家都很怕他。王小春敲了敲老板办公室的门，进屋后，见老板正斜躺在沙发上舒舒服服地看报纸。老板见王小春进来，放下报纸，跷起二郎腿，问他什么事。

王小春红着脸，支支吾吾地对老板说，是来讨工钱的。老板见王小春脸上的表情，笑了笑，他走到办公桌后，从抽屉里拿出一个信封，晃着信封对王小春说："这是你的工钱，小兄弟，你在我这里干得不错，工钱是500元，加上加班费150元，总共650元。"

王小春一听，心里很高兴，这毕竟是他第一次自己挣的血汗钱，他刚要伸手去拿，"不过……"老板顿了顿，又翻开桌上的一个小本子，念道"你这个月一共摔坏3个碗，要扣你50元；你上次和顾客发生争吵，扣你50元；你早走一次，扣你50元；你把饮食店里的菜带回家，也要扣你50元……这样，你的工钱只剩下200元。"

王小春一下愣住了，他心里的火直往上冒，他想：好你个黑心的老板！即使到商店买，3个碗也不过十几元钱，况且我也不是故意打碎的，你一下就扣我50元；那次和顾客发生争吵，是因为那位喝醉酒的客人，对服务小姐动手动脚，我是出于义愤，才说了客人两句；我提前走，是因为那天我有急事，况且也是你同意的；我把饭店的菜带回去，那只不过是半只客人吃剩的烧鸡，而且是厨师让我带的……于是，王小春涨红着脸，和老板说了几句，没想到老板把脸一沉，瞪着眼，用力拍几下桌子，吼道："你是老板，还是我是老板？我说扣了，就扣了，你他妈的要清楚和我顶嘴的后果！"

　　王小春望着老板那张黑黑的瘦脸，真恨不得朝上面揍上两拳，但他最后还是咬咬牙忍住了，他想还是息事宁人的好。于是，他一把抓过装钱的信封，掉头就朝外走。王小春刚走到门口，就听到老板在身后喊："站住，你给我站住！"

　　王小春回过头来怒视着老板。老板说："小兄弟，你是个大学生吧？"

　　王小春怔了一下："你怎么知道的？"

　　老板得意地说："你刚来时，我一看你的手细皮嫩肉的，一听你的谈吐，就知道你是个打工的大学生。"老板停顿一下，突然又提高语调，表情有些激动地对王小春说："你为什么就这样走了？你为何不和我辩解、据理力争？你为什么这么快就轻易妥协？小兄弟，要知道，这是个充满激烈竞争的社会，你光学会忍受，光能吃苦是不行的，你要学会抗争！属于你自己的东西，你就一定要坚持，一定不能放弃！不去抗争，只会妥协，不勇于竞争，你就只能受人摆布，永远干不成大事。小兄弟，我希望你今后记住我说的话！"

　　老板说着，从抽屉里又拿出了550元钱，他走过来，将钱递到王小春手上，拍拍王小春的肩膀："小兄弟，说实话，你是我们这里最能吃苦的打工仔，这另外的100元，是我对你的奖励！"

　　王小春愣住了，他好长时间才反应过来，他湿润着眼睛接过钱，说了

苦茶醇酒

声"谢谢",就大步走了。王小春走出酒楼后,他在心里对自己说:这个老板今天给我上了人生中最重要的一课,比我手里的这份工钱要珍贵得多啊。

忍让? 竞争! ◎ 夏小波

"你为什么就这样走了?你为何不和我辩解、据理力争?你为什么这么快就轻易妥协?"这是一句多么有力而痛心的斥责。忍让与反抗是我们在生活中常常会做的选择,但残酷的生活、金钱与权势的压迫使我们常常选择了"忍让"。父辈们常在我们跨出家门的那一刻就教导我们要懂得"退一步,海阔天空"。于是为了生活我们学会了忍让。我们以为这是明哲保身的最好办法,殊不知我们都误解了,我们根本就不懂得这"退一步"是有前提、有原则的。当你是对的、是有理的时候为什么要退、要忍让呢?

"据理力争"就是让我们为自己的利益、为自己的权利去"争"。王小春虽然知道他自己是有理的,也清楚老板是在无理克扣自己的血汗钱,但他却选择了忍让,想"息事宁人"。他怕老板一个不高兴把他所剩下的200块也扣去了,吃亏的还是自己。他认为以自己的身份和地位是无法跟老板据理力争的,还不如趁早忍让。其实这也是人性的弱点。有些人常常让自己有低人一等的感觉,觉得自己没能力、没权力去跟人家平起平坐地竞争。老板真可谓用心良苦,用这种无理的方式让他明白:要在社会里活得精彩,就要学会竞争,学会争取自己的正当利益。

确实,在这个竞争激烈的社会,我们必须有去竞争的勇气才会拥有一个真正属于我们的位置,才能出人头地,否则我们只会永远低人一等。我们有吃苦耐劳的精神,也要有不卑不亢的人格。朋友,属于你的你就该坚持,你应该得到的就应努力去争取,相信你自己有竞争的能力,你也同样能成就大事。

最后一曲

✍ 建 霖

雷诺先生经营着一家琴行，这天傍晚快要打烊的时候，一个落魄的中年男子走进大厅，将一把小提琴交到雷诺的手中。雷诺打量了一下这个男人，他穿着一件黑色旧风衣，满是皱纹的脸上没有一丝表情，显得非常冷漠。

中年男人手指着琴，小心翼翼地问："您看它值多少钱？"

雷诺仔细端详了一会儿，又敲打了一下琴箱，点头说："是把好琴，不过琴箱好像被虫蛀了一个小洞，虽然已经补上了，但价值大打折扣，我只能出 500 元。"

"什么，才 500 元？"男人很失望，用手摸着琴说，"这把琴跟了我 20 多年，是大师的作品呢……"

雷诺将琴一推："我最多出 550 元，卖不卖随你了。"说完，埋头整理起了柜台。

中年男人沉默了片刻，最终从牙缝里挤出了一句话："成交……"

中年男人拿了钱依依不舍地走出了大门，可不一会儿，他再次推门而入，用恳求的语气说道："老板，能……能让我再拉最后一曲吗？"

苦茶醇酒

雷诺本不想答应，但看到中年男子可怜兮兮的样子，不由地点了点头。

中年男子拿过琴来，深深吸了一口气，便开始拉奏。这是一首旋律优美的曲子，可是他拉得很一般，甚至有明显的缺陷，雷诺边听边摇头，巴不得他早点拉完早点走。一曲终了，男人的眼角流下了泪水，拿着琴弓的手滑了个90度的弧线，"啪"的一声，琴弓落地。雷诺赶紧上前拾了起来，可他拾起来的不止是琴弓，还有男人的一只手，一只假手！雷诺惊讶地叫了起来："先生，你的手……"

此时，中年男人已经泣不成声。雷诺拍了拍他的肩膀，语调温和地问："先生，你需要什么帮助吗？"

"不，谢谢。"中年男人渐渐停止了哭声，抬起头说："不过，如果您愿意的话，我可以给您讲个故事。"

雷诺对这个中年男人产生了兴趣，他给中年男人倒了一杯咖啡，说："好吧，让我听听你的故事。"

中年男人喝了一口咖啡，开始讲了："很久以前，音乐学校里有一个很优秀的男学生，琴拉得很棒，没有人能比得过他。学校里一个学作曲的女孩爱上了他，并为他作了一首美妙的曲子，也就是您刚才听到的那首。"

雷诺听得津津有味："真是太浪漫了。"

而中年男人却苦笑了一下："不过，那个男孩狂妄自大，谁都瞧不起，连女孩的爱都不当一回事，对他来说，女孩只不过是一种玩物而已。毕业前夕，学校组织了一场音乐大赛……"

说到这里，中年男人的故事才真正开始。那次大赛上，因为其他选手的实力与男孩相差甚远，男孩夺魁显然毫无悬念。一次，男孩当众夸下海口，发誓如果不能取胜，就断了右手不再拉琴。到了比赛那天，男孩上台参赛，可不知为什么，他演奏的音乐失去了往日的水准，男孩急躁起来，可越是急躁就越是离谱，最后竟以倒数第一的成绩收场。神情恍惚的男孩在回家的路上发生了车祸，竟真的断了右手，结束了他刚刚起步的艺术生涯。

雷诺追问："后来呢？故事就这么完了？"

中年男人摇了摇头，说："不，更让人不可思议的事还在后头呢。您还记得刚才在琴箱上看到的小洞吗？那不是被虫蛀的，而是有人故意凿的。"

雷诺吃惊地看着中年男人，中年男人稳定了一下情绪，才继续说下去：女孩得知男孩出车祸的消息，跑去医院探望，在医院里，她含泪说出了真相，原来，那个洞是女孩做的手脚，她想教训一下男孩，让他改掉目中无人的恶习，可她万万没料到是这个后果。男孩听完以后，什么也没有说，只是解下手臂上的胶布，女孩见到男孩光秃秃的手臂，大哭着跑出了病房，从此再也没有回来。男孩出院以后，再也不能登台演出，失去了原来的傲气，他忽然醒悟过来，女孩才是真正爱自己的人，而自己也需要女孩。为了不让女孩内疚一辈子，他便带着琴去找失踪的爱人，每走到一个地方，他就会拉奏她那首曲子，希望她听见能出来见他，可他用假手再也拉不出美妙的旋律，女孩也没有再出现，直到现在，穷困潦倒的他失去了信心，不得不放弃了。

故事讲完，中年男人长舒了一口气，喝光杯子里的咖啡，将琴交还给雷诺，然后擦干泪水准备离去。

雷诺问："这么说……你就是那个男孩？"

中年男人停下脚步，点了点头。

雷诺说："你等一下。"他走上前去，把琴递给了男子，"也许再坚持一下，就能找到那个姑娘了。琴你拿走，钱不必退还。"

"这怎么可以？我……"

雷诺拍了拍中年男人的肩膀："好了，不要放弃，千万不要。"

中年男人感激地看了雷诺一眼，拿起琴就走了。

过了几天，雷诺和妻子去一个朋友家吃饭，那个朋友也是一家琴行的老板。饭桌上，那个朋友说了件趣事，一个断手男人来店里卖一把小提

苦茶醇酒

琴，600元成交后，那男人却要求演奏最后一曲，并在演奏之后讲述了一个悲凉的故事，因为故事非常感人，他最终放弃了那把小提琴，当然，钱也没有要回来。

听完朋友的叙述，雷诺"腾"的站了起身："老天，是他，就是他……"朋友问："怎么？您认识那个男人？难道他的小提琴不值这个钱？"

"不，不。"雷诺又坐回到桌前，稳了稳情绪，然后拿起酒杯，"我想，好故事是值那个价钱的。我们就为这个感人的故事干一杯吧！"说完，雷诺一口干掉了杯中的红酒。

错 爱 ◎ 梁杰荣

看完这个故事后，内心久久不能平静，有一种自己也上当受骗的感觉。这种感觉如同将自己的真心给了喜欢的人，但是换来的却是对方虚情假意的欺骗。

我"佩服"故事里的中年男人，他不但会编织浪漫、动人的故事，令人听了感动、流泪，甚至同情他，而且他知道人性的弱点——情感，并且利用了这一点来行骗。厉害的是他的表演是如此的逼真，令人受骗都心甘情愿，而且上当的人不止一个。但是我讨厌、甚至憎恨他的这种行为，因为他玩弄了别人的感情，是个感情的骗子，让人不单损失了钱财，更伤了心。

无论怎样，人应该有道德，有自己的品格，要做到"贫贱不能移"。然而现实中却有很多人明明是四肢健全、耳聪目明，却要假装残疾去博取别人的同情，骗取钱财；甚至逼迫自己的孩子假扮孤儿去行乞……诚然，对于那些确实是残疾的人，我们无可厚非。但是那些玩弄了我们情感，让我们错爱的人，我们是很难原谅的！毕竟穷不是借口，更不是骗人的资本。人穷不是错，穷也可以活出自己的风采，也可以有自己的原则与品格。

无论我们是身无分文的穷人，还是腰缠万贯的亿万富翁，我们都应该有自己的品格，都应该有那一份诚实！

左手跟右手竞买

✔ 杨汉光

名人信札拍卖会上,气氛十分热烈。有一封周佛海的信非常抢手,竟以两万元的高价被买走。

拍卖会接下来的一封信就冷清多了,只有寥寥几个人竞买。两三轮过后,出价的就只剩下一个瘦老头儿,其竞价也只有少得可怜的1500百元。

老头儿见没人和自己竞价,碰了碰他身边的一个年轻人,说:"小伙子,帮帮忙,举牌和我抬抬价。"年轻人疑心他是个托儿,干脆背过身子,连正眼都不看他一下。

见找不到帮手,老头儿急了。愣了一会儿,竟然做了一件让所有人都意想不到的事情:只见他左手举起一块牌子,嘴里喊着2000元;这块牌刚举起,右手马上举起另一块牌子,同时报出3000元的价码……

老头儿就这么一会儿左手一会儿右手的,马上就把价格"抬"到18000千元。在场的人都目不转睛地盯着老头儿,如同看一个天外来客。连拍卖师也停止拍卖了,说从来没见过左手跟右手竞买的。

老头儿火了:"你管我左右手干什么,我付钱就是了!快报价,你再不报价我要抗议了。"拍卖师只好报价:"19000元一次! 19000元两次!"

苦茶醇酒

老头儿还要举牌,一个中年男人过来拉住他说:"大爷,您别举了。"老头儿眼一瞪:"我举我的牌,关你什么事?"中年男人说:"我是这封信的主人。"老头儿眼睛一亮,问:"你是高司令的后人?"中年男人点点头,说:"大爷,您是不是想用这种办法救济我?我再穷,也不能要您的救济呀。"老头儿摇了摇头:"我不是救济你,我是为高司令争一口气,想当年他血洒长空,一次就击落日军飞机五架。这样的英雄,他的信怎么着也比汉奸的信值钱啊!"

说完,老头儿最后一次双手举起牌子,喊出了21000千元的价码。整个拍卖场一片沉静,拍卖师呆呆地望着老头儿,竟忘了报价。

顷刻间,雷鸣般的掌声响了起来。

为历史立丰碑 ◎ 邹汉龙

左手与右手居然能同时运用,"左右搏击"的武功,相信大家都从金庸的武侠小说中了解过,是否很让人叹为观止?可左手跟右手竞买,你又是否想象得到那个情景呢?

这篇《左手跟右手竞买》为我们展示了一个现实生活中"左右搏击"的故事。在这600多字的篇幅里,作者借在一个名人信札拍卖会上发生的事情,深刻披露了现代人对历史的冷漠,忘记了曾经为祖国民族存亡而挥洒热血的英雄们。

相隔几十年之后,8年抗日的历史对很多年轻一代的人来说都只是史书上的章节了,除了学来考试外就不再有什么历史的反省。或者有人会为他们开脱,他们根本就没经历过那个灾难的年代,又何来历史的反思呢?不过,只要头脑还有一点清醒的人都应该明白,历史不应只是作为教科书而存在。历史是我们生活的一面明镜,照出往事的成败,照亮今天的得失,照明未来的方向。作为一名祖国未来的建设者,我们有责任和义务去了解历史、铭记历史,并学习英雄们的铿锵热血来参与促进我们社会主义大业的发展。

　　和平年代的生活不是天上掉下来的馅饼，而是靠高司令那样的英雄用"血洒长空"换来的，我们应该用心灵的墓碑把他们的史迹记录下来，来指导我们的人生。

　　故事中的老大爷或许也曾是一位抗战的英雄，但这是与不是已经没有实质的意义。作为深谙历史的他，在和平年代里成功地扮演了一个历史的观音，"救济"了缺乏历史感知的愚昧的年轻人。

　　雷鸣般的掌声结束了故事，却拉开了为现代人立历史丰碑的帷幕。

　　抛弃任何功利心，掏一颗真心待人，关爱别人也是关爱自己。

分外甜美的葡萄

　　佚 名

　　一天，修道院的大门被叫开，看门人巴拉甘惊喜地看到，旁边果园的一个果农给他送来一串晶莹剔透的葡萄。果农对他说："我送给你这串葡萄，感谢你在我每次来修道院时对我的关照。"看门人对如此情意浓厚的礼物表示感谢，并对果农说修道院的人会很高兴享用这串葡萄。

　　果农满意地离开修道院之后，看门人把葡萄洗净，高兴地望着它。忽然，他想起修道院里的一个病人最近什么也不想吃，便决定把这好吃的葡萄送给他，让他开开胃："他多么需要营养啊！"

苦茶醇酒

于是，看门人把葡萄送到虚弱的病人床前，病人睁开双眼惊喜地看着葡萄。看门人对他说："马蒂亚斯，有人送给我这串葡萄，但是我知道你什么都不想吃，也许它能带给你食欲。"马蒂亚斯从心里感激他，对他说他将永远记住他，就是有一天他死了，也会在天堂里感谢他。

看门人拿来一个大盆子，把葡萄放在里面，让病人享用。然后，他又回去继续工作了。病人拿起葡萄，又想起应该把它送给对自己倾注了大量心血，整日整夜为他操劳的护士，以此慰藉自己的灵魂。

病人喊护士，护士以为病人出了什么问题，迅速赶到了他的床前。病人对护士说："埃斯特万，看门人惦记着我的病，送给我这串葡萄，让我品尝。但是我什么都没有吃，现在我吃了它可能伤胃，我想还是你吃吧，你对我一直很照顾。"护士坚持让病人吃，但是越坚持，病人越是拒绝。护士感谢病人送给他如此诱人的礼物，不得已便把葡萄带走。护士边走边想，这串葡萄应该送给兢兢业业为大家服务的厨师。于是，护士来到厨房，找到了厨师埃纳文图拉，对他说："你的心就像这串美丽的葡萄一样高尚，这串葡萄送给你吧。"厨师谢绝了护士的好意，最后把

葡萄送给了为大家操劳的修道院院长。

就这样，这串葡萄在整个修道院里传来传去，最后重新回到了看门人手中。看门人惊奇得不知所措，他觉得不能再让葡萄兜圈子了。于是他不再犹豫，开始吃起葡萄来。这时，他觉得这是他吃过的最甜美的葡萄。

鲜花送人，余香留己 ◎梁 超

在灯红酒绿、物欲横流的当今社会，故事中这个小小的修道院却是一方净土。故事以一串晶莹剔透的葡萄为线索，引出这串葡萄在这个修道院里从看门人手中送出去，最后又回到看门人手上的一段生活小插曲。透射出这个修道院里的人对他人的关怀！其实，他们送出的不仅仅是一串分外甜美的葡萄，更是一颗颗晶莹剔透的心！这让人感到这小小的修道院仿佛是一座难得的人间天堂。

不难发现，在物质条件日益优越的同时，人际交往却变得越来越复杂，为别人所做的一切似乎都得有前提，一定是"礼尚往来"才可以。这些人与人之间的冷漠和互相利用令人窒息和恐惧。在这种氛围中生活的人，心胸也会变得狭窄自私。在面对他人的伤痛时，我们的冷漠对他人无疑是雪上加霜。我们又可曾回想当自己陷入困境的时候是多么的无助和孤单。这时候，哪怕仅仅是"回眸一笑"也是莫大的安慰和鼓励。

其实，人与人之间的交往可以很简单很单纯的。抛弃任何功利心，掏一颗真心待人，关爱别人也是关爱自己。看门人付出的这串葡萄最后还是回到自己手上，只是，同时回到他手中的还有别人对他的关爱！倘若人人都能像这个小小修道院里面的人一样，没有工于心计的尔虞我诈，坦诚相待真心付出，相信人间会变得更美好的。

这世界就是有这么一种平凡的爱能把地狱变成天堂！只要你愿意把鲜花送给别人，余香就会留己。

苦茶醇酒

其实，世间并不缺少爱，只是缺少一份感动罢了。

陪你再走 30 秒

烟 雨

有这样一个故事。

在一个普普通通的夏天，一场普普通通的攀岩比赛正在美国的一个普普通通的地方举行。加州攀岩俱乐部的罗夫曼和妻子莫莉亚丝在同时攀岩，夫妻俩你追我赶，罗夫曼的攀岩速度比妻子要快一些，不一会儿，妻子就望尘莫及了。要知道，这是一场没有任何防护措施的攀岩比赛。就在罗夫曼即将到达岩顶的时候，就在无数观众欢呼雀跃的时候，罗夫曼发出了一声惊叫，原来他失足了，他整个身体在空中飘舞。下方的妻子也听到了丈夫的惊叫，就在看到丈夫的身体坠落的时候，莫莉亚丝突然毅然决然地脱离了岩壁，用自己的双手准确无误地抓住了丈夫。

在场的所有人都目瞪口呆，他们看到罗夫曼和莫莉亚丝双双依偎着，一起急速向万丈深谷之中坠落。

这个瞬间，这个凄美的时刻，被在场的一名摄影师捕捉到了。很快，莫莉亚丝的接搂动作被定格成一幅风靡世界的经典图画。

据一位在场的人说，从高空跌到低谷，仅仅用了 30 秒。这是他们人生中最后相伴的一瞬间。

也许，他们在日常生活中也有过种种不愉快；也许，他们在攀岩前一直都是恩恩爱爱。不管怎样，人世间普普通通的爱情在此刻得以升华。

如今，我们听多了花前月下的故事，别说"爱你一万年"了。也厌烦了凄凄惨惨的离别，别说"夫妻本是同林鸟，大难临头各自飞"了。请静下来，思考一下这个场面吧！

原来，真正的爱情深情无限，爱意绵绵。即使在生命放飞的最后一刻。

瞬间，永恒 ◎ 项配仪

《陪你再走30秒》的经典定格在瞬间，画面将永远迷人！

或许，世间的30年竟及不上这30秒，但用这30秒演绎的永恒却惊心动魄。来不及的话语，化为用手准确无误地抓住人世间最后时刻的真爱来表达。这用生命谱写的爱的挽歌将永恒！

血会凝固，生命会停止。不能忘的只是"陪你再走30秒"。故事很美，美得让人流泪，美得让人心碎。该用什么语言来描述如此绝美的时刻呢？只怕言有千斤重，只能久久感动着。

其实，世间并不缺少爱，只是缺少一份感动罢了。在我们的内心深处，能触动心弦的东西实在太少太少了。我们的心在尘世的喧嚣中逐渐蒙上了一层保护膜，我们都喜欢把自己装在套子里，只把自己设计好的一张张面具在不同的时间不同的地点做出最好的选择，然后把最好的那张呈现于别人眼前。于是，真心在逐渐泯灭，真爱离我们越来越遥远，回归爱的行动变得越来越不合实际了。

"陪你再走30秒"，拥有钻石般的唯美、金子般的真爱！当两个身躯同时在空中飞舞的时候，爱情已升华到了极致，还有什么能与之相媲美呢？30秒对于整个生命来说，只是流光溢彩的一瞬而已。而这30秒的爱

苦茶醇酒

情却至善至美，感动着他人，更感动着生活。

　　唯愿一对今生没法再继续的魂灵，在属于自己的世界里继续着人间没能继续的情缘！

　　几年后，父亲病逝。那天，一个妇人，拉着三个孩子，跟着父亲出殡的队伍，哭了一路。

偷　瓜

　　　🚩 郑成南

　　父亲说，我出去，看能不能找点东西回来。父亲走后，4 个孩子抱在一起，惊恐地望着黑夜，都是深陷的眼睛，黑洞洞，面黄肌瘦，缺营养。那时候，乡下都穷，吃了上顿没下顿。一会儿，父亲跑回来，有些紧张，怀里露出两个白白的瓜。父亲用拳头一砸，瓜裂开了，两个瓜，分 4 半。瓜嫩，瓤白，味生。父亲说，快吃吧。孩子们张开大嘴，尽情啃起来，连皮也没剩。父亲松一口气，说，现在，都上炕睡觉。孩子们爬上炕。这时，闪进一个男人。

　　男人是守瓜人。男人说，你偷了我的瓜。父亲说，是。男人狰狞起脸，挥舞着手上明晃晃的刀，对准父亲，说，跟我去见村干部！然后，拽起父亲就往外走。男人五大三粗，父亲瘦弱，不是他的对手。男人一用劲，父亲就被轻而易举地提起来。父亲不害怕，一副敢作敢为的样子。

　　见了村干部，村干部说，偷几回了。父亲说，3 回。村干部说，几个瓜。

父亲说，6个。村干部说，60块钱。父亲不吱声。村干部接着说，60块钱，确实多点，但不如此，制不住人。父亲说，好。没钱，打欠条。村干部代笔，父亲按指印。

没多久，父亲又去偷瓜。被男人提去见村干部。村干部说，一个瓜10块钱，你看值吗？父亲说，不值。村干部说，不值，你还偷。父亲说，孩子饿。村干部说，孩子饿，你就不能想别法。父亲说，想不出别法。于是父亲又打了欠条。

后来，日子慢慢好起来。孩子大了，出去打工，能赚钱。父亲还清债，把欠条一张张烧了。孩子说，父亲老了，过几年安闲日子。父亲不，每年坚持种瓜。父亲在瓜地旁盖一间草屋，晚上，父亲抱一床被褥，蹲在草屋里。父亲静静地坐着，点着烟，星星烟火，一闪一闪，如心跳一般。有人说，现在，大家都富裕了，瓜不稀罕。不用守，没人偷的。父亲说，瓜熟了，总会有人来偷的。父亲有自己的盘算。一天晚上，父亲蹲在草屋内，嘴里的烟抽完了，想换一袋。忽然，听到瓜地里有声响。有人偷瓜，父亲有了精神，忙丢下烟杆，跑出去。月色朦胧，父亲踩在瓜地里，小心翼翼。父亲不敢发声，远远站着看，怕惊动偷瓜人。突然，一个东西猛地向父亲冲来。父亲定睛一看，原来是一只獾子。父亲松一口气，显得失望。瓜过了季，熟裂了，开着口。父亲仍不摘。父亲说，咋就没人来哩！村里人知道，父亲心不甘，当初偷一个瓜，赔10块钱，那是羞辱。现在，他要抓个偷瓜人，一个瓜也让他赔10块！

父亲夜夜把守，不敢马虎，像个战士，却没人偷瓜。连续几日雨，所有的瓜都烂在地里。村里人惋惜，父亲无语。第二年，父亲仍种瓜。父亲种瓜，只为等偷瓜人。瓜熟时，夜里抱一床被褥，蹲在草屋里。父亲想，总会有人来偷瓜的，瓜长得多好啊。那一夜，父亲果然见到一个偷瓜人。父亲听到声音，从草屋里出来，小心谨慎，比当年偷瓜还紧张。远远站着，父亲看到一个人，弯着腰，摘下一个瓜，放进袋子内，又摘下一个……差不多装满袋子了才离开。父亲急，夜黑，摸不清生熟，就废了。父亲远远站

苦茶醇酒

着，不吭声，心里却得意。第二天，父亲查看瓜地，一脸失望，昨晚的瓜，多半废了。父亲说，有人来偷瓜了，一脸骄傲。有人说，抓住没，谁现在还偷瓜。父亲说，没抓住，夜黑，看不清。父亲找来白纸，写上字，一张一张贴在瓜上。晚上，父亲蹲在草屋里，不敢抽烟，他想，偷瓜

人一定会来。没多久，那人果然来了，父亲走出草屋，远远站着。偷瓜人弯着腰，不像昨夜，急着摘，不顾瓜熟瓜生。今夜，专找贴有白纸的瓜，省力多了，白纸上清清楚楚写着一个别扭的"熟"字。没多久，就装满袋子。然后，背着离开。重了，显得吃力，一个趔趄，险些摔倒。父亲急在心里，想喊，喉咙内却上来一口痰，噎住了。

　　一地瓜，被偷瓜人摘完了。每夜，父亲远远站着，看偷瓜人背着瓜离开，没抓住一回。父亲眼睁睁看人偷瓜，不抓，成了村民的笑柄。孩子也不解，说，你这不是守瓜，是指引人偷瓜呢。父亲说，偷瓜人有难处，丈夫死于矿难，家有3个孩子。一个寡妇，迫不得已才偷啊！

　　几年后，父亲病逝。那天，一个妇人，拉着3个孩子，跟着父亲出殡的队伍，哭了一路。

爱是善意的理解 ◎墨　菲

　　多年前，偷瓜的背后是一个父亲迫于生活无奈和心疼孩子的心。多年后，偷瓜的是怀着同样心情的一个母亲。相同的酸楚心情让"父亲"纵容这个寡母偷瓜的行为。两人从来没有交谈，却在用无声无息的行动，达到了心灵上的共鸣。

　　为了孩子，甘愿让自己的人生背上污点，这是父母的爱。为了帮助别人，牺牲利益表示善意，这是陌生人之间的爱。爱是无形的，却具有强大

的力量,能够改变命运,创造奇迹。在生活上的每一个角落,在你我善良的心里,在陌生人温暖的手心里,无处不彰显着它的存在。如果没有爱的涂抹,世间的色彩都会黯然失色。

人们听了又一边喊着"庞三橹敛粮来了",一边急忙去舀粮食,根本没人在意那吆喝声中带着的几分稚嫩和凄凉。

敛 船 粮

🚩 徐常愉

每年的初冬时节,在努鲁尔虎山脉南麓的村庄里,总会响起一阵阵铜锣声,中间还夹杂着几声吆喝:敛船粮喽! 人们听了吆喝声,一边喊着"庞三橹敛粮来了",一边急忙舀一瓢粮食送出去,到了街上寻到庞三橹,恭恭敬敬地把粮食倒进他的口袋里。

交船粮,整个努鲁尔虎南麓村庄里没有一家敢含糊的。谁心里都有数,不给船粮就等于断了自己的出路。

因为努鲁尔虎山脉北麓是蜿蜒 20 余里的阎王鼻子水库。生活在南麓的人们赶集上店必须横渡水库,而水库最窄的地方也有二里多宽,水深三丈以上,不使船是如何也过不去的。近 30 年来,一直在水库上为人们摆渡的只有一个人,那就是庞三橹。关于庞三橹的出身,没人知道,每次问他,他都是躲躲闪闪、含糊其辞的。人们唯一知道的是,他姓庞,一

苦茶醇酒

直隐居在阎王鼻子水库以北的山旮旯里。30 年以前,阎王鼻子水库的水只有膝盖深,可 1978 年夏天的一场大水,把阎王鼻子水库灌了个满满当当。幸亏"学大寨"时加高了下游的堤坝,才避免了决堤。但从此阎王鼻子水库的水量不再下降,南麓的人们便被水困住了。庞三橹就是这个时候自制了一条简陋的木船出来为人们摆渡的。人们见他使船头三橹极其有力,便给他取了个外号叫庞三橹。庞三橹摆渡从来不收船钱,只是在入冬时节到南麓的村子里敛够一年用的粮食。

而今年却是另外的情况。还没入冬,南麓的村子里就响起了铜锣声和吆喝声。尽管如此,人们也毫不含糊,都急匆匆端着粮食送出来。可是到了大街上一看,人们不禁愣住了。今年来敛船粮的不是庞三橹,而是一个毛手毛脚的小伙子。有人试探着问小伙子,你是? 小伙子倒也机灵,急忙自我介绍说,我是庞三橹的儿子! 人们听了心里打了一个梗儿,没听说庞三橹有这么一个儿子呀! ——可倒也没听说庞三橹没有儿子呀! 兴许是庞三橹年岁大了,懒的动弹,打发儿子来敛船粮,这也不是没有可能。于是,人们纷纷把船粮交了。

然而入冬不久,突然有一天,村里又响起了铜锣声和吆喝声,人们出去一看,庞三橹背着口袋进村了。人们心里咯噔一下,都知道自己上当了。但谁也没言语,都回家又端出来一瓢粮食倒进庞三橹的口袋里。

却还是有人不小心说漏了嘴。庞三橹愣怔了一下,叫人们描述那个毛头小子的模样,人们见瞒不住了,也就实话实说了。庞三橹听了人们的描述,低着头寻思了半天,却一句话也没说。末了,他执意要把敛上来的船粮给人们退回去,人们说啥也不答应,可庞三橹却没有继续敛下去,扭头离开了村子。

人们瞅着庞三橹蹒跚的背影,猜测了很久。

那个冬天,许多人坐了庞三橹的船后说,庞三橹老了,头三橹的劲头比原来差远了。

转年开春,人们又说,庞三橹的确老了,刚摇一会儿船就满脑袋是汗。

夏天的时候，就有人开始抱怨，摆渡的人该换了，庞三橹摇船太慢了。

就在人们的抱怨声中，庞三橹出事了。一天晌午，庞三橹摇船到中途，突然身体一晃，一头栽进了水里。船上有会水的，跳到水里救人，却连庞三橹的影子也没见着。

人们划船到水库北岸，寻到庞三橹的家，呼唤几声，无人回应，走进屋，但见屋中一贫如洗，从屋里的行李和碗筷判断，庞三橹本是孤身一人。同时，人们注意到，庞三橹的米缸里连一粒米也没有了。人们突然间明白了一切。

接下来的几天，人们自动组织着一伙人在水库上打捞了几回，却始终没有捞到庞三橹的尸体。最后，人们在水库北岸给庞三橹堆了一座空坟，立了一块很大的石碑，人们站在南岸就能清晰地看见石碑上醒目的"庞三橹之墓"五个大字。

水库上没有了摆渡的人怎么行呢？人们偷偷地在心里苦恼。谁愿意去干那费力不赚钱的活呢？但最终总还是要有人干的，要不人们赶不了集，油盐酱醋从哪来呀？有人提议，家家出人轮着摆渡，可是许多人听了身子都往后缩。又有人说，干脆雇一个摆渡的，每趟一块钱。可仍然没有人响应，显然，这不是最佳方案。

就在人们焦头烂额的时候，有人从水库边放羊回来说，水库上又有船啦！这个消息迅速在村子里传开了。人们纷纷拥到水库边看个究竟，果然见水面上有一只船摇摇晃晃驶来，行近了，人们发现，摇橹的是一个毛头小子。有人眼尖，一眼便认出来：这不是去年骗咱们船粮的家伙吗！有人气盛上去一把揪住了小伙的脖领子。小伙子满脸羞愧地跟大家赔礼道歉说，他想为人们摆渡来偿还船粮。大伙一听，心中暗喜，便依了小伙子。

从此，人们又可以渡过水库去赶集了。小伙子的技术虽然一般，但是力气大，头三橹的劲头不次于庞三橹，便有人问小伙子姓氏。小伙子说，我姓庞啊！继而又补充道，我是庞三橹的儿子啊！虽然没有人相信，却也没有人再追问下去，索性真的把他当成了庞三橹的儿子。

苦茶醇酒

转眼之间，入了冬。村里又响起了铜锣声和吆喝声——敛船粮喽！人们听了又一边喊着"庞三橹敛粮来了"，一边急忙去舀粮食，根本没人在意那吆喝声中带着的几分稚嫩和凄凉。

无私奉献青春的平凡人 ◎墨 菲

没有足够的粮食又怎么有体力呢？庞三橹是饿到无力才掉到水里淹死的啊。家徒四壁却尽忠职守，在船上摇橹多年为村民摆渡，却从不以此作为赢利，而仅仅是收够一年糊口的粮食，当知道村民被骗后只会怪罪自己而不再收粮食，庞三橹至死都在无私地奉献着自己的爱心。

回想生活当中，不也处处有着庞三橹的身影吗？天还没亮就在打扫大街的清洁工人、风雨无阻地送信的邮差、三尺讲台上教书育人数十载的老师、坚守在边防保家卫国的战士、在烈日下挥汗如雨建造家园的建筑工人……这些平凡的人怀着最美好的愿望，在平凡的岗位上为我们服务，一起装扮了一个美丽的世界。

母亲用这份证据挽救了迷失了人生道路的儿子，也昭示了一个母亲对孩子超越一切的爱。

母亲的证据

田 野

男孩在8岁那年失去了父亲，从此和母亲生活在一起。母亲对男孩呵护备至，爱如珍宝，可是，这并不能保证男孩成长道路的一帆风顺。由于缺少父爱，本来就性格孤僻的男孩变得越来越懦弱和自卑，甚至在小学里被同学欺负，他也从不敢大声反抗。

不过，男孩上了中学之后，却仿佛突然间变了一个人，整天高傲地扬着脖子，喜欢睥睨着人，还动辄跟同学找碴儿打架。渐渐地，他成了学校里出了名的坏孩子，周围总是聚集着一些爱惹是生非的"兄弟"。

对男孩的变化，母亲看在眼里，疼在心里。可是，母亲的劝说对男孩毫无作用。有时被唠叨烦了，他甚至扬言要离家出走。有好几次，母亲扬起巴掌想狠狠地教训一下他，可最终她总是叹息着放下手，然后转过身去默默拭泪。

母亲以为随着男孩年龄增长，他的行为会慢慢收敛。谁料，在男孩上高二那年，他竟然伙同几个"兄弟"在校外持刀抢劫了一位刚从银行出来的女子！不久，警察顺藤摸瓜，很快将男孩一伙人抓捕归案，并把他们送上了法庭。

面对庄严的审讯，男孩这才意识到自己犯下的是怎样的错误。他哭着向法官坦白了自己作案的初衷：在单亲家庭中长大的他，经常被人欺负，在同学眼中他也一直是个"胆小鬼"，这让他内心异常自卑。那天，他之所以甘愿受同伴蛊惑一起实施抢劫，并不是真的贪图钱财，而是想用这种行为证明一下自己的勇气和胆量！在事后的分赃中，他根本没要抢来的一分钱！

听着男孩的讲述，坐在旁听席上的母亲泪流满面。法官虽然非常同情男孩，但只能无奈地表示：法网无情，因为男孩已经年满 18 周岁，作为一个成年人，他必须为自己的行为负责。由于涉案金额巨大，情节严重，作为同犯，男孩将面临坐牢的严厉惩罚！

就在这时，男孩的母亲突然站了起来，她红着眼睛向法官说道："不，我的儿子不能坐牢！他还未满 18 周岁！"

此言一出，举座哗然。因为从法官刚才出示的证明材料上看，男孩分

苦茶醇酒

明已经年满 18 周岁。难道,男孩的母亲失去了理智,为了不让儿子坐牢而打算作伪证吗?要知道,这也是违法的呀!

法官向男孩的母亲解释了关于证据的问题。男孩的母亲流着泪说:"我这里也有一份证据。"她用颤抖的手捧出一张纸片,有些艰难地说,"这是我儿子的出生证明——事实上,他身份证上的出生日期是假的,他并不是我和他爸爸的亲生儿子。当初,我们夫妻俩不能生育,就委托亲戚从一家医院里抱养了被遗弃的他。为了不让孩子在日后得知真相,我们搬了家,藏起了这份出生证明,还在落户口时故意把他的年龄改大了两岁……"男孩的母亲哽咽着接着说道,"这孩子从小就性格内向,经受不起打击,可怜他父亲又去得早,他就变得更加敏感、脆弱。这孩子越长大越叛逆,经常给我惹事,每次我都想狠狠地管教他,可又总是下不了手——我怕他真的会离家出走。我更不敢让他知道他是我抱养的,我太害怕失去这个儿子了啊!我一直想,我一定要把这个秘密埋藏在心里一辈子,可是今天,我宁愿失去他,也不能眼睁睁看着他小小年纪就坐牢,那会毁了他的一生啊……"

说到这儿,男孩的母亲泪流满面,所有在场的人都为之动容。

因为这份真实有力的证据,男孩侥幸躲过了牢狱之灾。他也仿佛在一夜之间成熟起来,变得沉稳而懂事。后来,已荒废学业很久的男孩通过不懈的努力竟然考上了南方一所有名的大学。

是的,那个男孩就是我。如今,母亲的那份证据已经交由我保存。当年,母亲用这份证据挽救了迷失了人生道路的儿子,也昭示了一个母亲对孩子超越一切的爱。这样一份非比寻常的证据,我要珍藏一生。

母爱无须证明 ◎墨 菲

一个女人,自从她的孩子出生,就被赋予了一个神圣的身份:母亲。很难想象没有母亲的生活。区别于父亲的严肃沉默,母亲一直用她柔情似水的心在感化孩子,为孩子收集了世间最美好最真诚的祝福,无微不至地照顾孩子的成长,仿佛把所有青春的梦想和希望都放在了孩子身上。

　　母亲的爱无须证明,我们能够健康成长就是最好的证明;母亲的爱无须回报,我们懂事、听话、健康、快乐就是最好的回报。我们在成长的过程中迷失了自己也不要害怕,我们一定会找到回家的方向,因为母亲会在黑夜中一直举起希望的明灯,指引迷路的孩子归家。

苦茶醇酒

爱是无形的,却具有力量,能够改变命运,创造奇迹。

Part Two
花香絮语

　　康乃馨代表母亲的爱，热情、真诚；郁金香代表无尽的爱，纯情、纯洁；玫瑰代表永远的爱，奔放、热烈……

　　生活里，总有一些东西令我们感动不已，如至爱的亲情，纯洁、永恒的友情，浪漫、动人的爱情。让我们一同感受花开花落时散发出的幽香，聆听花丛里的爱语吧！

> 其实，母亲也同样需要理解和关怀，不要再固执地把母亲的付出和牺牲当做理所当然吧！

母 亲

陈江平

母亲生在农家，所以朴实。她比所有普通人更普通、更平凡，就像一滴雨、一片雪、一粒灰尘，渗进泥土里，飘在空气中，看不见，不会引人注意。人啊，总是容易把眼睛盯在别处，而忽视眼前的、身边的事物。于是，便也容易失去弥足珍贵的一切。希望我的觉醒不会太晚。

母亲家姐妹多，所以她没机会读书。正因为母亲没文化，所以把许多牺牲当成了"理所当然"，甚至可以说母亲根本就没意识到这是一种"牺牲"。

我们家除了母亲，谁都出去旅游过。每次全家出游，母亲都会一个人留在家里，那时我随口说："妈，一起去吧！"母亲就会说："我不去。我走了猪怎么办！"听母亲这么说，我们就心安理得地扔下母亲，出去观光了。更令人难以置信的是，我们居然把这当成了习惯。

1998 年夏天，长江发洪水，我们家门外就是长江的支流——岷江。由于我们居住在岷江的冲积平原上，四面环水，很容易遭水灾。那几天，天总是阴沉沉的，有种"山雨欲来风满楼"的压抑，电视台每天都在报道被淹没的城市，我们平原上人心惶惶，许多人开始转移贵重物品。我们家也不例外,父亲把家里值钱的东西几乎都搬到了河对岸的幺叔家,并且每晚都带着我们去幺叔家过夜。当然,除了母亲。

那天,我们又去了幺叔家。我站在幺叔家六楼的阳台上,俯视整个平原,温柔的岷江异常平静地流着,很慈祥,就像母亲。突然,天上乌云滚滚,好像天空随时会垮下来一样,风从四面八方横冲过来,打在雨棚上哗哗作响。父亲说,傍晚可能有大雨。远远的,我看着我们家,那河与家之间只有几百米啊!而我的母亲此刻就在那里。不知为什么,我心里很害怕,我怕岷江失去温柔,怕明天起来家会成为一片汪洋,更怕再也看不见母亲。凭什么我们怕死,母亲就该不怕,是我们的命比母亲的金贵吗?

我的心怎么也静不下来,像是被风吹得急速旋转的风车。风越来越大,我便越发不安心。

我拗着要回去。父亲不可理解地说,天快黑了,也快下雨了,叫我明天和他们一起回去。我不听,硬是冲下了楼,让一屋子的人莫名其妙。

河边的渡船已经下班了,天乌得厉害,风里夹着几滴水打在我的脸上,更像打在我心里。我觉得前所未有的冷,冷进每一个细胞,以致我的身体像筛糠一样颤抖起来。我慌得厉害,迫不及待地花高价跳上了一艘小渔船。

过了河,雨已绵绵不断地打下来,我抱着头一路飞快朝家中奔去。当我敲房门时,听见母亲叫了声:"谁呀?"我应道:"是我。"屋里没开灯,只听见拖鞋着地的声音,然后看见母亲掀开窗帘的一角,露出惊疑惶恐的脸,仔细瞧瞧外面,认准确实是我,才慌忙将门打开。这时,我发现门被一根粗大的木头死死顶着。这一刻,我终于没忍住,眼泪和头发上滴下来的雨水混合在了一起。与其说这根粗大木头顶在门上,还不如说顶在我心里,这一顶就再也无法抹去。我知道,她怕。人最怕的是什么?不是吃,不是穿,不是钱,不是失去生命……而是孤独,是无依无靠的恐惧。而这样的孤独与恐惧,母亲不知道独自面对了多少次,面对母亲,我充满了愧疚与惭愧。

花香絮语

以后，爸爸再叫我一起去么叔家过夜时，我怎么也不去，叫急了，我就说："那我妈呢？"只要有母亲在，小屋就会充满温暖，充满祥和，任那风横雨狂我也不怕。有好几次，我听见母亲无比骄傲地对邻居说："我家江平最心疼我，这孩子有心哩！"母亲就是这样容易满足。

上了大学，离家更远了，远得母亲连想也不敢想，母亲打电话来说，想我了，想听听我的声音。我问："爸呢？"母亲说："你么叔请客，都去吃饭了。"我鼻子有些发酸，说："你怎么不去？"母亲理所当然地说："我走了，没人看家……"母亲察觉出我的异样，尽量使语气显得无所谓："也没什么好吃的，那些东西我都吃过……"挂掉电话，我冲进卫生间，看见镜子里的自己泪流满面，索性用脚把卫生间的门抵住，小声地哭起来。我不想惊动同学，我要独自表达我无限的伤心、委屈和儿童一样的软弱。

我心里不住发誓：我一定要让母亲出来旅游，直到游得再也不想游了为止。我一定要让母亲过上一个幸福的晚年！

宽广的母爱 ◎王清玲

仿佛是很平静地看完这个故事，然而却不能不让人有一种想哭的冲动。是啊，这也许是天下母亲的一种共性，把对家、对儿女的付出和牺牲当做一种理所当然。这份与天地共存，与日月同辉的母爱留给每个人的将会是怎样的沉甸甸的思考？我们欠母亲的是一份永远还不清的情啊！

故事以平实的笔调描写了一位很平凡、很普通的母亲，在全家出去旅游时，在洪水到来时，独自面对孤独的恐惧。虽语言平实，结构也只是采用一种顺理成章的形式，但是却深刻地刻画了一位母亲的伟大形象。是的，母亲就是一个家，"只要有母亲在，小屋就会充满温暖，充满祥和，任那风横雨狂我也不怕"。在我们的生命里，母亲就是那位时时伴随着我们，给我们温暖，给我们鼓舞，为我们遮风挡雨的人。母爱的天空是如此的宽广，母亲就是爱的代名词。

作品采用排比、比喻等修辞手法,通过作者的心理感受,写出了母亲为家所作出的巨大牺牲,而她却毫无怨言。这样的母亲却又是容易满足的,只要儿女们还惦念着她,心里还有她,她就感到知足了,就有了向人炫耀的资本。母亲对我们永远是无所求的,在她的脑海里,家就是她的一切。家的存在,使母亲早已忘了自己的存在!

　　当然,故事中的母亲也是幸福的,因为她有一位疼爱她的儿子。然而,世界上还有多少人没有在这份沉重的母爱中醒过来,没有去理解母亲为家、为我们所做的一切?亲爱的朋友们,尝试着走进母亲的心里吧,你会发现,其实母亲也同样需要理解和关怀,不要再把母亲的付出和牺牲当做理所当然吧!

　　父爱深沉而隽永,如同春雨滋润大地般无声无息,宛如古井深处那永不枯竭的泉眼,无论春夏秋冬,总会渗出甘露。

吊在井桶里的苹果

　　✍ 丁立梅

　　有一句话讲,女儿是父亲前世的情人。意思是做女儿的会特别亲父亲;而做父亲的特别疼女儿。那讲的应该是女儿小时候的事。

　　我小时,也亲父亲。不但亲,还崇拜,把父亲当成举世无双的英雄一样崇拜。那个时候的我口头禅是:我爸怎样怎样。仿佛拥有了那个爸,一下子就很了不得似的。

母亲还曾"嫉妒"过我对父亲的那种亲。一日下雨，一家人坐着，父亲在修整二胡，母亲在纳鞋底，就闲聊到我长大后的事。母亲问，长大了有钱了买到东西给谁吃啊？我几乎不假思索脱口而出，给爸吃。母亲又问，那妈妈呢？我指着一旁玩的小弟弟对母亲说，让他给你买去。哪知小弟弟是跟着我走的，也嚷着说要买给爸吃。母亲的脸就挂不住了，继而竟抹起眼泪来，说白养了我这个女儿了。父亲在一边讪笑，说孩子懂啥。语气里却透着说不出的得意。

待到我真的长大了，却与父亲疏远了。每次回家，跟母亲有叨不完的家长里短，一些私密的话也只愿跟母亲说。而跟父亲，却是三言两语就冷场了。他不善于表达，我亦不耐烦去问他什么。无论什么事情，问问母亲就可以了。

之后，也有礼物带回，却少有父亲的，都是买给母亲的，衣服或者吃的。感觉上，父亲是不需要装扮的，永远的一身灰色或白色的衬衫，蓝色的裤子。偶尔有那么一次，学校开运动会，每个老师发一件白色 T 恤，就挑了一件男式的，本想给爱人穿的，但爱人嫌大，也不喜欢那质地。回母亲家时，我就随手把它塞进包里面，带给父亲。

我永远忘不了父亲接衣时的惊喜，那仿佛是突然间遭遇的意外啊。他脸上先是惊愕，而后拿着衣服的手开始颤抖，不知怎样摆弄才好。笑半天才平静下来，问怎么想到买衣服给爸的？

原来父亲一直是落寞的啊，我忽略他太久太久。

这之后，父亲的话明显多起来，乐呵呵的，穿着我带给他的衣服。三天两头打电话给我，闲闲地说些话，然后好像是不经意地说一句，有空多回家看看啊。

暑假到来时，又接到父亲的电话，父亲在电话里很兴奋地说，家里的苹果树结了很多苹果，你最喜欢吃苹果的，回家吃吧，保你吃个够。我当时正接了一批杂志约稿在手上写，心不在焉地回他，好啊，有空我会回去的。父亲"哦"一声，兴奋的语调立即低了下去，是失望了。父亲说，那记得早点回来啊。我"嗯啊"地答应着，把电话挂了。

一晃近半个月过去，我完全忘了答应父亲回家的事。一日深夜，姐姐突然有电话来，姐姐问，爸说你回家的，怎么一直没回来？我问，有什么事吗？姐姐说，也没什么事，就是爸一直在等你回家吃苹果呢。

我在电话里笑了，我说爸也真是的，街上不是有苹果卖吗？姐姐说，那不一样，爸特地挑了几十个大苹果留给你。怕摔坏，就用井桶吊着，天天放井里面给凉着呢。

心被什么猛的撞击了一下，只重复说，爸也真是的，就再也说不出其他话来。井桶里吊着的何止是苹果，那是一个老父亲对女儿沉甸甸的爱啊。

为父爱腾出空来 ◎梁杏怡

也许，朴实无华的文字最能触动那根脆弱的心弦。细嫩的指尖划过弦端，撩起一阵接一阵的余音缠绕在心头。

父爱深沉而隽永，如同春雨滋润大地般无声无息，宛如古井深处那永不枯竭的泉眼，无论春夏秋冬，总会渗出甘露。在我们尚未觉察之时，它已微妙地化为井壁上的液滴，奉献自己，滋润干枯。

父亲是角色被转化的演员。孩提时代，父亲的衣角被我们抓成皱巴巴的，他异常乐意，一次次独自抚平那褶皱的衣角，嘴角不经意的微笑折射了父亲的欣慰。挡不住岁月挡不住成长，我们的肩膀与父亲同高。父亲由舞台上的主角，退居为搁置一旁的布景，他沉默地守候，等待，哪怕把他向前或向后挪动一点都已心满意足！落寞的父亲被忽略了很久很久，看他蓬松的头发和零乱的着装上，都是灰尘。他是布景，仅此而已。

趁父亲还有足够的力气把装着几十个大苹果的井桶伶俐地吊起的时候，为父爱腾出空来吧。

花香絮语

母亲用她厚实的身躯为我撑起了一片晴朗的天空，用她坚忍、宽厚的人格精神激励、震撼了我。

母亲的眼泪

谢琴琴

我走着，这条田埂小路，像母亲龟裂的双手；这条清澈小溪，像母亲慈爱的双眼；这条拱形小桥，像母亲沉重的脊背。

我驻足了，我为何还要去为难我的母亲？抬头仰望着天空，它还是那么深邃而又神秘。而天空中的那片晚霞已跃入我的眼帘，橘红色的晚霞像一片片熊熊燃烧着的火焰。这不禁让我想起了同它一样美丽的梦想。

向往着我美丽的梦想，在通往偏僻贫瘠的小山村的那条坑洼不平的小路上，徘徊了三个下午的我，最终还是迈着沉沉的脚步向前走了……

回到家，门同往常一样紧关着。我径直走向山顶那几方充满希望的田地，因为在那里我总能找到母亲的身影。来到田里时，母亲正在种豆。

"妈。"

"琴儿，你回来了呀！又是要报考费吧！"母亲的脸色黯了下来。

我点了点头。我不想抬头，怕看见母亲无奈的神色。简短的对话后，我和母亲都陷入了沉默。田地里只有锄头啃着硬泥块的声音，母亲的汗滴不时地坠落，亲吻着干瘪的田地。

母亲终于打破了沉默。"琴儿，这事本不该告诉你，怕影响你学习。你奶奶前天因心脏病发作被送进了医院，昨天你爸爸在外婆家借了一大笔钱给奶奶治病，你那几位叔叔手头也紧……为了供你们三姐妹读书，亲戚朋友能借的都借了。这钱别的同学都交了吗？能不能再拖一拖……"

　　我不知怎样回答对母亲的伤害才最小，我一声不吭地站在田头。母亲看着痴痴站立的我，她仿佛被一种无形的力量牵引着，放下锄头走向几位正在田里劳作的同村人。在远处，我只看见他们在母亲的询问之后，一个个都摇头。母亲走了过来，额上一条条被无情岁月刻下的皱纹显得更深了，似乎充满着无限悲伤与无奈。母亲望着那被群山环绕的小村庄，自言自语地说："哪家不希望崽女有出息，可咱有这心没这力哪！"

　　母亲拿起了锄头，锄了几下。忽然她转过身来，拉住我的手，一颗豆大的泪珠滴落在我的手心上。这是我第一次看到含辛茹苦的母亲把她这深埋在内心几十年的愁与苦谱写在脸颊上；这是我第一次看见母亲的泪顺着她饱经风霜的面孔淌下；这是我第一次感觉到如冰一样冷的母亲的泪流进我的心田。我的心碎了，我该让我的梦离我远去了，我不能再如此折磨我的母亲了。

　　我毅然走近母亲，说："妈，我不想念书了，我想出去打工，我再也不能增加您的负担了。"妈一听我的话，猛然一愣，快速地用手拭去脸上残留的眼泪，定了定神，抚摸着我的头，说："孩子，别犯傻了，瞧你没出息的，妈啥时候退缩过？妈虽没文化，但也知道'山不转水转，水不转人转'的理，没有蹚不过的河，没有迈不过的坎，妈会想办法的，千万莫打'退堂鼓'，用心读书……"

　　最后，母亲串了很多门，才从一位回娘家探亲的人那里借到了钱。在母亲的目送下我又踏上那条回校的小路。一路上，母亲殷切的话语一直萦绕在我的耳边。母亲的坚忍、宽厚，让我为自己的懦弱、退缩感到无比的羞愧，母亲那质朴的言语中透露出的勇气与信心，更给我以强烈的震撼。是啊！我有什么理由在困难面前望而却步呢？

　　看着路边小溪里的水，我似乎看见了母亲。母亲就像那溪流，不知经

花香絮语

历了多少迢迢的山、高高的峰、深深的谷才走了出来。而此刻在她中央有一块石头使溪水飞溅到了空中，接着又一颗颗珍珠般地洒落下来，这大概就是母亲的泪珠吧，而我就是这块让母亲流泪的顽石。我这块顽石不仅得到了母亲的呵护，更得到了母亲的洗礼。我相信自己会变得坚强、勇敢起来，会努力去拼搏，执著追求我那如雨后彩虹般美丽的梦想。我坚信，终有一天，母亲的眼泪将不再是酸楚的，而会化为幸福的泉流！

母爱之花 ◎邓汉菊

读了《母亲的眼泪》，我被深深地感动了，母亲伟大的形象在我心中又丰满了起来。

故事中的母亲用她坚忍、宽厚的精神托起了作者的梦想，给了她前进的信心和力量，教她学会了坚强，学会了勇敢、努力地去拼搏，执著地去追求那如雨后彩虹般美丽的梦想。

贫穷闭塞的小山村，贫瘠干瘪的土地，养育了日出而作，日落而息的父辈。虽然母亲没文化，但她并不封建落后，她懂得"山不转水转，水不转人转"的道理，懂得"唯有读书高"，懂得"再苦不能苦孩子，再穷不能穷教育"。虽然沉重的负担已经压得她喘不过气来，虽然吃了几十年的苦、饱经了风霜，但母亲不会因为眼前的苦难而让她的女儿放弃学业，放弃梦想，因为读书是唯一跳出农门的出路，她不想女儿再像她一样永远待在这个偏僻贫瘠的小山村里辛苦劳作。在苦难面前，她没有退缩，没有放弃，因为天无绝人之路，她会想方设法让女儿继续完成学业，实现梦想。母亲用她厚实的身躯为琴儿撑起了一片晴朗的天空，用她坚忍、宽厚的人格精神激励、震撼了琴儿。

读到这里，我为琴儿有这样一位母亲感到骄傲，因为她不仅给了琴儿无尽的呵护和关爱，而且还给了她精神上的洗礼。琴儿是幸福的，因为她从母亲身上学到了质朴，学会了坚强，学会了在苦难面前永不低头，永不退缩。母亲用她的眼泪,用她的汗水浇开了琴儿如雨后彩虹般美丽的梦想之花。

　　母爱总是伟大的。母亲是人生理想的导师,引领着我们在人生道路上披荆斩棘。

　　这个世界太大了,以致已没有什么能使人们学会感动,除了真情……

赝品真情

文冬

　　他是搞摄影的,但更痴迷民间收藏,他去过很多地方,读过很多古籍,也结交了许多的业内人士,对收藏很有一番见地。

　　这天,他在大山里采风,口渴得要命,看见青翠掩映下的一个小村头儿有个小茶棚,过往行人和游客都在此歇脚。他疾步走过去,要了一碗茶。正欲喝时,忽然看见茶嫂一手端着一只碗,另一只手拿了梳子,蘸着碗里的皂水梳头。直觉告诉他,那碗不是等闲之物,走近一看,果然是一件古物,一件很珍奇的瓷器。

　　茶嫂有些嗔怪,女人梳头,有什么好看的? 他忙说,你怎么用皂水梳头呢? 茶嫂笑了,滔滔不绝地说起皂水梳头的种种好处。他是没心思听的,只是为搭个讪而已,就说想看看这皂水。茶嫂把碗递给他,他端起碗,上下左右看个仔细,断定这是无价之宝,便问这碗的来历。茶嫂很疑

惑,你是看皂水呢,还是看碗?他说,自家也有这样的碗,原来是一对的,不小心摔了一只,所以看着熟悉。茶嫂说是这样啊,这碗是丈夫捡的,她嫌盛饭太大,盛汤又太小,就当了盛皂水梳头的用具。

他开始动了心,说想买下这碗。他说,那对碗是妻子娘家的陪嫁,两个人都很喜欢,摔了一只不成双了,妻子心里老别扭。茶嫂开玩笑说,你想买?这碗可贵着呢。他说你开个价吧。茶嫂眼睛转转,说100块。他快速从钱包里掏出一张钞票递过去。茶嫂莫名其妙地看了看他,然后把碗递过去,说开玩笑的,一个破碗怎么能收你钱呢?

一番推让之后,茶嫂说,如果你不想白要,就给我们全家照张相吧。这好办,他怀着喜悦的心情等茶嫂的丈夫和儿子下田、放学回家。快晌午时,一家人坐在茅屋前端端正正地摆好了姿势。照完相,全家欢喜,执意留他吃饭,茶嫂还对丈夫夸他是个有情有义的人,为了妻子高兴,宁肯花100块钱买一只碗。他有些愧疚,就偷偷往饭桌下放了1000块钱。

他知道,1000块钱是远远不够买这只碗的。回家后他又查看了书籍,仔细端量这碗,认定这是出自明朝宣德年间官窑的雪花蓝碗,乃是世上少有的珍品,价值数万元。他洗好照片,给茶嫂家寄了过去,顺便寄了那1000块钱的事,希望能帮一家人改善一下生活。

然后,他信心十足地把碗拿到古玩店鉴定。万万没有想到的是,行家说这只碗是后人仿造的赝品,并给他反映出了仿造的痕迹。他的心一下子凉了下去,不是为美梦落空,也不是为施舍出去的钱,而是为看走了眼。行内人都知道,收物件看走眼是很没面子的事。他想,为什么自己会看走眼呢,怪知识浅薄,还是学艺欠缺?好像都不是。

几天后,他意外收到从那个遥远的山村寄来的信,信是茶嫂的儿子写的,歪歪扭扭的小学生字迹,字里行间全是感激,说他家从没有照过"全家福",有了这张照片,一家人觉得很幸福。最后孩子说,如果不是那1000块钱,过了暑假他就要辍学了,他表决心似的说自己一定要考上大学,报答他这个好心人。他眼睛有些湿湿的,翻出那张全家福的相片,茶嫂一家笑得很甜很幸福。他觉得,这是自己从事摄影工作以来最好的一幅作品。

他想回信,却不知说些什么。想了又想,于是提笔问茶嫂,皂水梳头究竟有哪些好处呢,他想让妻子也把这蓝花碗派上用场。

以后,总有朋友说这碗品相好,问他是不是花了很多钱。他总是笑笑说,是乡下的亲戚送的,无价之宝。

真情无价 ◎陈力彰

读完《赝品真情》这篇故事,有句话让我久久不能平静,当"他"发现古碗是赝品的时候,他自问:"为什么自己会看走眼呢,怪知识浅薄,还是学艺欠缺?好像都不是。"的确,那都不是——因为他对"收藏很有一番见地"。

"他"是第一眼发现"古碗"的"无价"后,起了贪意的,古碗的"无价"掩盖了他本具有的收藏古玩物的知识而成为心迷了。毫无疑问,他是错在"贪"字之上了。然而,无价并非只体现在"钱"字之上,无价体现在真情。

当"他"收到山村的来信时,才最终发现自己错在了哪里,承认并改正了自己的错误。所以,这里的"无价"就在于他敢于承认并改正自己的错误,尽管"行内人看走眼是件很没面子的事"。虽然"他"没有向茶嫂一家正面道歉,但我们有理由相信,当他仍把古碗认为是"无价之宝"时,当"他"觉得那张全家福是自己从事摄影以来最好的一幅作品时,他的内心早已充满了深深的歉意,并能让真情弥补心灵的缺陷。是的,错在哪里并不重要,重要的是我们能否有勇气在错的地方重新站起来,甚至站得更高更稳。

在这里,我们又一次看到了乡村人的那种淳朴与善良。当茶嫂面对"他"用100块钱买她的碗时,尽管家里穷得快让孩子辍学,还坦率地说"一只破碗怎么可以收你的钱"时;当茶嫂一家"有了这张照片,一家人觉得很幸福"时……仿佛看到了山里人的那种纯洁的心灵,以及他们对

花香絮语

世界、对人间的那种美好的向往。于是,我们感动于茶嫂一家对幸福的要求,感动于朴素真情的流露。

不经意的假情换得了真情,为泯灭的良知感知了真情。于是,真情换得了真情,使得他的生命之树永远常青。

母亲,是世界上最爱你,最懂你,最愿意为你付出一切的人。

樱桃树下的母爱

檀小鱼/译

蒂姆4岁那年,一向花天酒地的父亲向母亲提出了离婚。母亲带着他搬到了马洛斯镇定居。

马洛斯镇尽头有一个大型的化工厂,工厂附近有许多美丽的樱桃花,蒂姆一眼就喜欢上了这里。

蒂姆在新的环境中生活得十分愉快。他喜欢拉琴,每天都要拿着心爱的小提琴到院子里的樱花树下演奏。

几年过去了,他的琴技日渐提高,悠扬的乐声是他们生活中最美妙的伴奏。

不幸还是再一次降临到了这对母子身上。化工厂发生了严重的毒气泄漏事故,距离化工厂最近的蒂姆家受到严重的污染。从那之后,蒂姆时常恶心、呕吐,最可怕的是他的听力开始逐渐下降,医生遗憾地表示蒂姆的听觉神经已严重损坏,仅存有极其微弱的听力。

母亲狠下心把蒂姆送到了聋哑学校,她知道要想让儿子早日从阴影中走出来,就必须尽快接受现实。医生提醒过,由于年纪小,蒂姆的语言能力会由于听力的丧失而日渐下降。因此,即使在家里,母亲也逼着蒂姆用手语和唇语跟她进行交流。在母亲的督促和带动下,蒂姆进步很快,没多久就能跟聋哑学校的孩子们自如交流了。樱花树下又出现了蒂姆歪着脑袋拉琴的小小身影。

看到儿子的变化,母亲很是欣慰。和以前一样,每次只要蒂姆开始在樱桃树下拉琴,她都会端坐在一边欣赏。不同的是,演奏结束后母亲不再是用言语去赞美,取而代之的是她也日渐熟练的手语和唇语以及甜美的微笑和热情的拥抱。

可蒂姆的听力实在有限,他很想听清那些美妙的旋律,但他所能听到的只有很轻的嗡嗡声。蒂姆很沮丧,心情也一天比一天坏。

看儿子如此痛苦,母亲也不禁伤心地流下泪来。一天,母亲用手语对蒂姆"说"道:"孩子,尽管你不能完全听清楚自己的琴声,但你可以用心去感受啊!"

母亲的话深深地印在了蒂姆心里,从此他更刻苦地练琴,因为他要用心去捕捉最美的声音。为了让蒂姆的琴技更快地提高,母亲还想出了一个妙招——镇上没有专业教师,母亲就用录音机录下蒂姆的琴声,然后再乘火车去城里找专家进行评点,为了避免有遗漏,她还麻烦专家把参考意见一条条地写下来,好让蒂姆看得明白。

可蒂姆发现,只要自己演奏较长的乐曲,有时明明超过了 50 分钟,磁带早到了该翻面的时候,可母亲还看着自己一动不动。蒂姆提醒母亲,母亲忙说抱歉,笑称自己是听得太入迷了。后来,只要录音,母亲都会戴上手表提醒自己,就再也没有出现过差错。

樱桃树几度花开花落,在一次法国少年乐器演奏比赛上,蒂姆以其精湛的技术和高昂的激情震撼了在场所有的评委,当之无愧地获得了金

奖。而当人们得知他几乎失聪时,更是觉得他的成功不可思议,许多人把他称为音乐天才。但值得庆幸的是,蒂姆的听力问题受了到医学界的关注,经过巴黎多位知名专家的联合会诊,他们认为蒂姆的听觉神经没有完全萎缩,通过手术有恢复部分听力的可能。

手术很快实施了,术后的效果很理想,医生说再戴上人造耳蜗,蒂姆的听觉基本上就能与常人无异了。

那段时间,母亲一直陪伴在蒂姆身边,戴上耳蜗的那天,蒂姆表现得很兴奋,他用手语告诉母亲:"从现在起,我要学习用口说话,您不必再用手语和唇语跟我交流了。"他甚至激动地拉起了小提琴,用结结巴巴的声音说:"母亲,我能听见了,多么美妙的声音啊!"然后他又问道:"母亲,您最喜欢哪首曲子,我现在就拉给您听,好吗?"

但奇怪的是,母亲似乎根本没听见他的话,依然坐在那里含笑看着他,保持着沉默。蒂姆又结结巴巴地问:"母亲,您怎么不说话啊?"这时,护士小姐走了过来,她告诉蒂姆,他的母亲早已完全失聪。蒂姆睁大了眼睛,直到这时,他才知道了真相:原来,在那次毒气泄漏事故中损坏了听觉神经的不只是他,还有他的母亲。为了不让蒂姆更加绝望,母亲才一直将这个痛苦的秘密隐藏到现在。母亲的绝大部分时间都是和蒂姆用手语和唇语交流。因为很少开口，如今母亲都不怎么会说话了。蒂姆想起年少时对母亲的种种误解，不由得抱着母亲痛哭起来。

初春时节，蒂姆和母亲回到了家中，在开满粉红花瓣的樱桃树下，伴着柔柔的和风，蒂姆再次为母亲拉起了小提琴。他知道，母亲一定听得到自己的琴声，因为她是用心去感受儿子的爱和梦想。虽然他当年在母亲那儿得到的只是无声的鼓励，但这其实是一个伟大的母亲奉献给儿子的最振聋发聩的喝彩！

散发芳香的阳光 ◎ 林小冰

爱没有重量，爱不是负担，而是一种喜悦的关怀与无私的付出。

《樱桃树下的母爱》正是一个伟大的母亲奉献给儿子最振聋发聩的喝彩！樱桃树几度花开花落，母亲用笑和沉默的爱鼓励儿子，作为儿子驶向成功的风帆，让儿子从人生的黑暗里走出来，这样的爱虽然没有轰轰烈烈，但是它散发出来的芳香却可以持续到你生命的终结。

母亲，是世界上最爱你，最懂你，最愿意为你付出一切的人。在现代的忙碌社会中，有几个人懂得父母的心呢？有几个人记得父母的生日呢？又有几个人不是把各种的不好归结为父母的错呢？……有许多东西，不要等到失去了才懂得它的美好，虽然目的地的风光可能很美丽，可沿途的花草也是充满芬芳的。

家是人们可以固守的地方，也是人们精神的寄托和心灵的港湾。让美好的情感留下一个永久的、不可抗拒的记忆，无论是漂流到了哪里，都会激起心中的波浪。

神圣的母爱，像阳光一样，能照耀到人生任何的角落，薄冰挡不住母爱，亲情会在灵魂深处复苏。请不要忽略母亲的爱，要用心去体会。因为一旦失去了，就永远追不回来了！

花香絮语

它如大山般厚重，如大海般深沉，如天空般高远，如茶般醇香……它就是真情父爱！

父亲的三句话

吴忠溪

父亲一生有三句话，令我永生难忘。

父亲的第一句话是："你看这件事怎么样？"

父亲一向是说一不二的，包括母亲也别想改变。母亲爱父亲，又有点怕父亲。虽然父亲当年只有每月 18 元人民币的微薄工资，但在母亲心目中，父亲是她的支柱和偶像。这造就了父亲的独断专行，但也树立了父亲不可撼动的威信。

我家 6 个兄弟姐妹，母亲病逝时，大姐、二姐已经出嫁，大哥、二哥在外工作，弟弟到外地读书，而我在本镇读高中，家中只有我和父亲两个男人相伴。

我家有一块宅基地，有人想买。一天晚上，我们两个男人吃着晚饭，父亲突然问我："我想把那块地卖了，你看这件事怎么样？"我来不及咽下嘴里的饭，呆呆望着父亲。父亲的眼神是诚恳的，我可以读懂。

也许，说一不二的父亲感到了他的无助。

但我相信，在他心中，他第一次感觉到，他的儿子已经是大人了。

父亲的第二句话是："我们不要和别人比吃的，比穿的，我们比不过他们，我们就和别人比学习，比工作。"

父亲那时只有 18 元的工资，无奈的父亲只能保住 4 个儿子的学业，两个姐姐没有进过一天学堂。父亲从工作到病退回家前后共 15 年，有14 年没有回家过春节，为的是能拿到春节值班补贴和一件棉大衣。

父亲说，每年的春节和暑假，是他最难过的日子。因为他有 4 个儿子要缴学费。

所幸的是，我们四个兄弟没有辜负父亲的期望，我们都完成了父亲"鲤鱼跳龙门"这一朴素的愿望。

我们兄弟四个要走进大学的前一天晚上，父亲都会帮助我们收拾简单的行李。

他对我们每个人都是这样说的："到学校里读书，我们和别人比吃的、比穿的，我们比不过他们，我们就和别人比学习、比工作。去睡吧，明天还要早起呢。"

父亲的这句话伴随了我们各自四年的大学生活。我们的大学生活可以说是简朴甚至是简陋的，但我们都是以优秀毕业生的身份毕业的。

父亲的第三句话是："以后我如果生病了，我会很快走的，不会拖累你们兄弟。"

母亲生病了，父亲不得不请长假照顾生病的母亲。

我不知道，在家从来不做家务的父亲，从来都是说一不二的父亲，那几年是怎样弯下腰来，学会做所有的家务的。他要陪母亲说话以减轻她的病痛，他要照顾母亲的起居生活，他要兼顾家里的自留地，后来他甚至学会了给母亲打针。母亲痛得厉害，又不能老打止痛针，就大骂父亲。三年，整整三年，威严的父亲却"逆来顺受"了。

然而父亲终究没能留住母亲。

母亲走的那一天，父亲一滴眼泪也没掉。只是到了第二个星期六，我从学校回来，看着母亲住过的房间，号啕大哭。父亲坐在门槛上，也已泪眼滂沱。

　　那天,他对我说:"以后我如果生病了,我会很快走的,不会拖累你们兄弟。"

　　退休以后,多病的父亲守着老家的三间老屋和一盏孤灯,不肯到城里和我们一起生活。那天下午,堂弟打来电话,说父亲感冒住院了,要我们回去看看。

　　可第二天傍晚,父亲就从容离我们而去。

　　深爱母亲的父亲,一样爱他的儿女们。他用他的箴言,表达了他的爱。

真情父爱 ◎ 凌秀娟

　　它如大山般厚重,如大海般深沉,如天空般高远,如茶般醇香……它就是真情父爱!

　　"深爱母亲的父亲,一样爱他的儿女们。他用他的箴言,表达了他的爱。"朴实无华的,但却饱含深情的话语就这样深深地打动了我……

　　故事中的父亲是个平凡世界的平凡人,但正是这样一个人只用三句话便表达了他的爱。一句"你看这件事怎么样?"体现了他对儿子长大了的肯定;"我们不要和别人比吃的、比穿的,我们比不过他们,我们就和别人比学习、比工作"。这便体现了他的淳朴思想及对儿女的影响和要求;"以后我如果生病了,我会很快走的,不会拖累你们兄弟。"这是怎样的一种爱啊!淳朴的父亲宁愿终结生命也不愿成为儿女的拖累!

　　一个人的成长离不开父亲的扶持。母亲的爱让我们感到温暖,而父亲的爱则让我们感受着生命的希望。世界因有了爱而精彩,生活则因有了爱而绚丽,而真情父爱则更会让我们的生活成为一个万花筒。

　　父爱可能如白开水般平淡,但却不会无味。当我们经受挫折、坎坷时,父爱将会是我们最有力的精神支柱。

　　人说孤独是为自由所付出的代价,当我们逐渐长大时,便会明白埋藏在父亲心里的爱。父亲也许会吝惜"我爱你"这三个字，但他们会用最平凡的话语、最朴实的行动把真爱表现。真情父爱，如山般厚重，如海般深沉……

生命之水汩汩地流，爱也应点点滴滴地传递……

生命的奇迹

✍ 子 鱼

她是拼上命也要做母亲的。

她的命原本就是捡来的。4 年前，她 25 岁，本该生如夏花的璀璨年华，别的姑娘都谈婚论嫁了，而她，却面容发黄，身体枯瘦，像一株入冬后寒风吹萎了的秋菊。起初不在意，后来肚子竟一天天鼓起来，上医院，才知道是肝出了严重问题。

医生说，如果不接受肝移植，只能再活一个月。所幸，她的运气好，很快便有了合适的供体，手术也很成功——她的命保住了。

她渡过了险滩，生命的小船还得沿着原来的航向继续前行。两年前，她结婚了，嫁为人妻。一年前，当她再次来到医院进行术后的常规例行检查时，医生发现，她已经怀孕 3 个月了。

孕育生命，是一个女人对自己生命极限的一次挑战，更何况是她。一旦出现肝功能衰竭，死神将再次与她牵手。这一切，她当然懂得，但是，她真的想做母亲。需要付出什么代价，她都舍得，她要的，只是这个

花香絮语

结果。

2004年3月18日，医生发现胎儿胎动明显减少，而她又患有胆汁淤积综合征，可能导致胎儿猝死，医院当机立断给她做了剖宫产手术。是男孩，小猫一样脆弱的生命，体重仅两公斤，身长42厘米。虽然没有明显的畸形，但因为没有自主呼吸，随时可能出现脑损伤及肺出血，只好借助呼吸机来维持生命。

而这一切，她都不知情，因为她自己能否安全地度过产后危险期，都还是个未知数。她要看孩子，丈夫和医生谎称，孩子早产，需要放在特护病房里监护。

自己不能去看孩子，她就天天催着丈夫替她去看。等丈夫回来了，她便不停地问，儿子长得什么样？到底像谁？他现在好不好？有一天，她说做梦梦见了儿子，但是，儿子不理她。

7天过去了，她一天天好起来，天天嚷着要去看儿子。但孩子仍然危在旦夕，情况没有一丝好转。怎么办呢？医生和丈夫都束手无策。只是，再不让她看孩子，已经说不过去了。但愿，她是坚强的。

第8天，她来到了特护病房。看到氧气舱里，皱皱的、皮肤青紫的儿子浑身插满了管子，她无声地落泪了。病房里鸦雀无声，所有人都不知道该怎样安慰这个心碎的母亲，甚至不知道该怎样向她解释这一切。

她打开舱门，把手伸进去抚摸着儿子小小的身躯和他手可盈握的小脚丫。一下一下，她小心翼翼地，像在抚摸一件爱不释手的稀世珍宝。那一刻，空气也仿佛凝固了。

突然间，奇迹出现了，出生后一直昏迷的婴儿，竟然在母亲温柔的抚触下第一次睁开了眼睛。医护人员欢呼雀跃着，那个7天来一边为儿子揪心，一边又只能在妻子面前强颜欢笑的男人，此时此刻已泣不成声。而她，只是痴痴地、久久地与儿子的目光对视着。

第9天，婴儿脱离了呼吸机，生命体征开始恢复。

第 11 天，婴儿从开始每次只能喝两毫升的奶，发展到可以喝下 70 毫升牛奶。而且他的皮肤开始呈现正常婴儿一样的粉红色，自己会伸懒腰、打呵欠、四肢活动自如，哭声洪亮。

第 12 天，她抱着儿子——她用命换来的儿子，她用爱唤醒的儿子，平安出院。当天各大报纸报道说，全国首例肝移植后怀孕并生产的妈妈今日出院。她的名字叫罗吉伟，云南盐津人。每天都有类似的新闻，不过是报纸上的一角，仿佛与我们的生活无关。但是，又有谁了解，在这背后，一个母亲所创造的生命奇迹。

爱 的 传 递 ◎李丽丽

人为了很多东西而活着，其中一样就是爱。

母亲拼了命把孩子生下来，但是孩子的生命却像易碎的花瓶，他期待着一股强大的力量支持他延续下去。当母亲温柔地抚触孩子时，孩子竟然在 8 天的昏迷后第一次睁开了眼睛。那一刻，是爱唤醒了他，是母亲用手把一点一滴的爱传递给了他，让他变得坚强。

这个故事让我们领悟到在困难中别人传递给我们的一点一滴的爱，都能让我们变得坚强。这些爱如同寒霜冰雨中的篝火，温暖了我们的心。这些爱有时候不需要太多物质的东西，只需要一句真心的问候、或关怀、或鼓励，都会让人倍感温暖。当别人生病的时候，你细心地照顾；当别人跌倒的时候，你伸出援助之手；当别人失败的时候，你适时的鼓励……这些都能让人勇敢面对困难，走出人生的低谷。这些都是爱的魅力所在，它能让身处寒冬的人感受春日的温暖。

面对别人的无私给予，我们何以为报？很简单，我们也要学会给予。只有这样，才能让爱一直传递，才能创造生命里一个又一个的奇迹，才能让所有生命都坚强起来！生命之水汩汩地流，爱也应点点滴滴地传递……

花香絮语

当海浪打来的时候,海鸥总显得非常笨拙,它们从沙滩飞入天空总要很长时间,然而,真正能飞越大海、横过大洋的还是它们。

母亲给出的答案

佚 名

有个孩子对一个问题一直想不通:为什么他的同桌想考第一就考了第一,而自己想考第一却才考了全班第 21 名?

回家后他问道:"妈妈,我是不是比别人笨?我觉得我和他一样听老师的话,一样认真地做作业,可是,为什么我总比他落后?"妈妈听了儿子的话,感觉到儿子开始有自尊心了,而这种自尊心正在被学校的排名伤害着。她望着儿子,没有回答,因为她不知该怎样回答。

又一次考试后,孩子考了第 17 名,而他的同桌还是第一名。回家后,儿子又问了同样的问题。她真想说,人的智力确实有三六九等,考第一的人,脑子就是比一般人的灵。然而这样的回答,难道是孩子真想知道的答案吗?她庆幸自己没说出口。

应该怎样回答儿子的问题呢?有几次,她真想重复那几句被上万个父母重复了上万次的话——你太贪玩了;你在学习上还不够勤奋;和别人比起来还不够努力……以此来搪塞儿子。然而,像她儿子这样脑袋不够聪明,在班上成绩不甚突出的孩子,平时压力还不够大吗?所以她没有那么做,她想为儿子的问题找到一个完美的答案。

儿子小学毕业了，虽然他比过去更加刻苦，但依然没赶上他的同桌，不过与过去相比，他的成绩一直在提高。为了对儿子的进步表示赞赏，她带他去看了一次大海。就是在这次旅行中，这位母亲回答了儿子的问题。

现在这位做儿子的再也不担心自己的名次了，也再没有人追问他小学时成绩排第几名，因为去年他已经以全校第一名的成绩考入了清华大学。寒假归来时，母校请他给同学及家长们做一个报告。其中他讲了小时候的一段经历："我和母亲坐在沙滩上，她指着前面对我说，你看那些在海边争食的鸟儿，当海浪打来的时候，小灰雀总能迅速地起飞，它们拍打两三下翅膀就升入了天空；而海鸥总显得非常笨拙，它们从沙滩飞入天空总要很长时间，然而，真正能飞越大海、横过大洋的还是它们。"这个报告使很多母亲流下了眼泪，其中包括他自己的母亲。

用 心 良 苦 ◎赵碧妹

读完《母亲给出的答案》这篇故事，我已泪眼滂沱。我很佩服母亲的善良与睿智，更读懂了她的用心良苦。

看着儿子的进步，想着儿子的自尊，这位母亲在和儿子的旅行中回答了儿子的问题，"……当海浪打来的时候，……而海鸥总显得非常笨拙"，"然而，真正能飞越大海、横过大洋的还是它们。"这位母亲给出的答案让满座皆泣。她用真实而又充满鼓励的口吻，高度保护了孩子的自尊，再现一种伟大的母爱。

我想起了我的母亲，因为我清楚地记得我小时候也曾问过母亲"我是否很笨"之类的话。那时，母亲只是很随口地说："怎么可能？不过——很多事，你只要用心去做就好。"我那时听了可乐了，越发勤奋起来。

光阴荏苒，我的母亲不再年轻，她也从不知道自己的话曾给她的女儿带来多大的动力与鼓舞。当我给她读这篇《母亲给出的答案》的故事时，母亲笑了，并赞叹道："那真是位高明的妈妈。"我伸出了手，搂着母亲说:"您也是一位高明的妈妈呀。""哪里?"可我在她低头的一刹那,分明看到她眼中悄悄溢出的泪花。

.所有的母亲都具有爱的天性,她们以善良教育孩子,更以一种"大爱"为孩子们指引方向。即使是有着海鸥般笨拙的孩子,也能在母爱的鼓励与尊重下飞越大海、横过大洋。

作为孩子的我们应该说些什么呢?我们只能轻拭泪水,深情地说:"母亲,我真的爱您。"

爱其实很简单,它会像茶,平淡而亲切,在不知不觉中上瘾。

继 父 节

[美]贝丝·莫莉   艾　草/译

每当母亲节或父亲节的时候,都会使我想到我们国家还缺少一个节日——继父节。

如果任何一个人都应该有自己的节日,那么继父节应该是那些用他们的爱心和谨慎,在一个重建的家庭里建立起自己位置的勇敢心灵的节日。这就是我们家里为什么会有一个我们称之为"鲍伯的节日"的原因。这是我们自己的继父节的版本,是根据继父鲍伯的名字命名的。下面是我们的继父节的由来。

那时鲍伯刚进入我们的家庭。

"你知道，如果你做了伤害我母亲的事情，我会让你住到医院。"正在上大学的男孩说，他比他继父要魁梧得多。

"我会记住的。"鲍伯说。

"你不要告诉我我该怎么做。"正在上中学的男孩说，"你不是我父亲。"

"我会记住的。"鲍伯说。

正在上大学的男孩打电话回家，他的汽车在离家 45 英里的地方抛锚了。

"我马上到。"鲍伯说。

老师打电话到家里。正在上中学的男孩在学校打架了。

"我立刻就去。"鲍伯说。

"噢，我需要一条领带与这件衬衫相配。"正在上大学的男孩说。

"从我衣柜里挑一条吧。"鲍伯说。

"你必须穿个耳眼。"正在上中学的男孩说。

"我会考虑的。"鲍伯说。

"你认为我昨天晚上的约会怎么样？"正在上大学的男孩问。

"我的意见对你有什么影响吗？"鲍伯问。

"是的。"男孩说。

"我必须跟你谈谈。"正在上中学的男孩说。

"我必须跟你谈谈。"鲍伯说。

"我们应该有一段继父和继子之间的共同经历。"正在上大学的男孩说。

"做什么？"鲍伯问。

"给我的汽车换油。"男孩说。

"我知道了。"鲍伯说。

"我们应该有一段继父和继子之间的共同经历。"正在上中学的男孩说。

"做什么？"鲍伯问。

"开车送我去看电影。"男孩说。

"我知道了。"鲍伯说。

"如果你喝了酒，不要开车，打电话给我。"鲍伯说。

"谢谢。"正在上大学的男孩说。

"如果你喝了酒，不要开车，打电话给我。"正在上大学的男孩说。

"谢谢。"鲍伯说。

"我必须在什么时间回家？"正在上中学的男孩问。

"11 点 30 分。"鲍伯说。

"好的。"男孩说。

"不要做伤害他的事情。"正在上大学的男孩对我说，"我们需要他。"

"我会记住的。"我说。

这就是我们的"鲍伯节"的由来。男孩子们为他们的继父买了一件他们能够一起玩的新玩具。鲍伯能够赢得孩子们的尊重对我们全家人来说都是一件值得庆幸的事，他似乎一直都在我们背后支持着我们。

爱其实就那么简单 ◎ 项配仪

这篇故事的情节发展是以对话的形式来体现的。对话简洁自然，不需雕琢，把生活的重要细节一一浓缩在对话之中，跟人物的身份非常接近，从而显得那么平常，平常中却又韵味十足。故事尽管没有着墨于人物的肖像特征，而读者却能在心里勾勒出一位慈父的普通与伟大。这是符合人物特征的语言表达，是字里行间流露的那份浓浓的父爱的话语体现。这是成功的对话，是一个精彩的故事。

故事中的继父丝毫没有长者的唯我独尊，却在儿子心中树立了一个伟大的父亲形象。这是因为继父与继子之间懂得相互尊重，是一份相互尊重，平等的爱。

付出的爱，是会有回报的。生活中，我们总会埋怨别人给予自己的爱太少，只是，扪心自问，自己到底为别人付出了多少爱呢？只想一味地获取而不给予，多么令人心寒啊。或许，我们会想当然地认为父母给予我们的爱是理所当然的。但是，我们没有想过，父母的爱也是有期待的，那就是希望我们成为一个对家庭、对社会有责任感的人。而这种爱是建立在相互尊重，相互理解的基础上的。

　　爱其实很简单。它会像白酒，辛辣而热烈，容易让人醉在其中；它会像咖啡，苦涩而醇香，容易为之振奋；它会像茶，平淡而亲切，在不知不觉中上瘾。鲍伯的爱是属于最后一种的，淡淡的清香，日久弥香。他对爱的尊重就赢得了尊重的爱。他把爱化为一种默默的支持，把个人与感情体现在平凡的对话中，然后体现在行动上。

　　这份爱，存在着，似乎感觉不到它的重要；但如果缺少了，或许就少了一片蓝天。

　　其实，爱就这么简单。

生活的艰辛注定了爱情的质朴无华，生活的岁月积累了爱情的坚城固堡。

零下20度的爱情

一　冰

　　那是个冬夜，我值夜班。凌晨一点时，我接到内科的紧急会诊通知，安排好工作，一拉开门，一股像刀子一样的寒气直刺到心底里去。屋子里有暖气，还不觉得天冷，没想到外面的气温竟然这么低。我走下楼梯，快到一楼时，隐约传来说话的声音，像梦呓一般："你冷不冷？""不冷，你呢？"

"我也不冷。"……走到一楼的门厅时，我看到了说话的人，一对中年夫妇，紧紧地并排缩在一个墙角，他们的腿上拥着一条被子。我快步从他们身边走过，可能是带过了一阵冷风，他们同时打了个寒战。

半小时后，我从内科回来，走过他们身边，他们还在说着话："回去给娃们都添件衣服。"

"你也添一件吧。""算了，我不要了，看病花了不少钱哩。""你看你，都说的是啥话，看病是看病，穿衣是穿衣……"

我在他们断断续续的对话中回到科室。我走到护士值班室，想问问有没有什么事，正看到护士从厚重的窗帘后面出来，她手里拿着一个东西，一看见我脸就红了，调皮地说："天气预报说今天的最低温度是零下20度，是本市有史料记载的最低温度，我刚才专门在窗外测了一下，真的呢！"

她给我看温度计，温度计从零下20度的地方正在缓缓地上升，那红色的汞柱像血一样涌动。我心里一动，问她："还有没有空床？"她扫了一眼病床分布表，说："还有。"我说："我去查查房，麻烦你到楼下的门厅去把那一对中年夫妇叫上来——这么低的温度，他们在那里只怕会出事。"

她下去后没多久又上来了，很紧张地说："不好了，大夫，他们都站不起来了！"

我吃了一惊，忙赶下楼去。那对中年夫妇都是盘腿坐着，果然都站不起来了。我叫来了保卫科的人，把那对中年夫妇抬上了楼。我知道这都是因为长时间坐着，加上天气寒冷，导致的肢体麻木。我一边给他们做治疗，一边问他们的情况：原来他们今天早上就出院了，可是为了等一份检查报告，耽误了回家的时间，又舍不得花钱住旅店，就想在那门厅里凑合这一夜的。护士埋怨他们说："你们不知道吧，再这么坐下去，不到明天早上，你们的腿就都要废了！"

那男人不好意思地说:"是是是,我也感到腿麻了,想动动,可又怕把被窝弄凉了。"

那女人也说:"是啊,我的腿也麻了,也忍着没动。"

这朴实无华的话使我的心里一阵悸动:他们忍着巨大的痛苦,只为了维护共同的那一点温暖啊!

爱 淡 如 水 ◎ 梁超瑜

看完这个小故事,我想起一个朋友曾经对我说过的一句话:"能够经得起平淡流年洗礼的才算是真爱!"这句话大概有两个意思:第一,平平淡淡才是真;第二,只有时间才明白爱的可贵。故事中的男女主人公平淡朴素的对白,把一份真爱展现在了读者面前。

从亚当夏娃到现在,不同的人对爱的真谛有着不同的理解。所谓"仁者见仁,智者见智"吧!但总的来说,恋爱总有那么一条规律可循。

年轻气盛的时候,不知道是受风花雪月的琼瑶影响,还是受刀光剑影的金庸影响,总憧憬自己的爱情能够在花前月下浪漫一番,或者充满激情轰轰烈烈地爱一回。于是,豪情壮志地立下了海誓山盟,大有"爱"不惊人死不休的气魄!但,在情场摸索滚爬几次之后,蓦然回首,原来生活毕竟不是故事。生活的艰辛注定了爱情的质朴无华,生活的岁月积累了爱情的坚城固堡。"是是是,我也感到腿麻了,想动动,可又怕把被窝弄凉了",一句话却蕴涵了爱的力量和爱的伟大。就"为了维护共同的那一点点温暖,他们忍着巨大的痛苦",几乎冻残了自己的双腿,却毫无怨言。虽然故事中的男女主人公没有说出任何悦耳动听的甜言蜜语,没有许下任何海枯石烂的承诺,但那朴质的言语却是最实在最贴心的!

生活就是这样子!它更多的是简单和平凡,爱情不仅仅是花前月下的浪漫和激情,更多的是彼此之间的那份牵挂和关怀,是相拥着同"一条被子"驱风御寒的温暖。

父亲的关怀与爱如同大山一般，头顶着威严，但是心里却流淌着真情……

和爸爸的电话约定

✒ 张　靖

　　3 年前，我辞了职，嫁了人，离开了生我养我疼我 30 年的爸爸。在坐火车的 40 多个小时里，只要我一接到爸爸打来的电话我就哭。两天的旅途中，我一共接到了爸爸打来的 12 个电话，问的都是同样的话："起来了吗？""吃了吗？""到哪儿了？"每一次挂掉电话，我都哭得不能自已。到北京以后，我给爸爸写信，信中充满了牵挂。最后，爸爸说，以后不要写信了，还是打电话吧，电话不至于太伤感。

　　我从小就没有了妈妈，是爸爸一手把我拉扯大的，好不容易等我长大了，而我又要离开他，我很不忍心。北京的生活有酸也有甜。有一段时间，丈夫出差了，我一个人在家，爸爸便每天打电话过来嘘寒问暖。我住的地方离单位很远，我怕上班迟到，便对爸爸说："你能在早上 6 点半叫我一下吗？电话响 3 下，您就挂了。"说完这话我就后悔了，爸爸住的那个城市，早上6点半天都没亮，爸爸叫我，他就一定休息不好。但是从此以后，每天早晨6点半，电话铃都会准时响起。为了不再麻烦爸爸，我买了一个闹钟，我告诉爸爸不用再叫我了。可是第二天早晨6点半，电话铃还是响了，没等响第二下，我就接起来。爸爸说："本不想打的，但没忍住。打一个电话，虽然你不接，但是我知道我在叫女儿起床呢，我感觉到你就在我身边。"一时间，我的眼泪又止不住地流下来。我说："爸爸，你打吧，我不用闹钟了。"

后来，我搬了好几次家。每次搬家，我要做的第一件事就是把电话号码告诉爸爸。这期间，爸爸也出过很多次远门，但是他无论在哪里，从没有忘记我们之间的电话约定。

父爱如山 ◎梁杰荣

年少时，我们一直希望自己快点长大，能让自己在理想的天空飞翔，以为自己真的可以去承受和面对人生的悲欢离合、阴晴圆缺。但是文章的故事告诉我们，无论我们飞得多高多远，一直都有一条线牵着我们与父亲的心。故事里频频的电话声，令我想起了朱自清《背影》中的父亲，也明白了朱自清那时为何潸然泪下了。

一直以来，父亲在我们的心中都是一个沉默、严肃的形象，他们把自己的温柔、脆弱、缠绵的感情深深地掩藏起来，于是我们很少见到父亲号啕大哭，很少看到父亲亲口说："孩子，我爱你"，很少看到父亲给我们一个拥抱或吻……但是他对我们的爱却丝毫没有减退，反而永远都是默默的无条件的付出，一点一点地堆积起来，如文中的电话，哄"我"开心、或提醒"我"起床，都是父亲无言的爱。父亲的关怀与爱如同大山一般，头顶着威严，但是心里却流淌着真情，这就足以让我们安稳地靠在那里。

父亲，永远是付出最多而不求回报的人，"山不拒细石，故能成其高"。父亲的爱，不因照顾我们而觉烦琐，故父爱如山！

花香絮语

爱那个可以毫不犹豫赤脚为你开门的人吧！爱那个可以无怨无悔为你无私奉献的人吧！

母爱如佛

斯　君

听说过这样一个故事——

从前，有个年轻人与母亲相依为命，生活相当贫困。

后来年轻人由于苦恼而迷上了求仙拜佛。母亲见儿子整日念叨、不务农活的痴迷样子，苦劝过几次，但年轻人对母亲的话不予理睬，甚至把母亲当成他成仙的障碍，有时还对母亲恶语相加。

有一天,这个年轻人听别人说起远方的山上有位得道的高僧,心里不免敬仰,便想去向高僧讨教成佛之道,但他又怕母亲阻拦,便瞒着母亲偷偷从家里出走了。

他一路上跋山涉水,历尽艰辛,终于在山上找到了那位高僧。高僧热情地接待了他。席间,听完他的一番自述,高僧沉默良久。当他向高僧询问佛法时,高僧开口道:"你想得道成佛,我可以给你指条道。吃过饭后,你即刻下山,一路到家,但凡遇有赤脚为你开门的人,这人就是你所谓的佛。你只要悉心侍奉,拜他为师,成佛又有何难?"

年轻人听后大喜,遂叩谢高僧,欣然下山。

第一天,他投宿在一户农家,男主人为他开门时,他仔细看了看,男主人没有赤脚。

第二天,他投宿在一座城市的富有人家,更没有人赤脚为他开门。他不免有些灰心。

第三天,第四天……他一路走来,投宿无数,却一直没有遇到高僧所说的赤脚开门人。他开始对高僧的话产生了怀疑。快到自己家时,他彻底失望了。日暮时,他没有再投宿,而是连夜赶回家。到家门时已是午夜时分,疲惫至极的他费力地叩动了门环。屋内传来母亲苍老惊悸的声音:"谁呀?""我,你儿子。"他沮丧地答道。

很快地,门开了,一脸憔悴的母亲大声叫着他的名字把他拉进屋里。就着灯光,母亲流着泪端详他。这时,他一低头,蓦地发现母亲竟赤着脚站在冰凉的地上!

刹那间,灵光一闪,他想起高僧的话。他突然什么都明白了。年轻人泪流满面,"扑通"一声跪倒在母亲面前。

看到这个故事的时候,我的心不禁怦然一动。母亲对于我们每个人来说永远都是伟大的。不能事亲,焉能成佛?在你失意、忧伤甚至绝望的时候,千万不要忘记你身边立着的母亲。尽管她不能点拨你什么,但在你无助之时,她的微笑会如佛光一样为你映出一片光明,使你对人生萌生

花香絮语

希望。不管你是怎样的卑微和落魄，母亲永远是你可以停泊栖息的港湾，她的关爱和呵护一样会把你渡上一条风雨无阻的人生之船。母亲就是那可以毫不犹豫赤脚为你开门的人，母亲拥有可以宽恕你一切过失的胸怀。

我们苦苦寻找想要侍奉的佛，其实就是母亲。你想到了吗？

理解万岁  ◎胡 妹

读罢《母爱如佛》，"母亲就是那可以毫不犹豫赤脚为你开门的人"这句话一直回响在我耳边。母爱，我们的生命难以承受之重啊！

不知从什么时候起，代沟悄然出现在我们的生活中，而我们似乎喜欢用"代沟"一词来隔离母亲。也许有许许多多人抱怨母亲的不理解，厌烦母亲出门时的叮咛和电话里的"绵绵不断"，看不惯母亲把自己认为的一丁点小事看成天大的事。当你为这些而感到烦恼的时候，请回想一下，是谁给了你生命，是谁把你从一个小不点养成一个男子汉、大姑娘；是谁每天不辞劳苦地为你奔波，为你创造美好的环境；是谁日夜挂念离家在外的你；是谁无论你成功或失败，总在背后给你支持，勇气；是谁无论你是丑小鸭还是白天鹅，都永远爱你；是谁用关爱的目光注视你的一生；是谁为了你的成长而耗尽青春年华；是谁……那是母亲，我们至亲至爱的，唯一的母亲啊！

我很高兴故事中的儿子最后明白了母亲就是自己想要侍奉的佛。很多时候，我们需要换位思考一下，母亲为什么这样？如果你理解那是一颗爱你的心，那么，你就不会对母亲的所说所做感到丝毫的不耐烦，代沟也就不复存在了。

母爱如佛，佛法无边。

不能事亲，焉能成佛？

不能事亲，焉能为人？

理解万岁，真爱永远！

"后来，终于在眼泪中明白，有些人，一旦错过就不再。"

49朵红玫瑰

伊 明

左兵的父亲郑孝仁是中日两地经商的广东人，母亲由纪子是父亲在日本买下的外室。

因为是个中国人，他没少受同学的欺侮，但是他不怕。他虽然瘦，然而受欺负时，也会发疯似的还击，渐渐地也就有了名气。有一次，加代在校门口迎住他说："放学后我们一起走好吗？我一个人走僻静的路，有些怕，拜托了。"左兵一口就答应下来。

每天清早，左兵走到巷口，就会看见加代在樱树下等着，见了他，微微一笑，弯一弯腰，就跟在他的后面走。日久便成了习惯。左兵喜欢下雨天，下雨天加代穿木屐，噼噼啪啪在身后走着，很有韵律。雨大了，加代还会半踮着脚，在侧后方举着伞，给他挡一下雨，左兵喜欢她半遮半喜的样子。

那一年的圣诞节，学校组织晚祷，允许大家穿校服以外的正式服装。左兵一出巷子，眼前一亮：樱树下的加代穿了一件白底织淡淡樱花的和服，红底织银的褪裸，还撑着一把红色油纸伞。左兵第一次意识到加代有多美，不知怎的就心慌意乱起来，有一种想马上逃掉的冲动。

花香絮语

1936 年底,大批华人开始返国。在涌向码头的人潮中,左兵紧随着父亲的管家。船快开的时候,加代突然呜呜咽咽地出现在舱门前。她"扑通"一声跪在左兵面前,只会说一句话:"可是,郑君,我喜欢你啊……"一时间,左兵的心中一片茫然,好像雨中加代的木屐一下子踏在了脑子里,每一下都无限悲凄地重复着:"可是,郑君,我喜欢你啊……"

一直到多年以后,左兵才意识到加代说出这句话要有何等的勇气。

然后便是 49 个年头。左兵在中国和同时代的人们经历着差不多的悲欢,磕磕绊绊却也没什么值得抱怨。他的记忆中偶尔会出现一种声音,但是想不起来是什么声音。他老了。

1985 年,他因一些产权问题回了一次日本。中学时代的老同学去饭店看他,走时留给他一张加代的名片。于是,他明白了萦回在脑际的原来是加代的声音。他拨通了加代家的电话,凭着一种冲动,这冲动已经多年不见了。

没有惊叫、眼泪、叹息、懊悔和掩饰,平平淡淡地,他约她出来喝茶,说:"我回来了,茶社见好吗?"——好像他是昨天才离开,她说:"好的,但不必喝茶了吧,我实在不愿毁了我在你心中的形象。你在樱树下等我,我会从你身旁走过,请别认出我……"他答应了。他们——两个年近古稀的老人,在电话中平静地相约:"再见,来生再相识,来生吧。"

正是樱花凋落的季节,横滨一株古老的樱树下,站着一位老人。他身穿租来的黑色结婚礼服,抱着一大束如血的玫瑰,49 朵。因为距那个刻骨铭心的时候,已有 49 年。老人站在如雨飘落的樱花中,向每一个路过的老妇人分发他的红玫瑰,同时微笑着说"谢谢"。49 朵,总有一朵是属于她的吧,不管她现在是消瘦还是富态,不管她现在是儿孙成行还是独自寂寞,不管她泪眼模糊还是笑意盈盈,此生此世,总会有一朵是属于她的吧。老人遵守约定,不去辨认,只是专心致志地分发着玫瑰。他知道她会从他身边走过,她会认出他,她会取走一朵迟了半个世纪的玫瑰,而来生,他们会凭此相认,一定。

下一站别错过 ◎ 李丽丽

人生是一条长长的铁道,时间是一列永不回头的火车,而我们就是坐着火车经过人生每一个驿站的乘客。

49年前,左兵错过了与加代的爱情,最后只能以一朵迟到了半个世纪的红玫瑰来作为他们的结束。"后来,终于在眼泪中明白,有些人,一旦错过就不再。"而在生活中,我们错过的又何止爱情。亲情、友情和机遇在人生的每一个驿站等待着我们,然后望着我们一次又一次地与它们擦肩而过。当我们醒悟过来,转身想伸手去抓紧它们的时候,它们却已消失于空气中。

有人说:"人生有很多个台阶,而且这些台阶必须亲自跨过才知道其中的滋味。这也许就是为什么这个世界上有那么多的人生箴言和经验之谈,而我们仍然要继续犯错误的原因吧。"

他们连小五的大名都忘记了。他们终于不用再时刻惦记。

用铭记来忘却

巩高峰

父亲是在小五出车祸之后老的。

在那之前，父亲的年龄外人从来猜不准确。当母亲在一旁忍不住一脸自豪高声大笑着公布答案时，连我们自己都有些怀疑——我们兄妹5人长年在外，工作的工作，学习的学习，家里所有的农活都是父亲在做，包括赶牛耕田、春种秋收，从来没请过帮手——这样的父亲竟然已经63岁了？

没错，1945年的，属鸡。母亲自豪地确认了一下，眼角的皱纹里都是笑意。

父亲唯一和63岁相符的，是他的一头白发。那是小五出事之后白的。倒没有一夜白头，但是他的背一夜就驼了。这样，他的话变得更少，驼下来的背似乎是个阻挡，把本来就很少说出去的话，几乎全挡在了肚子里。小五出事之前，父亲忙得没话说，5个孩子的吃饭、穿衣、上学和生计，排着队来报名，一个一个往父亲的背上压。不过父亲眉头从来都不皱，反而越挫越勇，用60岁的身体40岁的外表，精神抖擞、身坚背直地迎难而上。当小五也进了大学、三妹能把每个月的工资如数交给母亲时，父亲甚至呵呵笑了几声。

小五是在暑假打工时出的车祸。全家几年内第一次聚齐了，坐在已经不平整又狭小的饭桌四周。父亲和母亲都不说话，大姐和三妹终于没忍住，抱头痛哭。之后的几个月里，父亲都没说话。母亲除了问我们想吃什么之外，和父亲一样沉默不语。

父亲的那些鸡舍空了。他在第一时间放弃了自己经营6年的小养鸡厂。之前，他和母亲不止一次笑着说，我们5兄妹的学费都是从那些鸡屁股里抠出来的。现在，父亲的驼背告诉我们，最后一个还在上学的小五都没了，还抠什么呢？抠给谁用呢？

我们只有眼泪，却商量好坚决不能在父亲和母亲面前流。很快就难得见到父亲的身影。他开始像一个真正的63岁的老人，沉默、迟钝、晚睡早起。整日除了在他睡觉的那间屋子待着，就是在空无一物的鸡舍里转悠。鸡舍里占主角的已经不是母鸡们下蛋后夸张的报喜声了,而是一片又一片嚣张的蜘蛛网。难道父亲能对蜘蛛网说话吗?

回家陪父亲和母亲最多的是大姐。她的单位就在县城,刚开始的那段时间她甚至每天下班都骑着摩托车赶60里地回家。前两天,大姐让我们务必都请假回趟家。她没细说,但语气里似乎暗示着是父亲和母亲出事了。

似乎真是出事了。当我们先后赶车回去时,父亲和母亲竟然双双在村口迎接我们。母亲还一脸微笑着接我们手里的包。父亲仍然不说话,但是气色明显好多了。晚上,他们甚至还张罗了一桌的好菜,像极了几年前全家团聚过年的情景。

第二天,我们才知道父亲和母亲究竟出了什么事。

他们恢复了生活的能力。父亲还下地干活,母亲仍在家操持。不过,父亲给他那两只拉犁耕地最顺手的一驴一马取了名字,它们的名字一样,叫小五。不仅如此,他的犁也叫小五,他的鞭子也叫小五。有相同名字的,还有他的自行车、老花镜、圆珠笔、剃须刀,以及母亲负责管理的十几只鸡、3头羊,甚至母亲整天洗洗涮涮的锅碗瓢盆、天天要用的缝纫机、针头线脑和剪刀。总之,一切他们用到的东西,都叫小五。在大家面前,父亲和母亲与往日并没有什么不同,父亲操劳,母亲勤快唠叨。可是在没人的地方,他们每用一样东西之前,都要轻声细语地打个招呼,小五,要下田了,注意点儿石头子儿,不过别偷懒……小五,裁布样最该注意的是别歪斜……

大姐说她听到过,还不止一次。问起原因,大姐说村里有个人被她请来劝过父母,那个人也曾失去了最喜欢的儿子。大姐说她想让那人劝劝父母,忘记小五。没想到他们说了半天话,父亲就记住了一条:要想忘记,就得整天看到摸到用到,又熟又热亲近到不用惦记,就能忘了。父亲说服了母亲,俩人想了这么个办法。

和大姐一样,我们的眼泪刷地就出来了。我们觉得应该顺着父亲的思路做一件事,让他的愿望达成。我们决定给小五立块碑。这是破例,小五没结婚,更没孩子,立碑是要被村里的长辈骂的。但是我们除了如此,没有更好的办法协助父亲和母亲。

我们仍旧坐在饭桌的四周,跟父母商量这件事。三妹还把拟好的碑文在纸上画了个简单的示意图。碑的正文是"吾儿徐海童之墓父:徐立母:许翠梅携兄姊四人立"。

父亲戴上老花镜举着那张纸看。母亲不识字,也凑过去看。他们看了半天,母亲看着父亲,父亲则疑惑地望向我们,问,徐海童是谁?

我们没法回答,眼泪却怎么也控制不住,当着父亲和母亲的面流下来了。

他们连小五的大名都忘记了。他们终于不用再时刻惦记。

爱 的 寄 托 ◎ 许妍敏

白发人送黑发人,人生最悲痛的事莫过于此。

生活的重压没有压垮父亲,小儿子的离去却让父亲的世界塌了。父亲的惦记转换到了实物上,并最终忘却了最惦记最无法割舍的那个人的大名。"小五"这个称谓寄托了父亲最深刻的爱,以至于父亲关注不了其他的事物。

因为有了爱的寄托,父母才恢复了生活的能力,才有了生活的动力。父亲深情地向所用所见的物品表达着小儿子无法再感受到的爱,把对小儿子的爱与生活融为了一体,只有这样,他才能忘记伤痛。不管走到哪行到哪,父亲都与最爱的"小五"相伴,满眼所见的都是最爱的"小五",还可以再对"小五"嘘寒问暖。

父亲用最直观的方式表达着对小儿子的爱与不舍,极端却纯粹,令人心疼,令人感动。在不幸的时候,唯有爱能驱逐一切伤痛。

这就是天底下的父亲，总是以顶天立地的姿态用双手为儿女撑起生活的天空，把儿女保护在自己的羽翼下，用自己的肩膀扛起生活的重担，把风霜雨雪都挡在外面之后，才用温暖的大手给孩子安慰，在孩子的心中注入温暖。

父亲买了贺年卡

葛取兵

天空飘起第一场雪花时，新年的气息渐渐地浓郁了，我想，父亲该归家了，过年的日子正翘首企盼哩。此时，我的脸上会展现一缕幸福的神情，我的脑子里闪动着春节的欢欣雀跃。

好不容易盼到周五，下午一回家，父亲果然蹲在院子里吧嗒吧嗒着旱烟，青色的烟雾不时让父亲急剧地咳嗽，我在村口就早已听到了父亲熟悉的声音。

父亲看见我，脸上立马堆满了笑容，"放学了，又长高了，瘦了。"父亲眯着眼，望着我说，只是没有用手来抚摸我的头。

我想，在父亲的心中我该是一个大男孩了吧。大半年没看到了父亲，心里竟涌起一丝喜悦与伤感，喜的是父子相逢，悲的是父亲又老了许多，脸上的皱纹更密了，头上的白发日益显山露水了。

我告诉父亲，学校要收下学期的预交学费，还有期末考试的试卷费。

花香絮语

父亲点了点头,嘴里喃喃地说:"好!好!"只是脸上的神情又沉重了几分。

晚上,我隐约听到父亲与母亲唠叨了大半个晚上,父亲长长的叹息声,使寂静的山村格外潮湿而阴冷。

早晨起来,父亲不见了,我想又外出忙碌了。

晚上父亲回家,脸上却是阴沉沉的,只有与我对视时,脸上才迅疾地掠过一丝涩涩的笑。

"娃,帮我写封信吧!"父亲对我说。

写信?识字不多的父亲在我的记忆中好像还未给谁写过信。

我连忙找出纸和笔,父亲却从棉袄里掏出一张贺年卡,上面有大红的灯笼,大大的福字,还有一群笑容可掬的猪娃娃,好漂亮的贺年卡。

其实,我好几次想找父亲开口买几张贺年卡,在学校内我已收到十几张贺年卡了,尤其是我心中暗恋的女同学也送了张贺年卡给我,很精致,一打开,还会响起"祝你新年快乐"的音乐铃声,很悦耳。可我却没有送出一张贺年卡,这次找父亲要钱,特地多要了50元钱,甚至连买哪些贺年卡我都盘算好了。

想不到父亲竟也买了张贺年卡。

"帮我填填吧。"父亲说,"我念,你写。"

> 王总:
>
>   新年好!
>
>   打扰您了。眼看又要过春节了,不知是否可领工钱,娃要交学费,家里也要买点化肥种子,开春还要忙下种。急盼您的喜讯。

贺年卡的地址是"巴州市第八建筑公司",这是父亲做苦力整整忙了一年的公司。

写完，父亲又把贺卡小心翼翼地放进棉袄的口袋里。嗨，父亲还没讨到工钱，我心里直叫苦。想不到父亲竟想出这个主意。

星期天下午，父亲说："我送送你。"

一到县城，父亲并没有直接去学校，而是来到县人民医院，父亲要我到门口等他片刻，说是有人还他的钱。

约莫个把小时，父亲才从医院出来，脸色竟有些苍白。

"钱讨到了吗？"我问，我惦记着父亲没给我学费呢。

父亲没有回答，又问，县邮电局在哪儿？

在邮电局，父亲把贺年卡小心翼翼地塞进绿色的邮筒，半晌，父亲还望着邮筒，脸上的神情只有在春天的田野，望着绿油油的秧苗时才有。

到了校门口，父亲从贴身的口袋里掏出 400 元钱，塞到我手中，说："娃，一看到老师就把钱交了，千万莫丢了。"

我接过钱时，有一张白色的纸条飘落在地上，我拾起一看，竟是一张卖血的条子。

我鼻子一酸，抽出 50 元钱，递给父亲，"我不需要这么多钱，真的。"

"拿着吧，马上要考试了，伙食吃好点儿。"说完父亲摸了摸我的头，父亲那双厚实的大手，暖暖的。

远远地看着父亲的背影消失在街的尽头，我的眼中又有些湿润了。

父亲的大手 ◎ 许妍敏

花香絮语

为了儿子，为了家庭，父亲常年做苦力，用双手挣钱。在讨薪无果的情况下，父亲用自己的血换来了儿子急需的学费。儿子羞愧地想要把多要的 50 元还给父亲，父亲却让儿子拿去改善伙食——父亲为了儿子无怨无悔。虽然事件已经久远，现在已全部为无偿献血，但感动我们内心的亲情是永恒的。

尽管生活的艰辛让父亲苦恼，但面对儿子的时候立马堆满了笑容。

父亲的手，只在解决了当前的困难后才摸了"我"的头——有父亲在，没问题！这是男人的担当与责任——不管自己多苦，都不能让孩子受苦，不管自己在外受了多少委屈，也不能让孩子受委屈。

这就是天底下的父亲，总是以顶天立地的姿态用双手为儿女撑起生活的天空，把儿女保护在自己的羽翼下，用自己的肩膀扛起生活的重担，把风霜雨雪都挡在外面之后，才用温暖的大手给孩子安慰，在孩子的心中注入温暖。

我们常常不知道自己对父母的依恋，无视爸爸的关爱，无视妈妈的叮咛，心安理得地享受父母的付出，却没发现，在我们率性而为、任意索求时，背后是父母黯淡的目光。当我们学会珍惜，懂得亲情的可贵之时，也就是我们长大的时候。

租个儿子过年

宗利华

看到那则启事，他的眼睛亮了一下。

启事的内容别具一格："期望一名有爱心、有亲情观念的男孩子和我们一道度过除夕之夜。"署名是：一对年迈的老人。

他笑了。毫无疑问，那个地方太适合他当前的处境了。于是，他给老人打电话，说明自己的意思。电话那端的女人显得异常兴奋！他听女人说，老头子，终于有人打电话来了！

按照地址,他敲开了那家的门。那是一个在这座边远小城常见的四合小院。迎接他的两位老人比他想象的还要老,头发都花白了,而且步履蹒跚。

他正不知道称呼什么才好,却见女主人眼圈发红,张开双臂,嘴角抽动着说,孩子,你终于回家了!

他觉得什么部位被猛地敲击了一下,眼睛就湿润了。他不由自主地脱口而出:妈,儿子回来了!他一下想起了自己的母亲。

于是,一切顺理成章了。他被父母拥着走进屋子。一进屋,那股家的感觉就扑面而来。母亲拍打着他身上的尘土,父亲不动声色地递过一杯红糖水。他开始逐渐进入角色。母亲领着他说,你的房间早就为你收拾好了,一切都是老样子。这边是洗手间,这边是厨房。你先洗一洗,然后,咱一起包水饺。

他洗了一把脸,一边擦着,一边蹓进了他的房间。突然视线里出现了一张放大的照片。那是一个 20 岁左右的男孩。

那是我们的儿子。他一回头,就发现老头站在身后。但老人说过这句,就闭了嘴。

这时,母亲在外面喊起来,洗好了没有,你们爷儿俩在那里磨蹭什么?老头马上换了脸色,笑着说,好了,我们就去。

水饺馅是早调好了的。母亲已在擀皮儿了。擀面杖在她的手下发出欢快的声音。他挽挽袖子,坐下来,开始揉面。以往春节,在家里就是这份情景。父亲的任务是烧水,这是一项轻快活,倒上水,打开炉子,就没事了。于是坐在一边,安静地瞧着娘俩快乐地忙活。母亲开始讲一些琐碎事情了。那些事情,他并不感兴趣,但他知道母亲喜欢,所以就听着,有时他会插问一句,母亲就把手里的活暂放一下,瞧着他,跟他解释。

水饺出锅以前,是要放鞭炮的。

母亲的情绪在这时达到了顶点。她站在屋檐下,看着夜空里烟花缤

花香絮语

纷,脸上漾着光芒,指挥着说,咱们也可以点鞭炮了。于是,他点燃了。母亲竟拍着手到院子里来了,而且,在鞭炮声中,像孩子般地跳起来!

然后,一起吃水饺,一起看春节晚会,一起说着,笑着。直到母亲累了。母亲说,我真高兴啊!可我是真累了。父亲走过来,说,你得休息一下了。

他在那天晚上睡得非常踏实。连日的疲惫一扫而光了。当新一天的阳光照射进窗口时,他突然醒来,一下子坐起。半天才清楚了发生的事情。

那对老人看上去神情黯然。母亲走过来,给他系系扣子,说,孩子,我知道,无论怎样,我不会取代你母亲在你心中的位置,记着,漂泊在外的时候,常给父母打个电话,抽空儿回家看看他们……

他觉得眼眶一热,看到母亲泪水下来了,于是伸手轻轻地替她擦拭,一边点着头,我知道了。

老头送出来,悄悄地掏出一张钱,说,真的非常感谢你,这是你的报酬,我们拿不出更多的钱来了。

他坚决不肯要。他说,你们已让我明白太多东西了。

老头仍道着谢,是你了了我们一份心愿。你大妈,她实际上活不了几天了,她得了癌症!她最大的心愿就是陪儿子在除夕夜再吃一顿她包的饺子。可我们的儿子,他再也吃不到了。

他根本没听清老人后来在说什么,在那一瞬间,他忽然觉得自己变了模样。

辞别了老人,他飞快地奔向电话亭,拨通了自家的电话。话筒里传来老母亲的声音时,他已是泪流满面。母亲一下子叫出了他的名字!母亲没听到他说话,就知道是自己的儿子了!

半天,他哭着说,妈,我想回家!

电话亭里的小姐莫名其妙地瞧着他。

她当然不可能知道,这个打电话的人是一个在逃的犯罪嫌疑人。

学会感恩父母的给予 ◎墨 菲

　　亲情,是金钱和时光也无法改变的。除夕这个传统的家庭团圆日,老夫妇的慈爱感化了一颗犯错的心,也勾起了我们对父母深深的思念和感恩。从一个巴掌大的小家伙儿到现在在学校求学的模样,我们成长的每一步都有父母的身影。也许我们在外面受了委屈也不会流一滴眼泪,可是爸爸妈妈的一声呼唤就能让我们泪流满面。那是因为父母永远是我们最坚实的后盾,所有委屈和难过的事,都可以在父母的身上找到安慰。而我们常常不知道自己对父母的依恋,无视爸爸的关爱,无视妈妈的叮咛,心安理得地享受父母的付出,却没发现,在我们率性而为、任意索求时,背后是父母黯淡的目光。当我们学会珍惜,懂得亲情的可贵之时,也就是我们长大的时候。

○95
花香絮语

母亲对于我们每个人来说永远都是伟大的。尽管她不能点拨你什么，但在你无助之时，她的微笑会如佛光一样为你映出一片光明，使你对人生萌生希望。

Part Three
古榕流韵

"古榕,一种有着历史深度的树,一种充满了诗意和希望的树。"

　　校园里的那棵榕树,虽然古老,却永远勃发着绿色的生机。这里时而是我们读书的地方,时而是我们嬉戏的场所,时而是我们谈古论今的场地,时而是我们表演的舞台……这里每一个角落都留下了我们的故事,而这些故事在时间的河流里荡漾了一个又一个美妙动听的音符……

这段插曲的重量,用心来慢慢掂量,则可深深体会了。

45 只信封

🖌 关成彦

　　早晨,第一节课的预备铃响起,班主任张老师刚要离开办公室,就听到一阵急促的敲门声。初三(1)班学生林兰神情紧张地向张老师报告:"老师,我丢了100元钱,那是我爸爸打工挣来的,是给我交学费的!"陪同林兰来的刘爽也着急地说:"林兰只在宿舍和教室逗留过,钱肯定是被本班同学偷去了!"这边,林兰已急得哭起来了。

　　张老师一边安慰林兰不要急,一边和她们一起到了教室。张老师微笑着对全班同学说:"同学们,林兰同学丢了100元钱,她妈妈有病在床,那100元钱是她爸爸辛辛苦苦打工挣来的血汗钱,我知道,捡到钱的同学一定也想把钱交还给失主,谁捡到钱了,请举手告诉我好吗?"教室内顿时像炸开了锅,这个说,林兰家多困难呀,谁捡了都应该还给她的;那个说,要是被小偷偷了,可就回不来了!一提小偷,大家你瞅瞅我,我瞅瞅你,气氛顿时紧张起来。张老师环视了教室,笑着说,:"下课把钱交给我也行。"然后就开始上课了。

　　可是一直到了第三节课,还是不见有人来还钱。林兰见没有什么希望了,又急得要哭。同桌刘爽气不过,站起来向全班同学喊:"为什么到现在还没有人来还钱？这就是偷，不是捡，捡的钱早该还了！偷钱的人真缺德，被我发现的话，我非打扁他不可！"教室里一阵骚动，可就是没人交钱。

中午，刘爽去找张老师，提议说："张老师，不如来一次全班大搜查！"张老师先是一愣，随后蹙起眉头，说："这样吧，你们先回去，这件事还是由老师来处理！"

下午一上课，张老师像往常一样站到了讲台上，只是手里多拎了一个黑兜子。她静静地扫视了一下全班同学，然后从兜子里掏出一捆信封，说："捡到林兰100元钱的这位同学一定急着要把钱送还给林兰，可他怕别人误认为是他偷的。怎么办呢？现在我给大家每人发一个信封，明天早上大家都把信封交给我，不用署名，大家听明白了吗？我和大家一样，也领一个信封，我们一起来做这件事情！"说着，张老师就给全班同学每人发了一个牛皮纸信封。

第二天早上，老师到教室的时候，45只信封已经整整齐齐地躺在讲台上了。出乎意料的是，里面竟然有好几只信封都装了钱！有两只信封是100元的，还有50元的，30元的，共500元钱。

张老师笑了，提议道："我们把100元给林兰，其余的400元钱作为以后困难同学的学费补助，大家同意吗？"大家齐声赞同，这件事情就算处理完毕，林兰也破涕而笑了。

时间过得飞快，初三第二学期末，在毕业生即将离校的前夕，张老师收到了一封信。看了这封信，张教师沉思良久，然后决定召开最后一次班会。

在班会上，张教师的语调有些激动："同学们，今天的班会只有一个内容，就是给大家念一封特别的信。"

古榕流韵

说完，张教师就展开了那封信念了起来："尊敬的张老师，我就是去年捡到林兰100元钱的学生。那天，我在教室前捡到100元钱，还没来得及交给您，就上课了，我只好把钱先放在自己的兜子里。可是同学间马

上传出话来,说林兰的钱是被人偷了!于是我没有勇气把钱拿出来了。后来您给我们每人发一只信封,我就把那一百元钱装进去了。虽然我把钱还了,但在以后的日子里,我的心情还是不能平静。老师,请您相信我,您放心吧,我是一个好孩子!"

张老师念完了这封信,教室里一遍肃静,无数双晶亮的眼睛望着张老师。片刻之后有人站了起来,紧接着,呼啦啦全体起立。不知是谁喊了一句:"老师,您放心吧,我们都是好孩子!"然后就不约而同地变成了全班同学的共同语言:"老师,您放心吧,我们都是好孩子!"

张老师面对自己这群真挚可爱的学生,欣慰地笑了……

插曲重量 ◎李贵龙

喜剧的结局总是令人向往,身心愉悦;悲剧的结局是把有价值的东西毁灭给人看,震撼灵魂。故事的结局,或喜或悲,或让我们捧腹大笑,或让我们泪花闪动,或让我们心灵得以巨大的满足,或让我们烙上深深的遗憾。然而,一旦我们摆脱了喜和悲的界限,用一种成熟的审美眼光去审视一切,你就会发现,原来结局的悲喜并不重要,反而,在文中的插曲,更耐人寻味,更有重量。

张老师用瞒天过海之策,既为林兰找回了丢失的血汗钱,又保护了拾得者的自尊心;既巧于心计,又不为狡诈。此策颇良,几乎可以与诸葛武侯妙计相媲美。诚然,优美的插曲也就在这良策中产生,引起人们的深思。

500元的出现,确实耐人寻味。读者的期待,在于45只信封当中是否装有同学们盼望的结果。信封装上来的不仅仅是同学们的期待,还有500元。也正如渔民下网捕鱼同时抓到螃蟹一样。500元何来?细心的读者不难发现,其中的一张100元,定为张老师的。张老师毫不犹豫地拿出这笔钱,更体现出了一位人民教师的品德所在。老师为何不直接把钱送给学生呢？这正是张老师的细心和高明之处——既为了公正，又慷慨解囊；既理解学生的处境，又明白学生的心理；既达到自己的初衷，又避免了钱被学生拒绝的尴尬局面。故把张老师的善良、细心表现得淋漓尽致。

诚然，这 500 元当中，也有很多颗真诚而又善良的心，为紧张气氛后的轻松释放，大雨过后的金光乍露，圆满故事的优美插曲，为张老师良策添上袅袅余音。这段插曲的重量，用心来慢慢掂量，则可深深体会了。

一个人并不需要做下什么惊天动地的丰功伟绩才称得上伟大，也不需要做舍己救人，割肉饲鹰的事才算品德高尚，只要用一颗心，去理解关怀别人，体谅他人的苦楚，呵护他人的心灵……

半份菜的午餐

赵晓波

刘亚丽是个来自贫穷山区的大学生，家里很穷，每个月的基本生活费都无法保证，只好节衣缩食，能省则省。

这天中午，刘亚丽磨磨蹭蹭，挨到食堂快要关门了，才端着饭盘去打饭。"师傅，来半份菜。""什么，半份菜？要么一份，要么不打，半份菜让我怎么打呢？这么晚来，还想蹭菜吃！"胖师傅说着，把勺丢进了菜盘。

刘亚丽本来就不好意思，好不容易才开了这个口，被胖师傅这么一说，眼泪在眼眶里直打转，转身就往外走。

"姑娘，等一下，到我这儿打吧。"刘亚丽一回头，看见旁边窗口一个黑黑瘦瘦的年轻师傅正微笑地看着她。刘亚丽实在是饿了，犹豫了一下，还是走了过去。

胖师傅没好气地对年轻师傅道："周宏，你是个新来的临时工，要守规矩！"周宏笑着说："是啊，吴师傅，你看人家女孩子要保持苗条身材，咱也不能让人家饿着，来半份就来半份，今天你早点下班吧，剩下的活我全包了。"胖师傅这才不吭声地转身走了，周宏麻利地给刘亚丽打好了饭菜，盖好盖子递了出来，笑嘻嘻地说："姑娘，想苗条下次就来我这个窗口打吧。"刘亚丽不知该说什么好，低着头走出了食堂。

她心里挺难过的，他们就想着苗条，哪里知道山里的孩子读大学多不容易。回到寝室，她坐在角落里，不想让同学看到自己饭盒里只有半份菜。还好大家都开始午休了，她倒了一大杯水喝了下去，想先把肚子填一填，可等她打开一看，立刻吃了一惊，里面哪里是半份菜，足足是一份半！她愣了一会，明白了，是自己误会周宏了，他说的那些话是替自己在胖师傅面前解围罢了。在眼里转了一中午的眼泪"哗"地就流了出来。

从那以后，刘亚丽每天中午都等到食堂快没人的时候，到周宏的窗口打菜，她总能用半份菜的钱打到一份半的菜。这成了两人之间的默契。

这个秘密保持了两个多月，还是被同寝室的女孩们知道了，一个叫白兰的女孩心直口快地说："莫不是他对你有那个意思。"刘亚丽一下子羞红了脸，急忙辩解道："这都哪儿跟哪儿啊，周师傅是个好人，可别乱说。"她嘴上这么说着，其实心里也有些嘀咕，俗话说天下没有白吃的午餐，再加上几个室友这么一起哄，要不是因为这个还能是因为什么呢？

自从有了这样的心思，刘亚丽开始躲着周宏，要么去别的窗口打一份菜,要么饿着。可事情要来躲是躲不过去的。

那天刘亚丽刚出图书馆的门就看到周宏站在门口,好像是特意等她的,一看她出来,立刻迎了上来,直截了当地问:"刘亚丽,你怎么不到我的窗口来打菜了?"刘亚丽吃了一惊,心想:他怎么连我的名字都知道,看样子白兰说的不是没有道理。她心里这么想着,说话间就流露了出来,反问道:"为什么一定要到你窗口去打?"周宏先是一愣,尴尬地笑了笑,接着压低声音说:"那事没别人知道。"

刘亚丽听了这话,感觉像是受到侮辱,气得转身就要走,没想到周宏竟然抓住了她的胳膊,塞给了她一个牛皮纸信封。恰巧这时白兰从图书馆里出来,看到这情形,连忙冲到跟前,把刘亚丽拉了过来,对周宏大声地说:"怎么,还要送情书啊?"刘亚丽听到这话,立刻把信封扔给了周宏,几张饭票从里面掉了出来。周宏愣住了,涨红了脸,捡起地上的饭票转身悻悻而去。

从此,周宏再没找过刘亚丽,过了几个星期,他就辞工走掉了,刘亚丽松了一口气,可她越想越觉得委屈,越想越觉得不光彩,再想想自己白吃的午餐,心里别提多难受了,刚好学校给特别困难的同学补贴了一些饭票,刘亚丽也拿到了,她立刻决定到食堂去补交饭钱,说清楚这件不"光彩"的事。刘亚丽找到负责后勤的老师,把事情原原本本说了出来,表示愿意写检查并且补交饭钱。老师看了她一眼不解地说:"周师傅每次都补交了钱,你不知道?就是因为周师傅知道了你的情况,还讲了他妹妹的故事,我们才设立这个补贴的。"刘亚丽问:"他妹妹怎么了?"

"哦,周师傅也是贫穷山区来的,他有个妹妹,成绩很好,为了读书忍饥挨饿,眼看考大学了,有一天在学校饿得晕了过去,还从楼梯上摔下来,把腿摔断了,要不是那次意外,恐怕他妹妹也像你一样在大学里读书呢,他想帮你,又怕你不肯,就每星期偷偷地来帮你交饭钱,他真是个好小伙子,可不知道为什么,在这里干得好好的,就突然辞工了。"

古榕流韵

老师下面还说了些什么,刘亚丽一个字也没听进去,她明白,周宏肯定是不想让她不自在,才离开学校的。

平凡的感动 ◎陈 海

如果你不是过着吃了上顿愁下顿的生活,或许你不能理解其中的辛酸;如果你不是常常吃着最差的饭菜还饿肚子,或许你不会体会到其中的痛苦;如果你不是怀着一颗善良真诚的心去生活,或许你不能体会这个感人故事的动情之处。

贫困生,一直以来都是我们学生当中最为辛酸的弱势群体。贫困,意味着没有好用的,好玩的,好看的,甚至没有吃的(不求好,只求温饱)。但这些都不是最重要的,最重要的是活得没尊严。人可以不吃肯德基、麦当劳,可以不穿 NIKE,也可以不买电脑,不听 MP3,但绝对不可以没有尊严。当人穷得只剩下自尊的时候,他其实只剩下了任人宰割的伤口!而这伤口却最易惹来伤痛。

在同一片蓝天下,富人呼吸着富足的春风,穷人却吞吐着贫乏的黄沙。生活的现实注定了他们的经济地位,但却不能因此断定他们的人格地位。当一个人一无所有的时候,他更需要关怀呵护。

就这样一个平凡的就算发生在我们身边也无法觉察的故事,足以让像我这样稍微保有善意和理解之心的人感动得歔欷不已。我们不只是敬佩主人公的高尚品德,也不只是讴歌他的伟大情操,我们更多的是为那份善心、理解和用心良苦而深深感动,为这种在我们身上渐渐失去的良好品德而热泪盈眶。

一个人并不需要做出什么惊天动地的丰功伟绩才称得上伟大,也不需要做舍己救人,割肉饲鹰的事才算品德高尚,只要用一颗心,去理解关怀别人,体谅他人的苦楚,呵护他人的心灵,那天使和上帝与你又有什么区别?

> 要想实现自己的梦想,就得踏踏实实地去学,不必患得患失,只需要一份平和的心、一份实干的精神就行了。

高三这一年

✍ 胡 杨

一

校园里的玉兰花开了,一片亮晃晃的白,带着新生的喜悦和耀眼的春的气息。"让冬天掩埋得太久,该是花开的时节了。"蕾伏在我肩上,若有所思地说。我莫名地对春天产生了一种敬畏之情。四季中总有如此明媚的季节,可是我们的生命呢,能有几个这样的春天? 春天过后,我们将面临一次艰难地选择。黑色 7 月,我们的未来,究竟是怎样的呢? 明年的今日,我们又将在哪里? 玉兰在微风中轻轻叹息着。

我们冲进教室的时候,上课铃刚刚响完。数学老师已站在台前:"快点,都什么时候了,还有心情玩? "我和蕾相视一笑,调皮地吐了吐舌头。老师望着我们,无可奈何地笑了。我坐在座位上望着黑板,却发现老师的嘴边都干得起了泡,可她还在不停地讲着各种定律、定理,恨不得把她知道的东西都灌进我们的脑子里,她的脸上是一种在和谁抢时间似的焦灼,老师也是用心良苦啊,我心里酸酸的。

"从这个星期开始，每天上晚自习，每次做一套题……"班主任威严地望着我们，不容置疑地说。我第一个叫了起来，要知道我们的中学可是省重点，在这里呆了快6年，我还没上过一节晚自习。我愤愤地和同桌发着牢骚，同桌拍拍我："想开点吧。"想到茫茫不可知的未来，我一下子没了下文。

二

西在后面哼着一支歌，很奇特的旋律。我一扭头，她对着我，眼睛却越过我，看着未知的前方，空茫茫的一片。"《白衣飘飘的年代》——这首歌的名字。"我握着她的手，"西，你有什么打算？"我在问她，似乎又在问自己。她摇了摇头，继续哼着："还是走吧，甩一甩头，在这夜凉如水的路口，那唱歌的少年已不在风里面，你还在怀念那一片白衣飘飘的年代……"西，我最好的朋友，一个聪颖而出色的女孩，虽同在一个班中，却小我两岁，只要她出现的地方，你就会觉得空气里充满了动感。"老师都劝我考艺校，可我不，我要读正规的名牌大学，那里才有我的梦想。"她的眼睛亮亮的，下了决心似的说。这个出色的女孩，曾在电视台主持过节目，曾是篮球队主力、校运会上的双料冠军。或许由于分心太多，成绩一直上不去，老师们劝她的话，不能不说是出自爱才之心。考艺校，她肯定能上，但要考个正规大学，就难了。我皱起了眉头，努力地想说些什么。她陌生地看了我一眼，凛凛的全是寒意："我都知道，你别说了。"那颗骄傲而敏感的心啊，我都能触摸得到，因为在我的胸膛里也跳动着一颗这样的心。

三

初夏的清晨，我骑车走在那条每天必经的路上，感觉有一种想飞的冲动和想笑的欲望。在十字路口，我遇到了欣，他是我初中的老同学，一个让我想起来会微笑，忆起来会叹息的人。"喂，要迟到了！"我大呼。他回头看见是我，亲切地笑了笑。清晨第一缕阳光洒在他白皙的脸上，发出一种金属般的光泽，很灿烂。他悠悠地骑着车，一如当年那个从容不迫的男孩。"志愿都填好了吗？"这是我老早就想问他的问题，我很想知道他想考到哪里去。我的志愿还未定下来，大概在潜意识里我一直在等他的志愿，那多半也就是我的方向了。我们曾经是无话不谈的朋友，那时他的座位在我后面，我们总有说不完的话题，开不尽的玩笑。那时很年少，那时很无知，我只知道我是多么热切地关注着他的一切，那是我心中一种苦涩的甜蜜。高中虽然同校但是不同班，相互之间只有一种距离感很强的来往。现在骑着车与他并肩同行，我真是感慨万千。"我想考出省，可能是上海吧。"他凝视着前方，留给了我一个坚定的侧影。我半仰着头，望着他，若有所思地点点头。"我想去武汉。"几乎没等他说完，我就迫不及待地说了出来。我长长地舒了一口气，像卸了什么包袱似的，但是心里却有一种淡淡的失落。那时的我们怎么会知道，最后，是他去了武汉，我留在了省内。

初夏的阳光啊，一缕缕甜蜜的忧伤，是我们不安分的心和萌动的理想。

四

空气里吹起了一阵不寻常的风，仿佛一刹那间，乌云卷去了半个骄阳，剩下一张半阴半阳的脸。天气愈加闷热，只觉得整个背心里湿腻腻的，而心里却是干焦焦的一片，好希望痛痛快快地下一场雨啊。吃过晚饭，风更大了，天空就像罩在我们头上，给我们一种强制的威压。我拿起雨衣，匆匆往教室里赶。刚准备上课时，电突然停了，整个楼道里顿时爆发出排山倒海的欢呼声，来之不易的晚上啊，我们可以有堂皇的理由疯

古榕流韵

了!老师望着我们笑了,眼睛亮亮的,不知他是否也想起了他们的年轻时代。闪电,凄厉的袭来,似乎带着一种鬼气的地狱之火,照得大地一片光亮。我们似乎忘记了一切,忘记了考试和测验,忘记了矜持和理智,我们疯狂地叫着,笑着。雨已经哗啦啦地下了起来,仿佛巨大的天盆倾倒了,整个人间都是水。西挽着裤脚,风一般地跑进教室,拖着我就往外跑:"到操场上淋雨去!"她的脸上掠过了儿童般的天真与喜悦。我披了雨衣,跟她一起消失在暴风雨和闪电肆虐的操场。霹雳振痛了我的耳膜,我们在泥泞的操场上飞奔着,狂笑着。操场上居然有一群光着臂膀的男生在踢球,他们完全融入了雨幕之中。西击掌笑了起来,我则又敬又畏。高高的三楼上,突然响起一阵雄浑的男声:"傲气面对万重浪,热血向那红日光……我是男儿当自强。"我和西牵着手,并肩立在雨中,仰望着三楼。我想我们都疯了,在这个为着理想努力奋斗苦苦挣扎的时候,不管明天,我们都还原成本真的孩童,有的只是纯粹的欢乐和纯粹的痛苦。

让淋漓的雨和暴烈的雷电来得更猛烈些吧!

五

高考结束了,来得轰轰烈烈,又走得平平淡淡。跨过高考这个门槛,才知道这一步的分量。蓦然回首,有一种登高望远,无限风光在险峰的感觉。没能考进心目中理想的大学,我感到深深的自责和遗憾。我失落的理想,我精神的家园,我无数次睡着、醒着叫着的名字,无数次在漫漫长夜里激励我奋斗不息的名字,就这样与我失之交臂。在人生的这样一个路口,我感觉到一阵痛,难以名状而又无处不在。这是我第一次对自己的人生作出的选择,而我将对自己的选择负责任。

离别来得悄无声息却又理所当然。在刚刚懂得珍惜的年龄便要说离别;在刚刚懂得回忆的岁月便要道珍重。好友拨起吉他,高唱臧天朔的《朋友》,短促而高昂的歌声中,留恋和憧憬,回忆和希望相依相存。满屋子的人应声而和,在一生中不能再回来的年轻岁月,能和亲爱的朋友为着共同目标而奋进,是一种单纯的快乐和幸福。

六

朋友来信告诉我:"茕茕白兔,东奔西顾;衣不如新,人不如故。"泪便这么流下,毫无防备。

忘不了那一年 ◎ 梁杰荣

文中的故事如同那飞溅入水的小石块,在我的心湖里泛起一阵又一阵的涟漪。心中的情感脱离了理智,慢慢地回到了高三那一年。我永远都忘不了那一年的点点滴滴,因为它教会我们很多东西;我更加忘不了那一年的感觉,如同酸奶,有酸有甜,令人回味无穷。

记忆的窗在慢慢地打开,一幕幕情景映入眼帘:烽烟四起的教室,时而有朗朗的读书声;时而一片寂静,只有沙沙的答卷声;时而又充满激烈的争论声……人被压抑在这紧张的气氛里,随时都有种"山雨欲来风满楼"的感觉。这个时候的我们,有时会意气风发、踌躇满志,颇有一种"指点江山,激扬文字"的气概;有时会患得患失、迷惘、无助,有的只是一种无可奈何的感叹;有时又会心如止水……就这样,希望与失望、悲与喜交替着在我们的心里出现,令我们有种欲哭无泪的感觉。

然而,正是那一年,我们明白了很多东西,我们懂得了"一分耕耘,一分收获"的道理;知道了天下没有免费的午餐,任何的成功都是用辛勤的汗水浇灌而成的;明白了"与其临渊羡鱼,不如退而结网"的含义;学会了"不以物喜,不以己悲",一切的起起落落都不在乎了,只在乎自己是否努力过;知道了过程才是最美丽的,因为我们知道自己既然选择了远方的路,就得风雨兼程。于是曾经的迷惘与无助,都烟消云散了。因为我们知道了我们是在追求自己的理想，所以我们要懂得如何去生活。

要想实现自己的梦想，就得踏踏实实地去学，不必患得患失，只需要一份平和的心、一份实干的精神就行了。

正是这一份相互的爱、这一份包含的爱、这一种相互的理解与尊重，令人感动不已。

73号的爸爸

✒ 朱传辉

小昭是个 10 岁的男孩。他爸爸是做生意的，有一次出去两年还没回来。但每过一段时间，小昭的妈妈就会收到爸爸从南方一座城市某某路的 73 号寄来的信。后来小昭问妈妈："爸爸为什么过年也不回来？"妈妈说："爸爸这两年的生意刚起步，肯定很忙，等忙完这阵子他就回来了。你给他回封信吧。"于是小昭趴在桌上开始写信。他写完了信，就写信封，写上某某市某某路 73 号，再贴上邮票，封了口，让妈妈寄了出去。

就这样，小昭和爸爸通起了信。

小昭很喜欢看爸爸的回信。在一封信中，爸爸提到了他所住的 73 号。说那是一幢很大的老式房子，他住在那幢房子的 4 楼。房间里铺着抛光的松木地板，米黄色的窗帘从天花板一直垂到了地上。早晨，太阳从地平线上升起的时候，能听到附近教堂里传来的隐隐约约的福音。下雨的夜晚，站在阳台往下望，就能看见拖着尾光的小汽车在流光溢彩的街道上像忙碌的甲壳虫一样来往穿梭。

在另一封信里，爸爸则写到了他楼下的花园：从街道进入 73 号，是一条碎石铺成的小路，小路的两边用铁栅栏围着小小的花园，花园里有一种叫不出名的花，像碗口一样大，会在晚上悄悄开放，刚开时是浅红色，但颜色越来越深，每天变 7 次。还有一种张开 5 只角的鲜红小花，喜欢沿着栅栏生长，它的叶子细碎而墨绿，淡青色的触须在白天使劲地打着卷儿，一到晚上却爬得老高……

市中心 73 号那些美丽的鲜花足足在小昭心里开了有几个月。小昭想，放了假我一定要到爸爸那里去玩，到那里亲眼看一看。

小昭想爸爸了。

可是每次小昭对妈妈说起这事，妈妈就重复那几句话说："爸爸做生意非常辛苦，一定不愿意我们去打扰他。"每次小昭都只好打消念头。

爸爸常常给小昭寄东西回来。小昭的书包里装着爸爸买的文具盒，身上穿着爸爸买的运动衫。他很愿意把爸爸给他买的零食和同学们分享，也愿意和他们说起那个 73 号。但说多了，同学们就问小昭："你去过 73 号吗？"小昭一下子语塞了，说："我……我当然要去的。"

想去看爸爸的念头又在小昭心里打鼓了，这回比任何一次都强烈。

小昭的计划是在那年夏天实施的。学校举行为期 5 天的夏令营时，小昭揣着妈妈给他在夏令营用的 100 块钱去了火车站，用 23 块钱买了一张通往爸爸所在城市的火车票。

小昭坐了一天一夜的火车才到达目的地。一下车，人流就把他淹没了。这是小昭第一回一个人出远门，而且是去大城市。他想，我不能慌，要镇定。他问一个摆摊的女人，你知道去某某路怎么走吗？那个女人说，某某路？好像很远，到郊区去了。小昭想，她一定是弄错了，我爸说某某路在市中心，怎么会在郊区呢？小昭又问了一位民警、一个中年男人、一个老头，还有 3 个比小昭大几岁的学生。这些人都告诉小昭，那条路在郊区。小昭奇怪了，爸爸为什么要骗自己呢？

古榕流韵

　　人家还告诉小昭，去那里要转很多路公交车，不过有钱也可以打车，那就方便多了。小昭知道打车很花钱，不过一想只要找到爸爸，什么问题都解决了，就真的打了个车。但那位司机知道小昭要去的地方后又不走了。他说，那里太偏了，真要去得加钱。要不只能载你到岔路口。小昭算了算钱，说那就到岔路口吧。在岔路口下车后，小昭看见了几座低矮的平房，房子旁边还有好些菜地，路上的人和车子都很少，知道真的到郊区来了。他又找人问，某某路怎么走？被问的人往西指了指。可是小昭走了半小时，还没到，他只好又去问人，人家还是往西指了指。小昭越走越觉得不对劲儿，那天小昭一直向西走了近两个小时，才见到某某路的牌子孤零零脏兮兮地立在一个垃圾堆旁。又走了好一会儿，才看见一个门牌上写着107，小昭沿着这个号码往下走，一直走到了路的尽头，73号终于出现在小昭眼前。

　　但是小昭没有看见鲜花盛开的花园，也没有看见带有米黄色窗帘的窗户。那里的房子，甚至没有阳台。

　　眼前的景象让小昭惊呆了！

　　那天小昭转身就离开了那里，后来在一个好心人的帮助下回到了家。到家时，是夏令营的第3天，妈妈还以为小昭提前从夏令营回来了。关于这一次的秘密出行，小昭后来一句话也没有提起。

　　小昭还是像以前一样和爸爸通信。小昭说我的同学们也都知道73号了，都知道那是一个美丽的地方。爸爸则在半年后的一封信里告诉小昭，因为生意好转，他已经不那么忙了，所以在春节以前会回家。

　　爸爸回家的那天，小昭和妈妈去车站接他。爸爸比以前瘦多了，头上戴了顶帽子，但他一出站，还是被小昭一眼认出来了。小昭疯跑过去，紧紧抱住了爸爸。

　　19年过去了，小昭依然记得爸爸信中的话：从街道进入73号，是一条碎石铺成的小路，小路的两边用铁栅栏围着小小的花园……

　　爸爸用他的想象构筑起来的那座花园，现在仍在小昭心中鲜花盛开。

如果你问 19 年前的那个夏天小昭看见了什么，现在他大概可以心平气和地告诉你了：那天小昭在 73 号看见的，是一座戒备森严的监狱。

"花园"背后 ◎叶清华

不经意地拿起一本杂志，不经意地一页页往下翻，于是不经意地眼前一亮。没想到这一连串的不经意却让我邂逅了一份感动。

那是一个 10 岁男孩与爸爸之间的故事。相信许多 10 岁的孩子都还是拉着妈妈或者坐在爸爸的腿上撒娇吧。而小主人公——小昭由于爸爸在外，只能寄"情"于书信。久之，他越发向往爸爸所在的城市，向往爸爸居住的空中花园般的 73 号。借着一个机会，他到了那个城市，满心希望地寻找他的爸爸以及一睹花园的美景。然而，空中花园却是座不折不扣的空中楼阁，更甚者，是一座监狱。

故事的悬念设置，让读者在读到最后一行时有一种了然于心的感受，也正是这一刻的了然让我感慨不已。

相信没有人会认为监狱是个好地方吧！身处如此境地，却能用一支笔，几页纸，将如此普通、平凡的东西在儿子脑海、心灵中构造一个童话般美丽的花园。让那一朵朵仿佛被施了魔法的花儿绽放在儿子心中。在此，我看到了父爱，看到了为父者对儿子的万般疼爱、万般呵护。那伊甸园般的花园不正是用父爱修筑而成的吗？那丛丛簇簇的花儿不正是父亲用爱在儿子心中点燃的一盏盏明灯吗？他是在保护儿子心中纯洁的"花园"，在为儿子驱赶阴霾的纷扰。那份虚构的美丽是为父者对儿子的希望与企盼啊！也许，那也是那位父亲对生活的希望——高墙内的生活并没有抹掉他对未来的希望与渴求，那追求美好生活的愿望依旧存于他的心灵之中。

而小昭发现实情后只是平静地回归原来的生活，埋藏那 73 号的秘

古榕流韵

密。他对父亲的信任、了解以及默默的支持,他对父爱的深层理解以及尊重,实在让人感动。

为父者深知孩子幼小的心灵里满载的是美好、纯真与善良,也深知父亲的行为在孩子心中、思想上造成的影响深重,在这种情形下,他选择一个善意的谎言,建造一幢空中楼阁,使 19 年后,孩子依旧记得那"用想象构筑起来的花园",让它在孩子心中"鲜花盛开"。而为人子的小昭对父亲的谅解也使父亲的心中鲜花盛开。正是这一份相互的爱、这一份包容的爱、这一种相互的理解与尊重,感动着彼此。

"只有真诚才能换来真诚,只有真诚才能净化灵魂。"

让我们再看你一眼

张秀枫

上课的铃声响了,既悠长又深沉。

文叶老师的脚步滞缓而沉重,双腿仿佛绑上了大沙袋。孩子们就要离开学校了,这是他们在小学的最后一堂课,过了暑假,他们就是中学生了,生活这本大书,又将翻过一页。她不愿意上这最后一课,但她又必须上好这最后一课。往事历历,别情依依。到底讲些什么呢? 还讲那些重复了多少次的叮嘱吗?

夏日的蓝天,万里无云,蓝得令人心醉。

文叶老师突然猛地转身,回到教员室,提了一个塑料兜又走回来。奇怪的是,她的脚步突然变得急促、有力而富有节奏性。

她静静地站在讲台上,脸上挂着孩子们熟悉的慈祥的微笑。

孩子们静静地坐在座位上,眼睛里流露着无限的深情,就连平时上课铃一响就要打瞌睡的"老猫",也抬起头来,显得格外精神。

文叶老师一个字也没讲。她慢慢地把提兜放到讲台上,然后一件一件地从里面往外掏东西。

是什么东西呀?

一个塑料小发卡、一把小刀、一面小圆镜子、两块已变得石头似的巧克力糖、几张花花绿绿的香烟纸、一把电子小手枪……

看着这些东西,孩子们大气不敢出,手心儿出汗了,心儿抽紧了,脸儿飞上了红晕,有人害臊而羞愧地低下了头。而文叶老师却微笑着,默默地把这些小玩意儿一个一个地归还"原主"。这些小玩意儿都是她从孩子们手里没收来的。当时,有的孩子不服气,顶撞她,有的往回要,往回抢,甚至往回"偷"。可今天老师主动地还给他们时,他们怎么连瞅都不敢瞅了呢?

吴肖肖,这是你的发卡。那次上算术课,你一直摆弄它,结果一道简单的四则运算你都做错了,你知道吗? 谁要是游戏知识,知识也将"游戏"他。到了中学,你可要注意啊! 文叶老师的眼睛是这样告诉发卡的"主人"的。

赵小刚,这是你的小刀吧? 你在课桌上刻你的姓名。你知道一张课桌凝集了多少工人叔叔的汗水吗? 再说,一个人的名字并不是刻在木板上就可以不朽,就是刻在石头上也不能流芳百世啊。真正不朽的名字是刻在人们心里的。这一点,现在你可能不懂,将来你就明白了。文叶老师清澈如水的眼睛这样娓娓动听地说着……

立美丽,你长得真美丽。可你不该在作文课上照镜子啊。小圆镜只能照出你那粉嘟嘟的脸蛋和长长睫毛下覆盖着的水灵灵的眼睛。那些更为重要的东西你具有吗？只有充实的灵魂才是最美的，你说是吗？文叶老师温柔、宁静而诚挚的眼睛和李美丽讨论着"美"这个人类社会永恒的话题。

沈飞飞，这两块巧克力不能吃了，留着做个纪念吧，老师真对不起你，你这个小馋猫，怎么上课时还吃糖呀！你爷爷、奶奶包括爸爸、妈妈都太宠你了，你生活在蜜罐里。还记得老师给你讲的故事吗？世界球王贝利生了一个儿子，朋友们纷纷前来祝贺，并预言小家伙将来准是个体坛明星，可是贝利却说："绝不可能，因为明星球员常常来自穷人之家。"是的，生活不都是甜的。你越长大越会感到生活里更多的是苦、辣、酸、涩……文叶老师的眼睛眨了眨，一抹温暖的阳光在跳动，仿佛在问沈飞飞：你听懂了吗？

还有这把小手枪。乌黑的枪口，简直和真的一样。许大力，你爸爸是公安局局长，你说你长大了也要当"警察局局长"。课间游戏时，你用难听的字眼咒骂"不服"你的小朋友，还用这把小手枪打他们，老师没收时，你的眼光是多么蛮横啊。孩子，不讲理的咒骂只能说明自己的软弱。强者之所以为强者，是因为他有真理、有知识。权威的取得往往不靠权利，爱产生爱，恨只能产生恨啊！文叶老师的眼光变得沉重而忧郁，似乎里面蕴含着太多太多的内容，但更多的则是期待和希望。

文叶老师一件又一件地把这些没收来的东西还给孩子们。她一个字也没讲，也无需讲什么。然而，当她拿着12张粘贴起来的邮票走到一个虎头虎脑的小家伙面前时，却突然说话了——

"尤伟同学，这是你的邮票。金陵十二钗，真漂亮！……老师对不起你，道歉的话不能带到中学去，请你原谅我。"

孩子们的目光一齐转过来，感情潮水载着一个个思绪的小船漂回了一年前……

那是一次庄严的中队会。

文叶教师正在讲台上向新入队的少先队员致贺词，忽然听到从后排座位上传来了争吵声。走过去，发现尤伟手里拿着金陵十二钗的邮票，气哼哼的样子仿佛要吃人。文叶当即把这位小集邮爱好者的心肝宝贝撕碎了。还打电话通知了尤伟的家长，结果为此尤伟3天未能来上学。事后，文叶老师隐隐地有些后悔。但是，她没有勇气向孩子承认自己的莽撞和粗鲁……

尤伟站了起来，红红的眼睛像小兔子的一样。

文叶老师的嘴唇哆嗦了一下，似乎想要说话，却终于没有说出来。她用手拢了拢花白的短发。这时，尤伟的同桌突然站了起来。他的脸涨得通红，浑身筛糠似的发抖。也许是过于激动，他的话说得不连贯，也不完整，但孩子们还是听懂了。原来那次开中队会，是他把尤伟的"金陵十二钗"邮票从书包里翻出来，他喜欢得不行，就问尤伟在哪儿买的，尤伟悄声劝告他注意听老师讲话。谁料他又拿出"铁哥儿们"的脾气说："别装蒜，你不告诉我，我就不给你！"于是，两个人的争吵声被文叶老师发现了。后来，尤伟代他受了过，他虽难受，可始终没有勇气站出来。"那都是我的错，老师，我……对不起尤伟……更对不起您……使您上火生气……"此刻，他泣不成声。

教室里出现了吹嘘声和抽噎声。孩子们的心还没有长出老茧，纯洁无瑕、真诚透明如同晨露，这样的心容易激动。文叶老师的双眼迷迷蒙蒙。啊，真诚，只有真诚才能换来真诚，只有真诚才能净化灵魂……

下课铃响了。孩子们呼啦一下围上来。他们扯着老师的衣服，牵着老师的手，把早就准备好的礼物——一张照片、一支奖品铅笔、一张珍藏的明信片、一件件亲手做的小手工艺品……争着抢着装进了老师的兜子里。沈飞飞把那只乌黑的小手枪也送给了老师，他突然觉得它不那么重要了。女孩子们感情脆弱而细腻，有的轻轻地掸着老师衣襟上的粉笔灰，有的伏在老师的身上哭起来。尤伟的同桌拽着老师的手，大滴大滴的泪水打湿了文叶老师藏蓝色的衣袖……

老师，我们舍不得离开您。

古榕流韵

老师,让我们再看您一眼,再看您一眼吧!

夕阳的余晖把西天染成了一片灿烂的红色。高大的白杨树直插云天,摇碎了即将覆盖大地的黄昏。一群带着哨音的鸽子翱翔在天空,仿佛美妙的音乐响彻宇宙。

孩子们还是走了,小树终要成材……

文叶老师生平第一次接受了孩子们的礼物。

她觉得兜子是那么沉。

哦,那沉甸甸的是孩子们的心啊,温暖的晚风悠悠地飘着,她竟有些不安起来。

凝眸深处的回忆 ◎朱雪婷

小学的最后一天,童年的最后一页,文叶老师细细为同学们捡拾过往的珍馐(xiū),放进大家的嘴里咀嚼。每一件小玩意的掏出都带出一串童年往事。多少顽皮,多少捣蛋,今天一过,便成为往事,因为"长大了。"这是长辈意味深长的结语,却令仍旧稚嫩的心颤动着。

小学的最后一天,是青春萌动的第一天,多少感慨心头涌。曾因老师无情没收小玩意而升起的不满刹那间烟消云散;曾因被误解而受的冤屈在老师真诚的道歉下化作欷歔低叹。文中一句"只有真诚才能换来真诚,只有真诚才能净化灵魂"为童年作了完美的总结,也给日后的成长之路作出了真挚的指引。

故事以"悠长又深沉"的上课铃声开头,融情于其中。以"老师,我们舍不得离开您。老师,让我们再看您一眼"为结尾,既是对老师的不舍,也是对童年的呼唤。用白杨直插云天,鸽子翱翔天空,小树成材作尾声,暗含小学生终会成长、成材之意。故事行文流畅,句句记事,字字含情,情真意切。人生中必然会在小学向中学过渡时出现的种种感情起伏跃然纸上,让我们不禁随之走入时空洪流,回到过去,细细搜索童年的记忆。

有多少爱可以重来？要及时勇敢地说出你的爱，
要知道"有花堪折直须折，莫等无花空折枝"。

说"我爱你"

✍ 谢　莉/译

　　最近在我执教的一个成人班级里，我干了一件"惹人生气"的事情。我居然给班上的学生布置了一份家庭作业！任务是"下周之内要走到你所爱的人面前，告诉他你爱他。此人必须是一位你从未对他说过这句话的对象，或至少很久没有与他交流过这些爱意盎然的话语的人。"

　　听起来这不像是一份艰巨的任务，直到你意识到这个班里多数男生已年逾 35 岁。何况在他们成长的那个年代，他们受到的是传统思想的灌输，人们不会轻易流露情感，因此对某些人来说，这是一项令人生畏的任务。

　　第二次课一开始，我就问："当你告诉别人你爱他（她）时，结果怎样？有没有人愿意讲一讲？"我满心指望像平常一样，某位女士能自告奋勇，但是这天晚上，一位男士举起了手，他看上去很受感动的样子，还有一点颤抖。

　　当他从坐椅上站起来时，他这样说道："丹尼斯，上周你给我们布置任务时，我很生你的气，我认为没有什么人需要我说那些话。而且，你是谁？凭什么让我们去干这种涉及隐私的事？

　　"但当我驱车回家时,我的良知开始与我对话,它告诉我,我应该去向我的父亲说'我爱你'这句话。

　　"你瞧,5 年前,我与父亲发生了激烈的争执,而且从此产生了隔阂。我们互相回避,除非必须出席圣诞节聚会或其他的家庭联欢会。但甚至在那些场合,我们彼此几乎也不说一句话。

　　"因此,上周二到家时,我确信自己做得不对,打算告诉父亲我爱他。

　　"这事有点怪怪的, 但就是这个决定似乎搬走了一块压在我胸口上的沉重石头。到家的时候,我冲进屋里,想告诉妻子我的打算。当时她已经上床睡了,但我无论如何还是叫醒了她。

　　"我如此这般告诉她,她不单是起了床,简直就是跳起来拥抱我,婚后第一次她目睹了我哭泣的样子。那一夜我们品着咖啡说着话一直聊到半夜。这感觉真棒!

　　"第二天一大清早我就起了床。我激动得睡不着觉,提前到办公室上班,两个小时之内就干完了比以前干一整天还要多的活。

　　"5 点半, 我就来到父母家摁响了门铃。我暗自祷告老爸会应声开门。害怕如果应声开门的是母亲,我会因胆怯而对她说出那几个字。终归我的运气好,老爸应声来到门口。

　　"我抓紧时间,一脚跨进门槛就说:'老爸,我来就是为了特地告诉你我爱你。'

　　"听了这话,老爸似乎前后判若两人。只见他脸变得柔和起来,连皱纹似乎也消失了,他泣不成声。他伸出手拥抱我说:'儿子,我也爱你,但这话以前我从来没能说出口。'

　　"这一刻如此宝贵以至于我不想挪动半步。妈妈双眼含泪走过来,我只挥了挥手,给了她一个飞吻。我和父亲又相拥了片刻,然后我离开了。许久以来,我都没有过那么棒的感觉了。

　　"但这并不是我说这些的目的。那次上门之后过了两天,我的父亲突发心肌梗塞，被送往医院，昏迷不醒。我不知他是否能挺过去。"

"所以我要忠告全班同学：如果你知道有些事情需要做的话，千万不要等。要是我等到以后再对父亲说'我爱你'那句话，结果会怎么样呢？也许我永远没有机会了！抓紧时间去干你需要干的事情吧，现在就行动！"

莫待无花空折枝 ◎ 黄小霞

亲情、友情、爱情，情情入心，父母、朋友、伴侣，人人可爱。热恋中的人轻轻的一声，或深深的一句"我爱你"，可以让你感到甜蜜幸福，泪光闪烁。但又有多少人会对父母说声"我爱你"呢？

作品中描述了一个成年人在一位执教者的鼓励下，勇敢地向他从未说过一声感谢的父亲说了一句："老爸，我爱你！"而使父亲拥子而泣，说："儿子，我也爱你！但这话以前我从来没有说出口。"就这么简单的一句"我爱你"，胜过了泛泛的物质，超越了默默的祝语，撩开了迷茫的烟雾，捅破了隔膜的那层薄纸，填平了误解的鸿沟，融化了冷漠的凝霜。

人在慢慢长大，也在慢慢忘却曾经许过的诺言，叛逆的心把一切亲情风化、磨蚀。有意无意容易忘却的你，为孩提的诺言而嗤之以鼻；为曾经多么潇洒地离家远飞，寻找自由；为不回家寻找种种不堪一击的借口或理由推辞。你可以把自己的许诺、潇洒、理由置之度外，引以为荣，心安理得，可你怎能无情地淡忘了父母殷切的目光，挽留的顾盼，等待你归来的望眼欲穿？

每个人都要怀有感恩之心，不要以为父母把自己抚育成人是理所当然，天经地义的；不要漠视父母辛劳的背影，不要充耳不闻父母的絮絮唠叨，不要为自己的父母不能满足自己的需求而心生怨恨。父母是天底下最伟大的人，他们的辛酸与苦楚，他们的汗水与心血，都是为了子女。离去的你有父母无穷的牵挂，归来的你有一桌饭菜等着，有一句句关心的问话。

古榕流韵

"如果你知道有些事情需要做的话，千万不要等。抓紧时间去干你需要干的事情，现在就行动！"那些迟迟不敢表达对父母的感谢的子女，赶快说出你的爱吧。因为年轻的你可以等待，但岁月会带走父母的年轻，它不会让父母长久地等待你的感恩。因此，年轻的你要抓紧时间对父母说一声："我爱你！"不要羞怯，不要认为难以启齿，说出一句有时可以胜过千言万语。

远在他乡的你，请经常打个电话或写封信回家；将要远行的你不要头也不回地离去，记住转身向父母挥挥手，那是一种对父母的致敬，那是给父母的安慰；经常在家的你不要疏忽父母对你的爱，在某些时候深情说声："爸爸妈妈，我爱你们！"

有多少爱可以重来？要及时勇敢地说出你的爱，要知道"有花堪折直须折，莫待无花空折枝"。

亲情，浓如血，重如山，深似海。朋友，你感受到你身边那一份份默默的关爱了吗？你珍惜那浓重的亲情了吗？

叫一声"哥"，真的那么难吗？

刘殿学

我打心眼里烦他们。

自打接到录取通知书，妈也不知该哭还是该笑。通知书没到时，她就开始担心我路上咋走。

"明天不是叫他送，就是叫他爸送，反正得有个人一起去。"

我只好妥协，同意让他送。自从我爸去世后，后爸爷儿俩每年都会从甘肃老家到我家帮忙拾棉花。

那一年棉花拾完了，他们就在我家住下来。我在家里处处不自然，总不想看到他们，更不愿跟他们说话。一天三顿饭，我一个人端到自己房间里去吃，从不跟他们在一起吃。我讨厌看到那两双可怜巴巴的眼睛，尤其讨厌后爸那双黑黑的手，动不动就往我碗里夹菜。他每次夹给我的菜，我都偷偷丢到桌下边喂猫。

我知道这样做妈心里很难过，她很希望我能跟他们好，叫声爸，叫声哥。可我办不到。

接到录取通知书，那天一家人高兴得整夜不合眼，给我忙吃的、忙带的。妈说第二天就要离开家了，晚上要我睡会儿。

她躺在床上开始掉泪："妈对不起你，妈有病，这么多的地，家里没个男劳力，多难哪！不用说供你上大学了，就是每月的面粉也打不回来。你4年大学，少说还要四五万，还得靠他们爷俩。你就要走了，妈也没什么别的话说，天亮，他送你走，你就叫他一声哥哥好吗？他20，比你大一岁。"

我知道妈这辈子不容易，她那样困难，也没让我辍学。这一点，我深深地懂得。为了临行前能安慰妈一次，我把手轻轻地放到妈的手上，表示愿意听话。

可是天亮了，还是一次又一次地错过叫爸、叫哥的机会。

说实在话，他们爷俩不坏，来到这个世界似乎天生就是干活的命。平时，吃好吃坏、穿好穿坏，一声不吭。我家承包的一百多亩棉花地，从春到秋，他们父子俩就像两头牛，没日没夜地干。就连到了团场拾棉花最忙的时候，他们也不让我缺一节课。说，念书的人，不能离开书，一离开，脑子就会死。

古榕流韵

不管地里的活多么忙，每到下雨下雪，妈还叫他给我送雨伞，送雨鞋。其实，我宁可淋着，也不想让他到我们学校里来。每次，一见他走到学校大门时，老远我就跑出教室，去接他手里的东西，生怕班里的同学问我他是谁。后来，他也自觉，一次也不往学校大门里走，就站在学校前面路旁边的树林里，淋着雨等我放学。

身上披块塑料布，湿透了，他也不撑开我的小花伞。

新疆一天十五六个小时的日照，将他晒得又黑又瘦。要是命运对他公平些，让他上学，我敢说，他完全有资格成为一名优秀的大学生。

可是他也很不幸，他妈死得早。甘肃老家山沟里穷，上不起初中。来到我家那年，他才15岁，我妈想让他继续上学。可家里承包了一百多亩地，他爸就早早地拿他当了整劳力，整天在一眼望不到边的戈壁滩上晒日头，每年都要晒得脱层皮。

"轰隆轰隆……"

火车全速行驶，将我与家的距离越拉越长！坐在火车上，我第一次有了离家的感觉。一想妈妈，我就从车窗往外看。看累了，就把头放在小茶桌上，反正不想朝对面看。

我知道，他正端坐在那儿，双手夹在腿中间，也在朝窗外傻看，他在看什么呢？我下意识地朝对面的他瞥了一下，他仍像根木头一样。

他也知道，一般情况下我是不会跟他说话的。所以，他就一心一意看车外不停流动的景物。

一天一夜过去了，同坐在一起的旅客根本不知道我们是一起来的，更不知道我们是一家人。

我觉得十分寂寞，几次努力想跟他说话，都没有做到。

火车快到兰州了。再有一天一夜，就到西安了。也就是说，我们之间，已经是两天一夜，50多个小时，没说一句话了。有时，他去给我打杯水来，也是不声不响地放在我跟前的小茶桌上。

我看书，他看书。

我不吃车上的饭,吃干粮。他饿了,就自己买一点饭吃。

火车进了兰州站,停车 10 分钟。那些卖东西的人,一个个扒着车窗叫卖。

我看见一个卖五香花生的,就问:"花生多少钱一包?"

"一块。要不要?"那个乡下妇女拿起一包花生问。

我拿出一张 5 块钱。说:"买两包。"

那乡下妇女收了钱,先给了我两包花生。旋即,手在袋子里抓了抓,不找钱,掉头想走。

只见他眼疾手快,从车窗中探出大半个身子,一把将那个乡下妇女的头发抓住,命令似的说道:"找钱!"

我第一次看到他那怒不可遏的样子,如果那个乡下妇女再不老老实实地找钱,他一定会把她从车窗里提进来。

我接过那妇女找来的 3 块钱,刚转身坐下,一个在兰州上车的中年男子,手里拽着两个大包,要把行李往我旁边放,我很讨厌陌生男人靠我坐。

我还没说话,他就站起,说:"对不起,那个座位有人。"

那个中年男子抓起包,自言自语:"有人? 人在哪?"

"上厕所了。"他虎着脸。

关键时候,他竟能使出点小阴谋来。看他那种神情,如果中年男子再啰嗦一句,他也许会把他的包扔到过道里去。见他的态度如此强硬,那中年男子不敢再缠,对我看看,又对他看看,疑惑地问:"她是你什么人?"

"是我妹妹。咋? 查户口?"他又抬起头来。

那中年男子听了,很识相,拽着包包,又继续向前找座。

中年男子走后,他才恢复了先前的平静,安静地看着窗外。车又开动了。

我看了他一眼,心里好一阵感激。很想趁此机会,跟他说话或者叫他一声哥。但嘴张了几张,终究没说出来。只是将手里的两包花生,分给了他一包。

他马上说他不饿要我留着慢慢吃。并告诉我，到西安早着哩，天黑了，就没有卖东西的人了。那包花生，只是在小茶桌上放着。一直到火车到了西安，我开始收拾东西时，我才将那包花生装进兜里。

叫声"哥"，有多难？

这趟火车晚点了，夜里 11 点才到西安。我下了车，头晕晕的，不知东西南北。在人海中，我才真正觉得，我已经离开了家，离开了妈妈，来到了一个陌生的世界，心里真的好想哭。

大概是因为胆小的缘故，我提着包一步不离地跟着他。原先那种厌恶的感觉，不知哪去了。只觉得他就跟我的亲哥一样，那么悉心、那么卖力，肩上背着个两个大包，手里又提着小包，走得那么艰难，还不时回过头来看我，生怕我丢了。

我从没钻过火车站地道，心里很害怕。问："哎，这走到哪了？哎，还是问问人家再走吧。"

他说："不问。对着呢。"

"你走过吗？"

"走过。那年，跟大(爹)来新疆，也是这样走的。没错！"

我心里暗自庆幸，好在听妈的话，让他来送我。否则，这大包小包的，拖不动，扛不动，又不识方向，这会准该哭鼻子了。

几个弯儿一拐，忽见前方一片柳暗花明，灯火辉煌。车站出口处好不热闹！

我一眼就看到一溜的牌子，都是各个高校来车站接新生的。

老远地，我看见一块牌上写着"陕西师范大学"几个字，高兴得大叫："哎！陕西师大！你看，在那！有人来接我们了！"我高兴得跳起来，拿出入学通知书。

那些大学生们便热情地接待了我。一个戴眼镜的高个儿男同学从我手里接下包，往他车上送。叫我们动作快些，说他们夜里还要接三趟新生。

另一个男生走过去从他肩上往下拿包，问我："他是你什么人？你哥吗？"

我点点头。

那男生又说："那好，就一起上车吧。学校有招待所。家属全部免费住宿。"

他放下包，说："不了。秀交给你们，我就放心了。我在车站坐会儿，明天天不亮，就搭车回去。"

那个戴眼镜的高个男同学说："明天天不亮就回呀？心急啥？到了西安，还不好好玩玩？来来来，上车上车！"

"不了，俺家里还有事，地里棉花开始拾了，俺爹俺娘忙不过来。"他说着，硬从车上往下跨。

车开了。

那个戴眼镜的高个男同学看我好像傻了，赶快推了我一下，说："跟你哥说再见呀？"

"哥！……"我从车窗伸出手。一下子觉得心里泪汪汪地，好想哭，连忙用手捂着脸。

古榕流韵

他一听，连忙转过身，笑着对我挥手。

那是我第一次看到他笑。

情重如山 ○欧来娣

读完这篇作品，泪水早已模糊了我的视线，泪光中我仿佛看到了他转过身时那憨厚的"傻笑"……

他是"我"的哥哥——一个后爸带来的比"我"大一岁的男孩子。作者通过挖掘"我"与他在生活中的细节，用细腻的笔触，描述了"我"与他相处时内心的深切感受。文笔朴素自然，在看似平淡无奇的生活描写中，将他淳朴、憨厚、善良的形象展现得淋漓尽致，也深刻地表达出了他对"我"无微不至的关怀中流露出来的大山般沉重的亲情。

本文采用了欲扬先抑的手法，先写我对他的厌恶，从来不叫"哥"到"我""努力想跟他说话"，再到离别时"我"眼泪汪汪地叫他"哥"。故事层层递进，"我"对他的感情逐渐深入，最后终于接纳了他作为自己哥哥的事实，感情迸发，达到了高潮。

本文着力描述的是他对"我"浑厚的亲情，而这种亲情又是从大量的生活细节中表现出来的。他毫不介意"我"对他的冷漠，处处为"我"着想。尽管农忙的时候也不让我帮忙干活，怕影响"我"的学习。风里雨里，他独自在雨中守候为我送雨鞋雨伞。他在默默中呵护着"我"，关爱着"我"。尤其在送"我"上学的路上，舍不得吃我买的花生；愤怒地让那个妇女找回我的3块钱；不让陌生男人坐在我身边；下车后，一边悉心、卖力地为我提大包小包，一边回头照看"我"，怕"我"丢了。这一切毫不起眼的举动，表现出的却是他对"我"沉甸甸的关爱、那深似海的亲情……

亲情，浓如血，重如山，深似海。朋友，你感受到你身边那一份份默默的关爱了吗？你珍惜那浓重的亲情了吗？请不要吝啬一声简简单单的称呼。

我希望总会有那么一天,我看见那些断翅的小天使飞向更高更远的蓝天,希望别人能摸到我给天使插上的翅膀!

天使的翅膀

安 心

一

辉仔非常自卑,因为他的背上有着两道非常明显的疤痕。这两道疤痕就像是两道暗红色的裂痕,从他的颈部一直延伸到腰部。所以辉仔非常害怕换衣服,尤其是体育课。可是,时间久了,其他小朋友还是发现了他背上的疤。

"好可怕喔!""怪物!"

天真的、无心的话往往最伤人,辉仔哭了。这件事发生以后,辉仔的妈妈特地牵着他的手,去找班主任老师。辉仔的班主任老师是一个很慈祥的中年女老师,她仔细地听着妈妈说着辉仔的故事。

"辉仔刚出世就患了重病,当时本来想放弃治疗的,可是又不忍心。一个多么可爱的生命啊,怎么可以轻易地结束掉?"妈妈说着说着,眼睛就红了,"幸好当时有位医术很高明的大夫,用动手术的方式挽救了他的生命,但是,他的背部也留下了这两道难看的疤痕。"

古榕流韵

妈妈转头吩咐辉仔："来,把背部给老师看看。"

辉仔迟疑了一下,还是脱掉了上衣,让老师看清楚这两道恐怖的痕迹,这也曾是他为生命奋战的证明。老师惊异地看着这两道疤痕,心疼地问："还会痛吗？"

辉仔摇摇头："不会了。"

她摸了摸辉仔的头说："明天的体育课,你一定要跟大家一起换衣服喔。"

二

第二天上体育课,辉仔怯生生地躲在角落,脱下了他的上衣。果然不出所料,所有的小朋友又露出了惊异和厌恶的表情："好恶心呀！"

老师没有说话,只是慢慢地走向辉仔,然后露出诧异的表情。

"这不是虫啊！"老师眯着眼睛,很专注地看着辉仔的背部。"老师以前听过一个故事,大家想不想听？"

老师说道："这是一个传说。每个小朋友都是由天上的天使变成的。有的天使变成小孩的时候很快就把翅膀脱下来了。而有的小天使动作比较慢,就来不及脱下他们的翅膀。这时候,那些动作慢一点的天使变成的小孩子,就会在背上留下这样两道痕迹了。"

"哇！"小朋友们发出惊叹的声音,"那这是天使的翅膀呀？"

"对啊,"老师露出神秘的微笑,"大家要不要检查一下对方,看还有没有人的翅膀像他一样,没有完全掉下来？"

小朋友听到老师这样说,马上七手八脚地检查起对方的背,可是,没人像辉仔一样,有这么清楚的痕迹。

"老师,我这里有一点点伤痕,是不是天使的翅膀？"一个戴眼镜的小孩兴奋地举手说道。

"才不是哩,我这里也红红的,我才是天使！"

小朋友们争相承认自己的背上有疤痕，完全忘记了取笑辉仔的事情。辉仔原本哭红的双眼，此刻已停止流泪。

突然，一个小女孩轻轻地说："老师，我可不可以摸摸小天使的翅膀？"

"这要问问天使肯不肯啦。"老师微笑地向辉仔眨眨眼睛。

辉仔鼓起勇气，羞怯地说："好。"

女孩轻轻地摸了摸他背上的伤痕，高兴地叫了起来："哇，好软，我摸到天使的翅膀了！"

女孩这么一喊，所有的小朋友都像着了魔似的，每个人都大喊："我也要摸！"

一节体育课，一幅奇特的景象，教室里几十个小朋友排成长长的队伍，等着摸辉仔背上的伤痕……

后来，辉仔渐渐长大。他高中时还参加了全市的游泳比赛，获得了亚军。他勇敢地选择了蝶泳，是因为他相信，他背上的那两道伤痕，是被老师的爱心所祝福的"天使的翅膀"。

谎言也如此美丽 ◎ 李广谊

我是在童话里长大的孩子，随着岁月的流逝，潜移默化中我也不再相信白雪公主与王子永远幸福地生活在一起。从童话中走出来，再想钻进去就很难。但不管怎么样，天使是可爱的，孩子是天真的，谎言有时也是美丽的。

文中的孩子们是单纯的，尽管他们无心的话已经伤到辉仔的心，如果你还相信童话，那他们是上帝派下来的断翅小天使。辉仔背上的两道裂痕刻在他心里最柔软的地方，他也小心地掩饰着裂痕。直到女老师的出现，她编造了一个美丽的谎言，让孩子们相信并摸着辉仔背上的两道痕迹。同时也抚平辉仔心里的伤痕，用美丽的谎言在这个受伤的小天使背上插上了腾飞的翅膀。

读完此文，我颇有感慨：假如有一天，我也站在讲台对着一群天真无邪的孩子。或许他们当中也有一个个"辉仔"对着伤人的话语而不知所措；又或许他们渴望我这位老师多给他们一份关爱和谅解；又或许……我会如何为孩子们插上天使的翅膀呢？

从女老师那个美丽的谎言中我想了很多，觉得双肩沉重了几分，"教师！"我脑里忽然重复着这个词语。也许我还没有真正读懂它的含义，但女老师已经给我指出了一条路："用爱关心学生，用心教育学生！"

我希望有那么一天，能够看见那些断翅的小天使飞向更高更远的蓝天，希望别人能摸到我给天使插上的翅膀！

人生就像一个大舞台，每个人都要扮演不同的角色，上演不同的剧情。

欧阳的故事

朱传辉

这是真的。

在每个故事前，欧阳都习惯地来上这么一句。我们起哄道，快说快说，谁在乎是不是真的，不就一个故事吗？我们都喜欢听故事。我们听故事的爱好是欧阳培养起来的。欧阳是我们班最喜欢讲故事，也最会讲故事的一个。课上完了，闲着没事了，我们就说，欧阳，来一个。欧阳说，行。我们就围着欧阳坐一圈。欧阳先酝酿一下感情，眼睛眯一眯，然后说，这是真的。故事就开始了。

欧阳是在高二那年从上海转到我们学校来的，他似乎读了很多书，文学作品、还有那些古怪离奇的东西被欧阳信手拈来，渲染得气氛十足，很能扣住我们的心。有时说鬼故事，讲到要紧处，欧阳总是故意停一停，我们吓得大气不敢出，又想听下去。欧阳看我们一眼，得意地笑笑，才把结果说出来。

欧阳把故事说出来，我们总觉得这故事说到底也就是个故事，细节上经不起推敲。于是，故事讲完，我们就批判他，这能是真的吗？故弄玄虚。

但欧阳也确确实实讲过一些挑不出一点儿毛病的故事，说他有一个叔叔怎样怎样，有一个姨妈怎样怎样，开头像拉家常，说着说着就进入剧情了，故事都挺感人，弄得我们偷偷流泪彼此都不敢对视一眼，还忍不住要听下去。当然在每个故事的开头，欧阳依然会说，这是真的。可是不久我们发现，如果那些故事都是真的，欧阳总共有几十个叔叔，十几个姨妈。这可能吗？

不过只要故事好听，谁在乎真假。欧阳讲故事的绝活儿使他在班上人气很旺。欧阳是个好男孩：开朗活泼，热情大方，乐于助人，一天到晚笑呵呵，还喜欢弄些小花招儿逗人乐。有一天，欧阳居然剃了个光头，戴个帽子来上学，那简直乐倒了全班人。欧阳故意痞里痞气地问我们酷不酷。课外活动的时候，我们就摸着欧阳的光头说，哥儿们，来一个。

欧阳依然很爽快的样子说，行。欧阳说，从前有一个男孩，和我们年纪一样大吧，当然也和我们一样有很多的想法，比如想上一所中意的大学，想周游世界，想做一些令人瞩目的事。按道理，只要努力，这些想法

133

古榕流韵

中至少有一些能实现,这几乎是不用怀疑的事,男孩也一向这样认为。可是,突然有一天,医生说男孩得了绝症,至多只能活两年。当然医生没有直接告诉男孩,是男孩偷听到的。男孩当然很绝望,他变得脾气暴躁,谁也不想见,父亲也整天对他低声下气,赔着笑脸,一家人都很痛苦。后来有一天,男孩看见父母躲在一个杂货间里相拥哭泣,因为任何其他房间都容易被男孩发觉。这对男孩震动很大,他想,他失去了所有机会去实现梦想,但他至少还有孝顺父母的机会,他为什么要让他们难过呢?于是男孩对父母说,我还是想去上学。男孩想通了:他的一天相当于一个月,他不能浪费。他来到学校,可是他发现每个人都对他特别好,特别热情,但是这特别让他受不了。他的父母说,那我们搬家吧,到一个陌生的地方去……

说到这里,上课铃响了,我们回到座位。说实话,这个故事不算精彩,欧阳的语气也有点平淡,不过我们还是想知道男孩后来到底怎么样了。可是一放学,欧阳就回家了,说家里有事,明天再讲吧。

可是第二天,欧阳没有来,后天、大后天也没有来。后来班主任说,欧阳不会来了,欧阳回上海了,他的病很重。

我们顿时明白了,我们想起欧阳的那个没讲完的故事,想起欧阳的光头,我们还想起,唯一一次,欧阳没有在故事的开头说这是真的。

但恐怕这是欧阳说的唯一一个真实的故事吧,虽然我们都希望它是假的。

人生不只为自己活着 ◎项配仪

人生就像一个大舞台,每个人都要扮演不同的角色,上演不同的剧情。它没有预定降下帷幕的时间,像六月的天气,说翻脸就翻脸。

只是为何,相同的角色,相同的人生遭遇,却能演绎出不同的故事呢?就像角色中的欧阳,他想到的不仅是担任自己本身的角色,还有父母的儿子、同学的好朋友。因此最后，他为自己选择了坦然面对噩运，直面人生，用行动讲述了自己哀婉而不失昂扬精神的故事。为自己，为他人谱写了一曲精神的挽歌。

记得在《红楼梦》中有一句话说："真作假时假亦真。"我想，用在这篇故事中，可以很好地说明这篇故事的特色。每一个"真的"故事之于欧阳的讲述总是亦真亦幻。当然，生活是创作的基础，生活也是故事的基础。欧阳讲述的故事离不开他个人生活的影子，那么，我们又如何能说孰真孰假呢？"欧阳"本身就与人物的命运纠缠了在一起，所以他讲述的故事才能"弄得我们偷偷流泪彼此都不敢对视一眼，还忍不住要听下去。"

欧阳讲的最后一个故事中，在"我们"看来，"这个故事不算精彩"、"欧阳的语气也有点平淡"，那是因为欧阳已把自己悲伤的情感淡出了故事外，选择了痛苦留给自己，把欢乐留给别人。于是，他像是在叙述一个与自己毫不相关的故事一样。但他离开后留下了更多的敬佩与感动。

善意的谎言，如同雪中送炭，给人温暖；如同沙漠的绿洲，让人看到希望与生机。

六个馒头

毕淑敏

高一那年，年级组织去千岛湖春游。

那时候，我们年轻的班主任正赶上新婚度假，于是更为年轻的实习老师成了我们班的带队老师。实习老师一宣布这个令人兴奋的消息,教室马上被大家的喧闹声炸响。同学们纷纷问一些关于春游要注意的事项和所交的费用等问题,接着实习老师又问了一句:"大家还有什么问题吗?"很长的时间,没有人举手也没有人站起来,谁也没有注意到角落里来自山区的那个女孩子,她微举着手,手指却颤抖着没有张开来,颤巍巍的嘴唇一张一合却没有声音。很久很久,女孩子站起来,用极低的声音问:"老师,我可以带馒头吗?"一阵其实并没有恶意的笑声刺激着女孩子,她的脸通红通红的,低着头默默地坐下,眼泪无声地沿着脸颊流了下来。漂亮的女实习老师走过去抚摸着她的头说:"放心,可以带馒头,没事的。"

出发的前一天,女孩子拿着饭票买了 6 个馒头,然后低着头好像做贼似的跑回宿舍。宿舍里几个同学正在一边准备春游要带的零食,一边唧唧喳喳地讨论着什么。女孩子直奔自己的床,迅速地用一个塑料袋把馒头装了进去,女同学的讨论声似乎小了下去,女孩子的眼眶红了。

出发的那天下着雨,雨水淅淅沥沥地洗刷着女孩子的心情,在她背包里有 6 个馒头。女孩子没有带伞,只好和别的同学挤在一把伞下,为了不因为自己而使同学淋湿,女孩子不住地把伞往同学那边移,等赶到千岛湖时,女孩子的一半身子湿漉漉的,身上的背包也湿漉漉的。大家纷纷冲向饭馆吃饭去了,女孩子一个人呆在招待所里,等大家走完以后才从背包里取出馒头。可是,由于塑料袋破了一个洞,湿透背包的雨水将馒头泡透了,女孩子就这样一边流泪一边嚼着被雨水浸泡过的馒头。

女孩子还没有吃完一个馒头,同学们就回来了。她没有预料到她们会回来得这么快,来不及藏起湿透了的馒头,只好匆忙地往还没有干的背包里塞。班长妍突然说,哎哟,我还没吃饱呢,能给我吃一个馒头吗?女孩子既没摇头也没有点头,妍已经打开她的背包啃起馒头来。其他几个同学也纷纷走过来拿起馒头一边嚼一边说,其实还是学校食堂做的馒头好吃。转眼,女孩带来的 6 个馒头都被同学们吃完了,女孩子看着空了的背包只有无声地落泪。

第二天,到了大家该吃早饭的时候,女孩子偷偷一个人走了出去。雨已经停了,但女孩子的心却在落泪,如果不是自己央求父亲借钱交了车费本来就不可以来的,可是山水那么秀美,女孩子怎么能不心动呢?女孩子在招待所附近的一座矮山上一边后悔一边默默地流泪。是班长妍最先找到女孩子的,妍拉起她的手就走,说:"我们吃了你带来的馒头,你这几天的饭当然要我们解决呀! 女孩子喝着热腾腾的粥吃着软软的馒头,眼圈红红的。

后来总有人以吃了女孩子的馒头为理由请她吃饭,使她不用再嚼干涩难咽的馒头,使她可以和所有其他同学一样吃炒菜和米饭。女孩子的脸上渐渐有了笑容,她默默接受了同学们不着痕迹的馈赠,默默地享受着这份单纯却丰厚的友谊。女孩子没有什么可用来感激她的同学,只有用更努力的学习,更积极地去帮助别人和总是抢先打扫宿舍卫生来表示她的感激。后来,这个女孩子不仅是班里成绩最好的一个,也是人缘最好的一个。

因为女孩子知道,同学们给她的是任何东西都不能买到的善良和真诚。她们的友谊就像春天里最明媚的那一缕阳光,照射在她以后的人生道路上。

善意的谎言 ◎梁杰荣

文中的故事,令我同情女孩子的境况,但更让我佩服同学们用心良苦地帮她的方法。为了不让女孩子的自尊心受到伤害,同学们借口说抢了她的馒头,要请她吃饭。善意的谎言令女孩子坦然面对同学的馈赠,也令她重拾对生活的信心。

如果一个人生活在责骂之中,他就懂得去谴责自己;如果一个人生活在讥笑之中,他就懂得了自卑;如果一个人生活在鼓励之中,他就懂得去建立自信；如果一个人生活在馈赠之中，他就懂得去回报；如果一个人生活在友爱之中，他就懂得了关爱……因此，我们在与别人交往时，一定要让别人永远活在鼓励、接受、友爱之中。也许有时坦承会伤害到别人，但是委婉的说法、善意的谎言不但维护了别人的尊严，又给人以前进的动力。这样，何乐而不为呢？

并不是所有的真心话都是对的，同时，不是所有人都喜欢听人家讲真心话的，真心话太直接了，会伤害自尊心强的人，会令人变得自暴自弃。然而，适当的善意的谎言，会让人感觉生活在认可、友爱中，让人变得自信。其实，尊重、接受、爱一个人的方式很多，但是善意的谎言会带来更多的希望与鼓励。

善意的谎言，如同雪中送炭，给人温暖；如同沙漠的绿洲，让人看到希望与生机。善意的谎言，它不是虚情假意，而是真诚的爱！

金钱买不到一个温馨的家，更买不到同学相濡以沫的情谊。同学们的情谊比金更坚。

毕业的礼物

吴跃明

四年寒窗，就要分别，不少人都在准备毕业的礼物送给同学。我发现只有林志默默地坐在一边。我知道他来自边远的山区，家里穷，没有钱买礼物送同学。

看到他这样，我们就停止了谈礼物的事。他见我们沉默了，就笑笑，说："我也要给大家一份礼的。"我们劝他："没必要啊，有这份心意就行了。"他说："我是真心的。"

林志和我是一个寝室的。4 年来，我们朝夕相处。因此，他的情况我比较清楚。

每次开学的时候，他都会从家里带来两罐腌萝卜、腌咸菜来，不为别的，就为下饭。每天吃饭时，他只打饭，然后就回寝室吃他的腌咸菜。尽管如此，他还是节省着吃，尽量让腌咸菜吃得久一点，可再怎么节省也吃不了一学期。看到他学期末吃白饭，同学们都会不约而同地资助一点饭菜票给他。我呢，因住在市内，时不时地会从家里带点鱼呀肉呀什么的，让他尝尝。星期天，我们住市内的同学，也会轮流邀他到家里玩，其实也是有意让他改善伙食。

冬天的时候，他穿着单薄，同学们会把自己家里的衣服送给他，虽然都是旧的了，可大家知道，林志需要。可以说，4 年来，班里 35 名同学，就有 34 名帮助过他。

虽然家境贫寒，可林志学习很用功，在我们打牌、聊天、听音乐会或者谈恋爱的时候，他不是在教室就是在图书馆。而且，他还会把自己点点滴滴的感受写成文字，寄到报社发表。他用得到的稿费来交学费或买书，我们也曾戏言过要他请客，但我们一次也没真要他请过。我们知道，每一笔稿费对他来说都很重要。

毕业典礼就在我们的教室里举行，同学们互写赠言、互送礼物。4 年里，虽然也有矛盾，也有辛酸，可想到马上就要天各一方，再也没有这样相聚一起的时光了，心头都不免有些酸楚。

这时候，我发现林志不见了。正当我们要寻找他时，他却抱着一摞笔记本进来了。怎么这么俗呀？都毕业了，还给大家送笔记本？他没理会大家，往每人手里塞了一本。然后，走上讲台，打开笔记本并举着说："这是我 4 年来发表的作品，我精选了 35 篇出来，我发现，每个同学都给过我帮助，每个同学的关怀我都用笔记录了下来。我把它们复印并贴成了35个笔记本。大家给我的帮助我无以为报，但这些真挚的情感会一辈子留在我心里！"他深深地鞠躬，久久没抬起头来。等他抬起头时，我发现他已热泪盈眶。

静，静得可以听到心跳的声音。我们都被感动了。我们当初的付出真的是微不足道，但我知道，因为有了这个特殊的礼物，我们之间的友情，变得更加珍贵了。

情比金坚 ◎吴 娟

物欲横流的今天，信任危机愈显严重，那亲切的问候还有吗？那关爱的眼神、那浓浓的真情还在吗？

看了本文许多想法也有了改变，许多问题也有了明确的答案。

林志，那个穷孩子，他给予大家的也正是那份情啊！大家对他的点点滴滴，他都装进了心里，而不是放在口上。他懂得滴水之恩当涌泉相报。他送大家的笔记本里装下的是一颗热烈、激动、真挚的心和一份浓厚的情。

有人说大学就像市场，什么样的人都有，什么样的事都会发生。尔虞我诈、钩心斗角，一切都只为个人利益而不存情义。但林志班上同学的表现却恰恰相反，他们默默地帮着这个来自边远山区的孩子，为他送衣服，帮他改善生活等等。他们所做的一切不是出于利益，而是出自内心的那份真情。

"人之初，性本善。"人的本性是好的，在人们的心底永远都有情的存在。因为人是社会的人，是有血有肉有情感的。金钱买不到一个温馨的家，更买不到同学相濡以沫的情谊。同学们的情谊比金更坚。萍水相逢的你我他，因为心底有一份情，所以才会为这个平静的城市增添一道绚丽的光彩。

血浓于水的亲情是情；平淡如水的友情是情；轰轰烈烈的爱情是情；萍水相逢的帮助也是情。

情，在当今社会还是主角，且以后一直都会是主角。

靠在山墙上，他任由久违的泪水在脸上肆意纵横。下岗两年来，离婚一年来，这是他第一次放纵自己的眼泪。

字典的错误

✒ 无字仓颉

吃过晚饭，他把自己收拾得很干净，特意梳理了头发，甚至还抹了点老婆留下的粉底霜。这使得白面微须的他，看上去像个文化人。而他一会儿要去做的，就是个文化人做的事——买书，确切地说，是买本字典。下午，上小学的儿子从学校回来，带回了老师的交代：明天上学带字典来。家里没有的，去书店买一本，要那种商务印书馆出版的《现代汉语词典》，一步到位，初高中就不用再买了。

他安步当车，不紧不慢地朝附近的书店走去。没有人知道，他是个蹬三轮的，就像在儿子的学校，没有人知道他的父亲是个三轮车夫一样。倒是不停地有人力三轮在他身边急转弯，"吱扭"一声停下，冲他喊，先生坐三轮吧？他从容淡定地摆摆手，脸上满是微笑。

书店很近，几步路就到了。

古榕流韵

　　走进来，两个女店员热情而娇媚，欢迎光临！先生请这边走！他大方地随引，目光仔细地在书架上逡巡。站定，他微笑着问道，有没有商务印书馆出版的《现代汉语词典》？

　　美丽的女店员笑着说，就在您的正前方啊！他脸一热，哦，哦，瞧我这眼神儿。女店员殷勤地上前，取下一本递到他手上。他手一沉，好家伙！真是个"大部头"！他有些担心，匆匆翻了几页内容，便迫不及待地调过来看封底。字体很小的数字，却吓了他一跳：60 元！

　　他兜里只有 40 块钱，这已经是干这一行最高的日收入了。他有些呆，拿着字典不知如何是好。还是那个店员，跑过来热心地介绍，这是刚出版的最新修订版，共收录字、词、词组、成语、典故及熟语 6.5 万多条，增加了 6000 条词汇，是历年来增补最多的一次……他脑子里懵懵的，女店员的话他一个字也没听进去，也听不懂。他只知道，40 和 60 的关系，用儿子家庭作业上数学题的解题方式讲，40 比 60 少了 1/3。1/3，是个不小的比例啊！那年，厂里的下岗比例就是 1/3，而自己，就在这 1/3 里头。

　　他心里有些乱，脸上仍是镇定。突然冒出了一句话，女店员听了，奇怪地笑了。他说的是，有没有老版本的？女店员说，买旧文学书的不少，买旧工具书的可不多。谁愿意自己的知识结构落伍呀？他脸一红，不好多言。

　　不过我们这里可以打折的先生。

　　他心里一紧，仿佛抓住了根救命稻草。他不动声色地问，打几折？

　　八折。

　　他算了一下，8 折，48 块钱。他恨不得兜里的 4 张 10 元币每张都长出一个两元的小腿儿来。放下字典，终于有了些尴尬。如芒刺背地走出店门，他分明听到身后传来了女店员"嗤嗤"的浅笑声。

　　他茫然地走在大街上，四周一片陌生。这个他往常骑自行车上班一天三过的地方，忽然变得让他不认识了。他有点不知所措，不知该向何处去。回去取那唯一的存折？可现在，还有开着门的银行么？

他漫无目的地踱着，他不想那么快回家，不想面对儿子失望的眼睛。那双眼睛，他已面对了太多次。

踱到一个旧书摊前，他意外地发现了一样东西，一样刚刚熟悉的东西——字典，跟他刚才见过的一模一样！他觉得自己心跳加快了。他蹲下身，拈起那崭新的硬壳封皮，里面也一模一样。买吧先生！便宜！年轻的摊主热情地招呼。

便宜？他心里一动，多少钱？

30！

哦？他有些不相信，翻开封底，仍是那个让他头疼过的数字。

他警惕起来，是不是盗版？

哈，盗版？老板，你看看这里——

摊主拿过去字典，翻到扉页，指着一样东西给他看：看，防伪水印都有！盗版？！

他接过字典，认真地对着亮光看了看，摊主说的不假，的确有个小书形状的"水印"在上面，质地跟钱上的领袖头像差不多。他相信了。

他买下了字典。

回到家，儿子欢呼雀跃，和老师的一模一样啊！他有些心酸，儿子多久没这样高兴过了？

夜里，儿子抱着字典，睡得很沉，很香。

翌日，吃过早饭，他送儿子上学，用他那辆超期服役的自行车。

到了校门口，儿子进去了，朝他一笑，爸爸，再见。他忽然有些不放心，说实话，他对那本字典多少有些心里没底儿。

他跟着儿子进去了。

他躲在儿子教室后面的窗子底下，窗子很高，他看不到，只能听。

他听见了年轻的女教师的声音，今天我们学习查字典，请大家翻到第 X 页……

过了片刻，报告老师——是他儿子——他心里揪紧了！老师，我的这

一页和别人的不一样……

他脑子里有根弦绷断了。

不知过了多久，年轻的女声又响起，看来，字典也会有错呀！同学们，刘思远同学的这本字典，就作为全班的改错题吧，好吗？每个人轮换着用一天，用到谁那儿谁负责改错，把正确的标注在页码上……

靠在山墙上，他任由久违的泪水在脸上肆意纵横。下岗两年来，离婚一年来，这是他第一次放纵自己的眼泪。

用成功去回报父母的一片心 ◎墨　菲

一个靠蹬三轮赚钱供孩子读书的父亲，一字不识却有一颗敬畏知识的心，不屈不挠地跟生活抗争。然而囊中羞涩的他却只能买一本路边摊上的字典给孩子。善良的老师没有说出书是盗版的事实，而是让学生轮流着用并且改错，既保留了学生的自尊心，又确保每一个学生都能有工具书用。再坚强的父亲，在这样的善意里，也无法不感动落泪。

天下的父母都是一样的吧。回想我们的父母，兢兢业业地工作赚钱供我们读书，对自己很吝啬，对我们却很大方，各种各样的工具书、学习资料摆满书架。他们都怀着一个心愿，希望我们在知识的熏陶下健康成长，用知识改变自己的命运。当我们在上课时间嬉闹，在做作业时玩游戏，不认真学习吸取知识时，想想父母吧。当他们期望的目光落在我们的身上，除了好好学习知识丰富自己，握紧手中的画笔书写成功的人生，我们还能怎么回报父母的养育之恩呢？

一股更大的愧疚感涌上来，我似乎感觉天昏地暗。事实上这次是怪我啊。

哭泣的奖状

杜秋平

　　到西部边塞的山区后，我的脾气变得越发的坏了。其实早先我已经意识到这里的条件有多么恶劣，但等我真正来到这里后，我还是很长时间不能适应。我来这里也并非情愿，要不是西部支教对我们这些大学生有许多优惠的政策，我想我是不会来这里的。

　　总算熬过了半年多的时间，再没多久就可以回去了，离开这里的艰难与困苦。此刻的寒气侵袭着四面透风的破旧教室，我的心冰凉冰凉的，但是看到学生们天真的脸、单薄的衣衫、带着冻疮的手指，我的心突然有些愧疚。我是有些对不起他们的，他们是多么希望我能多呆些时间，甚至希望我能长久地留下来，而我却一直想着早点回去，回到大城市去。我突然鼻子酸酸的，我想起夏日里学生们给我带来家里舍不得吃的瓜果，他们真诚地捧到我的面前说，老师，你吃你吃嘛。我想起冬日里他们怕我冷，用他们带着冻疮的小手捧起我的大手往我手上哈气，把温暖一直送到了我的心里。

　　可我终究没有太高的觉悟，我还是盼着回去，因为一想到这里夏日的风沙，冬日的寒气，我就感觉自己坚持不下去了。我强打着精神，继续一日日给孩子们上课。学生们都很听话，特别是那些家庭特别贫困的学生，事实上这里多半是贫困的学生。学生们成绩还不错，他们也很上进，每每考试，他们最大的愿望就是可以获得奖状。是的，奖状，他们拿回家后会得到父母的夸奖，把奖状小心翼翼地贴在墙上，这就是全家的荣誉啊。虽然学校连奖品都买不起，但小小的单薄的一张奖状就会让他们感到无上的光荣。小强子得到过奖状，他高兴地跳过；小霞也得到过，她高兴得连流出的鼻涕也忘记了擦；小娜得到的最多，她每次却总是很平静，似乎那些奖状就应该给她似的。

小娜家里条件很差，但她学习很用功，小娜有一双天真而智慧的眼睛。她不怎么爱说话，笑得也很少，但领到奖状的那刻她是微笑着的，冲着我微笑。

1月15号，我组织完考试，决定过几天就离开。学生们知道我要离开的消息，都显得闷闷不乐，他们用祈求的眼神看着我，轻轻牵着我的衣角、嘟着小嘴舍不得离开我。上完最后一节课，我认真注视着每个学生，希望能记住每张可爱的面孔，可是我却发现小娜没有来。我又认真扫视了两遍教室，还是没有小娜，我一下子心里怪怪的。紧接着就是焦虑和担忧，莫不是山路艰难出啥事了？

我刚要询问，班长跑过来小声告诉我，小娜今天请假了。为啥她今天请假呀？今天连学校的领导都在教室里，村民也拥挤在窗子外面。他们都不希望我离开，但今天他们又是诚心来为我送行的。我在激动间有些恍惚，我不知道接下来该说些什么。我的脸开始有些涨红，应该是羞愧。你看，连小娜都不愿意来给我送行了。

我正疑惑间，校长已经走到我的面前。他手里捧着一张很大的鲜红的奖状。"杜老师，你看，你要走。我们也没什么好送的，这张奖状是我们送给你的。感谢你给我们山区作出的贡献。"老校长带皱纹的脸上写满真诚，"孩子们说，等你回到大城市后还能记得他们，希望有空的时候还能来看看他们。"

"会的，谢谢，你们……"我哽咽起来。木然了一会儿，我深深地向他们鞠了一躬，眼里止不住也落下泪来。我手捧着奖状，看着上面"支教模范"的字样，又一阵愧疚之情涌上心头。我突然想到了什么，我于是问校长，小娜为啥没来啊？校长说小娜可能以后不来上学了。她父母不想让她再念下去了。

　　我的心被重重地一击——这么刻苦，学习又很好的学生怎么能不上学呢！

　　我必须在离开前去趟小娜家，劝说她的父母，再穷也得让孩子上学呀。我想，如果可能，我可以资助她完成学业。

　　我望着蜿蜒曲折的山路，决意要去看看小娜。

　　走了个把小时的山路才赶到小娜家。真难以想象，她每天那么早就可以赶到学校。我擦擦脸上的汗，刚要敲门，里面的吵闹声早已传出来。小娜哭喊的声音也传出来。她的父母一定在打她。

　　我急忙推开门，她的母亲正一手拿着木棒，一手拉着小娜。我急忙夺过木棒，把小娜揽在怀里。"别打了，小娜学习很用功，为什么不让她上学，还要打她？"

　　我内心气愤至极，瞪着她的母亲。

　　"是杜老师啊，老师你不知道，这娃以前学习还用功，可这回一定是在学校没好好学习。你看，你看，"小娜母亲用手指指墙壁，那上面满是鲜红的奖状，"以前回回都得奖状，可这次呢，居然没得奖状。我们大人辛苦供孩子上学容易吗，我实在心里难受。"

　　一股更大的愧疚感涌上来，我似乎感觉天昏地暗。事实上这次是怪我啊。我只顾早点回家，居然忘记了评这次的三好学生，忘记了给孩子们发奖状。

　　小娜是应该得奖状的。

　　我眼角含着泪，对她们说："都怪我，是我的错……"

　　第二天，我把买好的火车票退了，我决定在这里多待一年。

珍惜求知的机会 ◎墨 菲

　　村人对奖状的重视,孩子对知识的渴望,都感动了"我",让"我"的心挣脱了喧闹的城市,留在了这片贫瘠的土地上。

　　成长的过程中对知识的渴望是没有地域、贫富、身份之分的。当我们耳朵上挂着MP3,嘴里哼着流行歌,背着名牌背包去上学时,我们可能不知道,有跟我们一样年纪的孩子,每天翻山越岭去上学,铅笔写到只剩下铅笔头还舍不得扔,教室里是简陋的摆设,歪歪扭扭的桌椅,昏黄的灯光。当我们坐在明亮的教室里,偶尔开一下小差的时候,他们就在简陋的教室里,珍惜着这来之不易的机会,认真地听课、学习、做作业,小小的奖状就是对他们努力的最大奖励和肯定。我们抱怨自己没有聪明的脑袋,没有要啥有啥的家庭条件时,看看他们吧。埋怨其他因素让自己成绩不好,都只是为自己的不努力开脱的借口。

Part Four
青青丝竹

"咬定青山不放松，立根原在破岩中。千磨万击还坚劲，任尔东西南北风。"

每个人的青春里都有不同的插曲，或是激扬高昂的音符，或是低沉婉转的旋律。或许我们应该静下心来倾听竹笋破土而出时的声音，感受竹在风吹雨压时的傲然挺立，或雨晴风定时的亭亭玉立。这样青春就多一份"竹魂"——宁折不弯、甘于淡泊。

爱，没有界限；爱，不论价值；爱，不分身份。这个世界，谁都值得爱，爱谁都值得！

爱谁都值得

马 德

他原本是一个弃婴，20 年前被一个女人抱回家。

这家就夫妻俩，40 岁上下，膝下无儿无女，住在这座城市的边上。日子过得也很甘苦，丈夫有病长年卧床，女人常常靠出外帮别人做事或者去城郊捡破烂养家糊口。然而，这家人对孩子并不薄，视同己出，虽然生活苦巴巴的，还是买了奶粉鸡蛋，一路把孩子拉扯大。

长大后，小学没念几天，他就不上了，跟着一帮孩子胡混。开始，他还回家。后来，一看到养父病恹恹地躺在床上，养母头发蓬乱地忙这忙那，他就有点烦这个家了。有一次，在城里的公园，他跟几个孩子抢了民工的钱，结果被抓了起来。放出来后，他想，如果那个家有一点嫌弃他，他就彻底地离开。然而养母依旧亲热地待他，似乎什么也没有发生一样。

之后，他的养父死了。养母也愈发地老了，像风中的蜡烛，头发花白而蓬乱，也愈加的憔悴了。到了就业的年龄，也没有找工作，一天到晚四处闲转。结果，因为一次合伙抢劫，他被判了 5 年。5 年的日子是灰暗的，这期间，还是这位 60 多岁的养母，千里迢迢奔到他服刑的监狱，探视他。

望着已经风烛残年的养母,他有些痛心,觉得有些对不起她。

出来后,他并没有回到养母所在的那座城市,而是辗转了好几个地方,最后在另一座城市待了下来。几乎没有安稳几天,他便又和当地一些不三不四的人勾搭到了一起。这一次,他们要做一宗大买卖,然而,蹊跷的是,那天他们一伙人眼看就要得手了,结果他负责引爆的炸药,竟然没缘由地哑了火。

就因为炸药没有爆炸,运钞车安然无恙,他们被警方抓获了。在警方的询问中,他交代,他之所以没有引爆炸药,是因为在即将点燃引线的一刹那,他发现,旁边有一个蹬着三轮车的白发蓬乱的老女人,像极了自己的养母。

他的这一闪念,引起了警方的注意。通过当地派出所查询,得知他的养母还活着,警方便千里迢迢把他的老母亲接来,安排与他见面。当养母看到自己儿子的时候,便一下子扑上去抱住了他,母子俩抱头失声痛哭。养母说:"你的事情,警察都和我说了。"他哭得愈加不能控制了,他说:"妈妈啊,儿子对不起你,对不起你这么多年含辛茹苦的抚养。像我这样狼心狗肺的家伙,辜负了你这么多年的爱。"他接着有些撕心裂肺地喊道:"妈妈,你爱错人了……"

"不",养母拢了拢头发,接着说,"妈妈并没有爱错人。是的,在这之前,妈妈也曾伤心过,对你几乎已经不抱什么希望了,但是,这一次你所做的,让妈妈知道了,妈妈并没有爱错你!"

故事的结果很简单,漫长的刑期之后,他也已经一大把年纪了,他在一个偏僻而陌生的城镇开了一家小吃店。没有人知道他是从什么地方来的,原来是干什么的。那里的人们所知道的是,他接济过不少需要帮助的人,是一个很有善心的人。

他去世之前,把他的那家店留给了一个孤儿。他给这个孤儿的遗言只有一句话,据说那句话还是他的养母留给他的:这个世界,爱谁都值得。

青青丝竹

不离不弃的爱 ◎ 陈雪琼

改变一个人，特别是一个变坏了的人是件难事，但并不至于难于上青天。在不弃不离的、值得付出的爱的熏陶下，脱轨的会重新上轨，脱缰的会再回来。做错了事，甚至犯了罪的人，并不是没有被爱的价值，恰恰相反，这些人更需要人们去关爱，这时爱的价值才更能表现出来。有一个曾为医生的罪犯，在逃亡的过程中劫持了一辆客车。车中有个孕妇因紧张导致早产。在犹豫片刻后，那罪犯决定为孕妇接生，哪怕他因此即将被警察抓捕。这就是记忆中的母爱唤醒了他的良知。

爱，没有界限；爱，不论价值；爱，不分身份。无论你是远在异域，还是近在咫尺；无论你是身无分文的穷光蛋，还是腰缠百万的富翁；无论你是街头露宿的乞丐，还是大殿优住的长官；无论你是罪人，还是好人，你都可以拥有别人的爱，都值得被爱。这个世界，谁都值得爱，爱谁都值得！

纵观人的一生，我们追求是因为我们不曾拥有。因此，在漫漫的人生道路上，我们的生命之泉便不会枯竭。

书 殇

▶ 胡 闲

伯亚又走进子其的书房时，心情沉重，脚下也有点发虚。他毕竟也已近古稀之年，老友子其如此突然仙逝，对他真是一个不小的打击。

子其一生清高，只有这一屋子的书是他最看重的。可子其遗嘱中竟然把这间屋子里所有的书都留给了自己，真让伯亚感到有点意外。好在子其的子女都已事业有成，而且没有谁对这一屋子老书有兴趣，这才让伯亚心里稍稍平静一些，同时也更对老友的相知之情感动不已。

子其的这间书房，伯亚再熟悉不过了。差不多每个星期，伯亚都要来找子其品茶闲谈，顺便还上次借的书，再借新书。他们俩的这个习惯，从 10 年前两人退休到现在，从未间断过。

所以子其的书房，就和伯亚的书房一样，子其也常笑说：自己是伯亚的图书管理员。可现在子其去世了，这些书竟真是他的了。伯亚在自己平时常坐的沙发上坐下，不知为何，他还感到子其依然坐在对面的沙发上，正为这一屋子的书而满面生辉，向他诉说着自己的收藏。

"斯人已逝！"两行浊泪从伯亚眼角沁出，他感到胸口有些发闷，于是努力控制自己的情绪。他知道，在他这个年纪，是容不得太过激动的。他站起身，坐到老友的书桌旁，准备清点一下老友的收藏。

桌面上已经落满了薄薄一层灰尘。伯亚拿起放在桌上的一本书，却正是那本《苦斋文集》。正是这本书，要了子其的命啊。

两个星期以前，子其曾打电话给伯亚，说他终于找到了渴望已久的《苦斋文集》，现在正在谈价，估计马上就能成交。伯亚知道这位老朋友一生为书痴狂，能得到一本孤本或老版本的古书是他最大的快乐。子其一直说，他最大的遗憾就是那本《苦斋文集》，当年曾经亲眼看到过这本书，因为当时年轻，也没有收藏古书的爱好，所以并没有在意，现在连在哪见过也想不起来了。可现在这本书成了古书市场上的一颗明珠，竟有人出价 10 万元人民币。子其说，当时没能把这本书买下来，真是他一生的憾事。现在听说这本书真的要回到子其的手里，伯亚也为老朋友高兴。

可他万万没有想到，这次通电话，竟然成了他和子其在人生中的最后一次谈话。两天后，子其就死在自己的房间里。子其的死是伯亚发现的,那天他来找子其,准备鉴赏一下他新得的《苦斋文集》,却发现子其伏在书桌上,已经死了,面前打开的就是这本《苦斋文集》。伯亚后来才知道,原来这是一本赝品。子其花了自己大半生的积蓄,得到这本书后,忽然又不放心,于是就请专家对此书做了鉴定,发现上了当,可那卖书人已不知了去向。当天晚上,子其在书房里又看了这本书,恼怒羞愤,终因情绪过于激动,突发了脑溢血。

伯亚长叹一声,可怜子其一生爱书,终因书而死,真是令人扼腕。他把那本"祸书"放置一边,开始从角落的旧书堆里翻捡,因为子其的书房对他来说已太过熟悉,只有那些堆在角落里的书他还没有看过。

伯亚一边轻轻拭去那些老书上的灰尘,一边翻捡。忽然一本没有封面又残又破的古书吸引了他的视线。由于常常听到子其讲述古书的知识,伯亚自己也成了半个古书收藏家。这本书虽然没有封面,但一望便可知是清代以前的古书。伯亚把书打开,书页正好翻到夹有书签的一页。

此页第一句话就是:"终因身被物役,性为心迷,恍恍然不知所之,茫茫然不知所终……"这句话就像当头一声棒喝,让伯亚半天回不过神来。出于习惯,他急忙翻到书末,想看看这到底是本什么书。他看到一行小字正在书尾:思明先生于苦斋。

老天,这本书正是子其寻之不得、并因之丧命的那本《苦斋文集》。

第二天,伯亚的家人因为伯亚一夜未归,寻到子其的书房,却发现伯

亚也如子其般伏案而亡。他面前的"子其藏书目录"上只写了一本书的书名:《苦斋文集》。

追求无价 ◎ 陈力彰

　　读完胡闲的《书殇》,我第一个反应就是想起大文学家范仲淹的名言:"不以物喜,不以己悲。"然而,就如那本《苦斋文集》里说的那样:"终身被物役,性为心迷,恍恍然不知所之,茫茫然不知所终……"现实中的人,又有谁真的能把"物喜"、"物悲"置之度外呢?也许我们不会,也不应该如此!"物喜"是给予了我们和颜悦色的奋斗环境;"物悲",则给了我们与之奋斗的决心!于是,我感动于子其对古书的痴狂与执著,或者说那是一种无价的人生追求了。

　　纵观人的一生,我们追求是因为我们不曾拥有。因此,在漫漫的人生道路上,我们的生命之泉便不会枯竭。然而,当我们以一生的动力去追求我们的最爱,却无得而终时,我们的生命又将何以流长?何以欣喜?何以感动?鲁迅先生说过:"真的勇士,敢于直面惨淡的人生。"的确,不能不说子其是个勇士,因为他曾对自己的"爱好"勇敢执著一生,也敢于直面人生的得与失。然而,当他发现自己一生所追求到的是欺骗时,老人终究因承受不了命运的无情而倒下了。也许,有人会说,那不是一种"真的勇士"的行为。然而,我要说,子其先生对自己"最爱"的那份真情、那份厚爱是世间最感人的真情。一个老人,因为自己年轻时的"没有在意"而用一生的时间来想法弥补损失,更加不惜赔上自己的残余半生。那么我想说,在今天这个金钱至上的年代,谁还会真的把自己的毕生埋在平凡的追求中去呢?

　　人非圣贤,孰能无过?子其先生的一生,错过也对过,也原谅过自己的错,但他却无法原谅自己人生的最后错失。这,难道不可以说是老人对自己"最爱"的真情流露吗?

如果我们所有的人都认为自己的工作是一项神圣的天职，并怀着浓厚的兴趣，认真去看待，我们会从中获得意想不到的快乐。

高贵的象征

黄水生

　　尽管到处都是发廊，我却难以找到合意的理发场所。

　　我的头发天生柔软稀疏，加上头形奇特，额头太高，使许多理发师无法根据我的特点，合理地设计发型和用剪。他们常常是随便挑一种大众化发型往我头上一套，"嚓嚓嚓"地几剪子，效率极高地将我搞定。当我还没有回过神来的时候，他们已将围布撤了下来。我意犹未尽地问："就这么完了？"人家不耐烦地反问道："你还想怎样？"

　　再看壁镜中自己的尊容，要么像个马桶盖子，要么像只未褪尽毛的小鸡雏，活脱脱一个丑八怪。我痛定思痛，换了一家又一家理发店，结果都是大同小异。

　　人家把心思都花在吹风、烫发和面膜上了，哪里还顾得上原始简单的剃头剪发，再说我这个头也确实为难人家了。

　　每次剃完头，我就苦不堪言，足有半个月不敢出门见人，以至于一到该理发的时候，便不寒而栗。我想自己是得了"剃头恐惧症"了。

　　一位朋友知道我的苦衷后，答应为我寻访高人。几天后，他喜滋滋地告诉我："你的头有救了！"我随他来到老城区的一条老巷子口，一棵古樟树下搭着一个简易的棚子，一位老者正哼着黄梅小调，极其娴熟地替人理发。一把剪刀上下翻飞，呼呼生风，简洁有力，令人眼花缭乱。

当时已是下午 4 点多钟，只有 3 个人在那里排队等候。见我准备掺和进来，有个人好心地对我说："别等了，明天再来吧。今天肯定轮不到你。"我不信，搬个方凳坐了下来。再看那老师傅，剃起头来像绣花一样，有板有眼，仔仔细细，每一个头都好比精雕细琢的艺术珍品。直到下午 6 点多钟，在我之前还有一位老兄在伸着脖子等。天色已晚，我只好回家以待明日。翌日清晨，我便早早地来到理发棚，成了第一个顾客。老师傅一见到我就笑了："昨天让你久等了，来来来，今天我为你好好剃个头！"

我在一张陈旧老式、朱漆剥落的理发椅上坐了下来，半信半疑地想，成败就在此一举了。老师傅为我围上围布，然后抓抓我的头发，再在我的头廓四周抚摸拿捏了一番。"小时候肯定是个不安分家伙，看把头睡成什么样了。"老师傅絮叨起来，"你在不少理发店剃过头吧？"

"您怎么知道？"我惊问。老师傅自信地说："不是大爷吹牛，你这奇形怪状的脑袋，全城如有第二人能剃得让你满意，我的看家本领就不叫手艺。"

他已在我的头上动起剪来。剪几下，他便停下来，立在我的面前，眯着眼把我的头端详一遍，再问问我的意见，不像在理发，倒像在欣赏一幅名画。就这样剪了几下停一停，看一看，问一问，足足折腾了一个多小时，一种只适合我的发型——分布合理，弥补缺陷，均衡美观，逐渐在镜子中浮现出来。

欣赏着自己的新形象，我有恍若隔世的感觉，禁不住向老师傅建议："大爷，您这么精湛的手艺，为何不到闹市区弄个店面？"

"热热闹闹可不一定是最好的。我这老牛拉车的剃法，能赚到钱吗？好手艺有时就是耐心和时间啊，这样反而没有人家赚钱快了。"他爽朗的笑了起来，"我可不为钱，几个儿子孝敬我的钱都用不完呢，唉，我是个

青青丝竹

闲不住的人，天生的劳碌命，做点事，和大家伙儿叨叨闲嗑，心里畅快着呢……再说我剃了几十年的头，太喜欢这个行当了……"

我想到自己市侩气的建议，脸刷地变得通红。这位以做好本职工作为自豪和最大满足的理发师傅，用他的精神追求和人格魅力为我上了一堂生动的人生课，使我汗颜乃至震撼。

当人们把替人服务和工作，仅仅看成是增加收入或攫取社会地位的唯一手段和途径，而不去体会工作中蕴含的快乐和自身能力的本质时，他们其实是十分猥琐和可悲的。

每一个勤勤恳恳工作的人，尽管没有大款的派头、高官的地位和明星的名气，但他们同样值得尊重，因为无论身份和职业如何，出色的工作就是高贵智慧的象征。

时刻快乐着 ◎陈秋梅

读《高贵的象征》时想到的是一句话：一个人的工作态度折射着他的人生态度，而人生态度决定一个人一生的快乐。老师傅对待他的工作怀着"不像在理发，倒像在欣赏一幅名画"艺术般的态度。然而，在这个物欲横流的社会里，我们总是把拥有物质的多少、外表的好坏看得过于重要，用金钱、精力和时间换取一种有目共睹的优越生活，所以我们为了这，就得需要金钱，就得日夜工作，很少有人像老师傅一样把工作看做一件艺术，当做一种快乐的源泉。现代人都喜欢追求"成就"，讲究"深圳速度"，往往忘记去体会"工作中蕴含的快乐和自身能力的本质"。其实，你的工作，就是你的生命投影。老师傅把工作当做一个快乐的源泉，对工作充满热忱，不因为自己得不到"大款的派头、高官的地位和明星的名气"，而放弃老本行。对他来说，为别人理发，就是一种享受、一种情趣、一种快乐。

如果我们所有的人都认为自己的工作是一项神圣的天职，并怀着浓厚的兴趣，认真去看待，我们会从中获得意想不到的快乐。希望每个看了这篇故事的人，都为老师傅的精神追求和人格魅力所感动，都懂得用心看待自己的学业、生活或工作，学着给自己装满快乐的音符，让快乐伴随着生命中每一个前进的步伐。

其实没有人能够预知未来的命运，但我们可以用愉悦的表情面对命运。

命运是你写在脸上的表情

黄小平

在瑞士的埃尔德集团公司门口，有一位9岁的小鞋匠。一日，公司总裁查菲尔面对公司所有的业务代表，把小鞋匠叫到跟前，请他擦鞋，并与小鞋匠聊了起来。

"你擦鞋一次赚多少钱？"查菲尔问。

"擦一次5分钱。"小鞋匠高兴地回答，"但有的时间，我会得到一些小费。"

"在你来之前是谁在这里擦鞋？他为什么离开？"

"是一位叫比尔斯的男孩，他已经17岁了。我听说，他觉得擦鞋无法维持生活而离开了。"

"那你擦鞋一次只赚5分钱，有办法维持生活吗？"

"可以的，先生。我每个星期给我妈妈10元钱，存5元钱到银行，再剩下两元钱做零花钱。我想再干一年,就可以用银行里的钱买辆脚踏车了。"小男孩一边卖力地擦着鞋子,一边微笑着回答问题。

小男孩擦完鞋后,查菲尔给了他 5 分钱,紧接着,又掏出一元小费给他。小男孩面露迷人的微笑,还是那样欢快地说:"谢谢你,先生。"

这时,查菲尔转过头来,对公司的业务代表说:"一个 17 岁的鞋匠在这里擦鞋无法维持生计,而一个 9 岁的小男孩除维持生计外,却还有节余,这是为什么呢? 就是因为他们有着两张不同的脸。17 岁的男孩看不到生活的希望,整日哭丧着脸,好像别人欠他似的,顾客当然不会给他小费。而这个 9 岁的小男孩,对生活充满了希望和信心,面对顾客总是脸带微笑,谁会忍心不给他回报呢? "查菲尔讲完,公司的业务代表恍然大悟,自己的推销业务不佳,正是因为没有把迷人的微笑和乐观的心态写在脸上。

受这个小男孩的启发,所有的业务代表一改过去消极的心态。他们在推销产品过程中,也把自己的真诚和微笑一同销售出去,产品销售量大增,埃尔德集团公司也从过去面临全盘溃败的窘境,成为如今全球最大的收银机销售公司。

用什么表情面对命运 ◎ 林海玲

每个人的命运是不可能相同的,而为什么有的人前途光明,前程似锦,有的人却不得志,穷困潦倒呢? 原因可能很简单:因为每个人用不同的表情去面对命运。其实每个人的命运很多时候都要靠自己去把握。

正如同是擦鞋的男孩,却有不同的表现。只因他们用不同的表情去对待命运。聪明的埃尔德集团公司的业务代表们能够从小男孩身上学会把迷人的微笑和乐观的心态写在脸上,终于使他们走向了成功,把握了命运。

其实,上帝对每个人都是公平的,只是每个人把握命运的程度不同罢了。有些人之所以能够获得成功,是因为他们不会成天自怨自艾,只是努力地刻画命运;也同样有些人虽说身在激烈的社会生活中,面对越来越多的机遇,却总是畏首畏尾,无法很好地把握机遇,改变命运。

有人说:"当你遭遇无法接受的现实时,你还能用愉悦的表情体现命运吗?"当然,命运不济时,人的心里不好受,但也无法补救什么。为何不用乐观的表情去演绎呢?其实没有人能够预知未来的命运,但我们可以用愉悦的表情面对命运。

当你真正地体悟到表情的重要时,或许你会说:"呵,命运其实没什么的,只要我们学会用愉悦的表情去面对。"学会用积极的向上的心态和快乐的表情面对命运吧,你会发现以后的命运有很大的不同。

成功,其实就可以那么简单。只要永不言弃,所有的困难都会迎刃而解。

站起来的次数

✍ 洪 玲

一位父亲很为他的儿子苦恼,都已经十六七岁了,却一点男子汉气概都没有。毫无办法之际,他去拜访一位拳师,请求这位武术大师帮助他训练他的儿子,重塑男子汉的气概。

拳师说:"把这个男孩留在我这里半年,这半年里你不要见他,半年后,我一定把你的孩子训练成一个真正的男子汉!"半年后,男孩的父亲来接回男孩,拳师安排了一场拳击比赛来向这位父亲展示这半年来的训练成果,被安排与男孩对打的是一名拳击教练。

教练一出手,这男孩便应声倒地。但是,男孩才刚刚倒地便立即站起来接受挑战。倒下去又站了起来……如此来来回回总共二十多次。

拳师问这个父亲:"你觉得你的孩子的表现够不够男子汉气概?"

"我简直无地自容了,想不到我送他来这里训练半年多,我所看到的结果还是这么不经打,被人一打就倒。"父亲伤心地回答。拳师意味深长地说:"我很遗憾,因为你只看到表面的胜负,但你有没有看到你的儿子倒下去又立刻站起来的勇气和毅力呢?那才是真正的男子汉气概!"

树根越是深入大地,越能挺拔向上;苔藓在被人遗忘的角落,仍有青春奋斗的足迹。只要站起来的次数比倒下去的次数多一次,那就是成功。

永不言弃 ◎梁超瑜

在这个美好而又充满竞争的社会里,人的一生会遇到各种不同的困难和挫折。有的人成功了,有的人失败了。其实,成败得失之间,关键就在于跌倒之后,有没有勇气和毅力再站起来接受挑战,给自己一个赢得成功的机会。"只要站起来的次数比倒下去的次数多一次,那就是成功"。

但在这个过程中,也不必太注重赢得了什么奖牌或荣誉。能站起来继续接受挑战就已经不仅赢得了他人的肯定,而且更战胜了"旧我"。故事中男孩的父亲就是太看重表面的胜负,而忽视了自己的儿子在"接受挑战"这个过程中,在强大的对手面前已经赢得了他人的肯定并超越了自己。这,就已经是一种成功了!

有的人面对困难,或者在生活的路上跌倒时,总埋怨自己倒霉,其实,大可不必总是怀疑"山重水复"无路可走,只要有勇气面对困苦,再次直面挑战，生活总会"柳暗花明又一村"的！所以，跌倒并不可怕。不是常常有人说"失败乃成功之母"吗？在人生不断追求的路上，难免出现荆棘，只要坚持把自己的勇气和毅力全部发挥出来，只要能像故事中的男孩一样："才刚刚倒地便立即站起来接受挑战。倒下去又站了起来……"自然会得到成功之神的眷顾。

成功，其实就是那么简单。只要永不言弃，困难就阻挡不了我们。

有了梦想，我们就应该一心为"梦"，要有不受诱惑的意志，要有"梦不能圆，誓不休"的精神……

梦想的价值

[美]里基·C.亨利

从小到大，我们家里一直很穷，但是充满了爱和关心，我是快乐而有朝气的。我知道一个人不管有多穷，他们仍然可以做自己的梦。

我的梦想就是运动。在我16岁的时候，我就能压碎一只棒球，能以每小时90英里的速度扔出一个快球，并且撞在足球场上移动着的任何一件东西上。我的高中教练是奥利·贾维斯，他不仅相信我，而且还教我怎样相信自己。他教我知道拥有一个梦想和足够的自信会使自己的生活有怎样的不同。

那是在我从低年级升入高年级的夏天，一个朋友推荐我去做一份暑期工。这是一个意味着我的口袋里会有钱的机会——有钱就可以买新的

自行车和新衣服,还意味着为我的母亲买一座房子的储蓄的开始。这份夏日的工作对我来说是极具诱惑力的,这个机会使我高兴得跳起来。

接着,我意识到如果我去做这份工作,就必须放弃暑假的棒球运动,那意味着我必须得告诉贾维斯教练我不能去打球了。我害怕这一点,当我把这件事告诉贾维斯教练的时候,他真的如我预料的一样生气了。

"你还有一生的时间去工作,"他说,"但是,你练球的日子是有限的,你根本浪费不起。"

我低着头站在他前面,努力想向他解释,为了那个替我妈妈买一座房子和口袋里有钱的梦想,即使让他对我失望我认为也是值得的。

"你做这份工作能挣多少钱,孩子?"他问道。

"每小时 3.25 美元。"我回答。

"噢,"他问道,"你认为,一个梦想就值——每小时 3.25 美元吗?"

这个问题,简单得不能再简单了,它赤裸裸地摆在我的面前,让我看到了立刻得到的某些东西和树立一个目标之间的不同。那年暑假,我全身心地投入到运动中去,同一年我被匹兹堡海盗队选去做队员,并与他们签订了一份价值两万元的契约。后来,我在亚利桑那州的州立大学里获得了足球奖学金,还使我获得了接受教育的机会;在全美国的后卫球员中,我两次被公众认可,并且在美国国家足球联盟队员的挑选赛中,我排在第七位。1984 年,我与丹佛的野马队签署了 170 万美元的合同,我终于为母亲买了一幢房子,实现了我的梦想。

梦想无价 ◎徐贵杰

每个人都有自己的梦想,或大或小,或长远或短小。有人是为解决温饱,有人是为幸福生活;有人是为了出人头地,有人是为社会作贡献;有人是为风光一把,也有人是为实现自我。这些都是梦想,无论是出于怎样的目的,它都是我们所想达到的,没有人不能理解这种想实现理想的冲动,没有人不能理解实现理想是怎样的令人陶醉。

有了梦想,又应该如何去实现梦想呢?在《梦想的价值》一文,"我"在实现梦想的过程中,出现了与自己理想相矛盾的选择,选择的正确与否,将直接影响到理想的实现。在短期利益与长远理想的斗争中,改变了他的是老师的话:"你以为,一个梦想就值——每个小时 3.25 美元吗?"是啊,我们的梦想就值那么一点点钱吗?我们的梦想是可以用金钱来衡量的吗?不,我们的梦想应该是无价的。

现实生活中,绝大多数人都拥有自己美好的梦想。但是,其中梦想得以实现的却是少数,除了有部分梦想是根本无法实现的之外,更多的是因为,在为梦想奋斗的过程中,受到了外来的诱惑,而停止了向梦想进军的步伐。虽然放弃梦想可能为我们带来暂时的经济利益,但这不是我们最想要得到的。当我们渐渐变老,就会为自己的梦想没有实现而感到遗憾,这种遗憾却是无法弥补的。但是如果我们自己确确实实奋斗过,就没有什么遗憾了。我们最想得到的是人生的自我实现。贪图一时之利,纵然有所获,但绝不是长久之计。

有了梦想,我们就应该一心为"梦",要有不受诱惑的意志,要有"梦不能圆,誓不休"的精神,更要记住"梦想无价"。

鲜花再美也有卖不出去的时候，才华横溢的人也会有壮志未酬的时候。

最后一束康乃馨

馬 莉

那一年，我大学毕业，同学们陆续都找到了工作，奔向新的生活。但我找了好多单位，都没有被聘用。那些天，我的心情沮丧到了极点，整个人都好像变了个模样，整天像丢了魂似的沉默着，不是看些打打杀杀的闲书，就是赖在床上睡觉，消磨着青春。妈妈每天陪着我，劝我要振作点："怎么会找不到工作呢，只是还不到时候罢了。"但我听不进去，有时甚至后悔自己上了大学。

一天，吃过晚饭，妈妈对我说："走，陪妈去街上转转，整天在家里憋着，会憋出病来的。"我不愿去，但看着妈妈略带乞求的眼神，我还是去了。

我们走到一家菜摊前，妈妈挑选着明天要吃的菜，我则站在一边等着。这时候，我发现不远处一个小姑娘手捧一束鲜艳的康乃馨，正向我投来天真烂漫的微笑。不知是鲜花的芬芳，还是小姑娘可爱的笑容吸引了我，我不由得走到她的身旁。这是一束盛开的康乃馨，朵朵鲜艳美丽，清香扑鼻。我心中一动，很想将小姑娘手中的这最后一束康乃馨买下，把它送给为我操心的妈妈。可当我向小姑娘问价时，她要的价并不低于鲜花店的价格。当我还价时，小姑娘却生气了："凭良心说，我的花美不美？"我不假思索地说："美是美，只是它是被人挑剩下来的最后一束，总应该便宜一些吧？"

小姑娘一听，不乐意了，撅着嘴说："大哥哥，你不知道，康乃馨是我们自己种的，每一朵都是爸爸精心栽培出来的。爸爸说就是剩下最后一朵，也不能随便处理掉，因为只不过这些鲜花的运气差一点，没有早点卖出去，并不是它们不美丽！"小姑娘认认真真说的一番话竟把我逗乐了。

是啊，我不就像那最后的一束康乃馨吗？只是运气差一点，并不是我不"美丽"。我捧着这最后一束康乃馨，疾步走到妈妈面前，说："妈妈，送给你的。"妈妈看着我高兴的模样，笑着拍了拍我的肩膀，说："这孩子，长大了。"

从那天晚上开始，我好像又回到了大学一样，不断地调整自己，开始努力地学习，而且还报考了研究生，每天忙碌地充实着自己。终于，在那一年冬天到来之前，幸运之神垂青于我，我被一家外资企业聘用了，而且薪酬不菲。

就像总会有阳光照耀不到的角落，人生也会有被命运之神遗忘的时候，许多人眼看着自己的青春如天上的小鸟一样倏忽即逝，嗟叹不已，甚至怀疑自己的价值。其实越是在这个时候，越需要自尊、自信，还要有不间断的自我调整和充实。等到命运之神降临、幸福到来之时，你会发现当初执著的追求是多么明智，等待的回报是多么丰厚！

积极人生 ◎杨慧婵

从这个故事可以领悟到：鲜花再美也有卖不出去的时候，才华横溢的人也会有壮志未酬的时候。正因如此，我们需要积极地对待人生。

人生路上不如意之事十有八九，很多时候我们会遭遇"剩下最后一束康乃馨"的困境。但是我们绝不能因为运气不好而否定自己的"美丽"，因为世上总会有被遗忘的时候。我们应该坚信自己存在的价值，著名诗人李白不也劝我们要坚信"天生我材必有用"吗？最关键的是要努力去实现自己的人生价值。

积极、乐观地看待人生，是我们实现人生价值过程中必须坚持的。同时，我们要坚持自己的信念，不懈努力，积聚精力，攀登人生的一个高峰。培根曾说过："机遇总是偏爱有准备的人"，只有在等待中做好充分的准备，当机遇降临于我们面前时，我们才能很好地握住。否则只能与机遇擦肩而过。坚持积极的人生态度，抓住机遇，就能很好地实现人生价值。

人生的道路上，总是充满了打击和挫折。如果你觉得自己是"美丽"的，那么你就要勇敢面对。即使处在人生的最低谷，也不要灰心和放弃。因为对于人来说，最可怕的不是疾病，也不是别人的误解和偏见，而是丧失了意志和信仰。

宽容是一种博大的胸怀，如同那海纳百川的大海，能忍人所不忍，能笑看风云，不计较个人的得失，这是一种对人的释怀，也是对自己的善待。

一瓶水打败对手

峥 嵘

大山继续往前走，走进沙漠二十多里时，突然刮起昏天黑地的狂风，整个大地被风暴抬起来又埋下去,埋下去又抬起来……不知过了多长时间,风暴才消失。

这时,透过漫天的黄沙,大山看到泛白的太阳挂在西方的天幕上。为了在天黑前走出沙漠,大山强忍着周身的疼痛,从地上爬起来,举起水壶,想润一润干得冒烟的喉咙,哪知,水壶已经空了。水壶被风暴一抬一摔,水全溢干了。

说来也巧,突然间,大山看到不远处还坐着一个人。他像遇到救星似的跑过去——发现那人正是自己的死对头高成!高成也是被摔得浑身青一块紫一块的。原来他跟大山一样,也是为了实地预演提前来适应场景的。

对头见对头,危难之间相对无言。不过,高成比他好很多,他的面前还摆着两小瓶矿泉水。见到水,大山就激动得全身发抖!可是,向他讨,他必然会向自己提出苛刻的交换条件,这是万万不能答应的。可如果向他买,在这个时候,他断然不会出卖自己的救命水!

大山摇了摇空空的水壶,赌气似的说:"没有水,我就是喝尿也会挺过去!"于是,他拿起水壶,朝一旁走去。

可是,他周身的血液仿佛被蒸干了,哪里还解得出来呢?如果没有水,恐怕会渴死在沙漠里。大山害怕了,因为他一脚踢开了一具白森森的骷髅!看来,只有……

他悄悄地潜到高成的背后。这时,高成正把最后一瓶水递到嘴边。说时迟,那时快,大山一把夺过高成手中的水,提起自己的行李包就跑……

这天晚上,大山翻完最后一道沙丘,一跟头跌倒在草原上的一堆篝火旁。等他醒来的时候,那个牧师不解地问:"明明你包里还有一瓶水,为什么固执不喝呢?"

原来,这瓶水是高成偷偷塞进他的行李包的。牧师正是用这瓶水灌醒了他。大山先是惊愕,继而羞愧得号啕大哭起来……

大山和牧师骑着骆驼重返沙漠,怎么也找不到高成,倒是第二天晚上,高成自己奇迹般地重返驻地。大山不敢去问他是怎样创造这一奇迹的,自己悄悄离开了公司,从此再也没有涉足影视行业,这是一个真实的故事。故事的主人公就是我的朋友。他说:"就凭那瓶水,我觉得只有高成才配演绎那位英雄。我从来没有向人认输过,可这一次却输得心服口服啊!"

看来,爱不仅能化解仇恨,还是打败对手的锐利武器啊!

宽容的魅力 ◎梁杰荣

宽容是一种非凡的气度,宽广的胸怀,是对人对事的包容和接纳,也是成功者法宝之一。

文中的故事讲的正是宽容的魅力。但并不是每个人都有这种气度与豁达的。聪明的人洞明世事、练达人情,看得深、想得开、放得下。他深知"处世让一步为高,退步即进步的根本,待人宽一分是福,利人实是利己的根基。"所以,他选择宽以待人。有爱心的人更懂得宽容。宽容的人必定人缘好,并且可以令人信服。远者闻之而来,天下归心,成就伟业。例如曹操之所以雄霸中原,拥军百万,与他"山不厌高,水不厌深"的气度分不开;唐太宗李世民能开创"贞观之治"的丰功伟绩,与他爱民如子、宽以待人、礼贤下士的胸怀分不开;再如汉武帝刘秀也是靠宽容成就霸业的。

宽容是一种博大的胸怀,如同广纳百川的大海,能忍人所不能忍,能笑看风云,不计较个人得失,这是一种对人的释怀,也是对自己的善待。它是一种生存之道和一种生活的艺术方式,能让人如鱼得水,成就大业!因此,我们都应该学会理解别人,学会宽容,为自己创造一个良好的人际关系网,为自己的成功奠定基础。

人生有许多风风雨雨，但别忘了你拥有的那份可贵的手足情，时不时想想它，品味一番，你会发现那是你前进的动力。

灵魂深处的感动

丹 丹

我的家在一个偏僻的小山村，可想而知家里并不富裕。我有一个5岁的弟弟。有一次我禁不住漂亮花手绢的诱惑，偷拿了父亲抽屉里的5角钱。父亲当天就发现钱少了，就让我们跪在墙边，拿着竹竿，让我们承认到底是谁拿的。我被吓坏了，低着头不敢说话。父亲见我们都不承认，就说两个一起打。说完就扬起竹竿，忽然弟弟抓住父亲的手说："爸爸，是我，别打姐姐。"父亲手里的竹竿无情地落在弟弟的背上、肩上，父亲气喘吁吁骂道："现在拿家里的，将来长大了还了得？"当天晚上，我和母亲搂着伤痕累累的弟弟，弟弟一滴眼泪都没掉。半夜里。我突然号啕大哭，弟弟用手捂住我的嘴说，姐别哭，反正我也挨完打了。

我一直恨自己当初没勇气承认，事过多年，弟弟为我挡竹竿时的样子我仍然记忆犹新。

我和弟弟都是品学兼优的好学生。同一年，我考上了大学，弟弟也被省城重点高中录取。虽然这是喜事，可想到学费，我自己心里也犯难。弟弟先说不读了，父亲一个巴掌打在弟弟的脸上，说咋这没出息，我就是砸

锅卖铁也供你们两个。说完出去借钱。我抚摸着弟弟说你得念下去，男孩不念就走不出山沟，当时我决定放弃上学的机会。

没想到第二天天还没亮，弟弟就偷偷拿了几件衣服和几个馒头走了。留给我一个纸条：姐，你别愁，考上大学不容易，我出去打工供你上学。我握着那张纸条，趴在床上失声痛哭。

这些年来，弟弟为我放弃了好多东西。

弟弟24岁那年，在他的结婚典礼上，主持人问他最尊敬的人是谁？他想也没想就回答是我姐。

弟弟讲起了一个连我都记不得的故事：我刚上小学的时候，学校在邻村，每天我和姐姐都得走一个小时才到家。有一天，我的手套丢了一只，姐就把她的给我一只，她自己带一只手套走那么远的路，回家后，姐的手冻得都拿不起筷子了。从那以后，我就发誓一辈子对我姐好。

台下一片掌声，宾客们都把目光转向我。

我说，这一辈子最感谢的人是弟弟。在我最该高兴的时候，我却止不住泪流满面。

手足情深 ◎ 彭春蕊

不能忘怀，父母给予我们血肉之躯，给予我们物质生活上的满足，教导我们如何做人，但陪伴我们成长的往往是我们的兄弟姐妹。无论前面是阳光灿烂还是荆棘遍布，他们对我们都不离不弃。

生活中的不满、学习中的烦恼、工作中的压力以及生活中的种种酸甜苦辣，我们的倾诉对象除了父母外，往往是兄弟姐妹。哪怕是甜入心的还是酸掉牙的，是苦如黄连的还是辣到掉泪的，也因有他们的共享而变得有滋有味。

兄弟姐妹是我们彼此的牵挂，无论我们身处何方，那维系我们的血缘和深情却不曾被忘怀。相互间牵挂着对方，即使是只言片语的关怀和问候，也能给彼此带来动力，增添彼此的生活乐趣。

人生有许多风风雨雨，但别忘了你拥有的那份可贵的手足情，时不时想想它，品味一番，你会发现那是你前进的动力。

不要将金钱看得比一切都重要，金钱也有买不到的东西，而那些往往都是最珍贵的，是金钱没法弥补的。

一壶井水

李含冰

4个商人和一个为他们做杂活的少年，骑马穿越大沙漠，遇上了沙尘暴。5匹驮着水和食物的马不见了踪影，他们也可怕地迷失了方向。

天上烈日喷火，沙漠烘烤如炉。5个人由于渴而无比痛苦，都无力地躺在沙丘下。他们嘴唇干裂，舌头成了一片干木板，全身仿佛在一点点枯萎。从每个人口中发出的沙哑声音都是一个字："水！"

胖商人身上此时确有一小壶井水，500克的重量。在穿越沙漠前他灌了一小铁壶酒，同行的商人和他开玩笑，偷偷倒出酒给他装上了水。完全出乎他们意料的是，现在这小壶水不知要比一壶酒珍贵多少倍。关键是500克水如果给一个喝下去，这个人很可能走出沙漠，脱离险境；如果5个人各喝一份，每人喝到100克水，毫无疑问大家都将倒在沙漠里。

3个商人者把目光盯向了胖商人身上的那一小壶井水，他们认为能让自己喝到那小壶井水的最有效办法，就是用金钱换取。于是，瘦商人抢先提出用10枚金币买那一小壶井水。另外两个商人也马上竞价买水。很快，买价上升到100枚金币，最后3个商人愿倾其身上所有的金币换水。

那个做杂活的少年一声不响，绝望地闭着眼睛躺着听他们争吵着买水。因为只有他身上没有金币，所以那壶水一滴也不属于他。

然而，3个商人谁也没有买成那小壶井水。拥有这小壶井水的胖商人，不为大把的金币所动。他头脑十分清醒地说："谁喝下这壶井水，谁就有可能走出沙漠。卖给你们这壶水又有什么用？你们难道看不出来，金币的价值现在等于零吗？"

3个商人目瞪口呆。

随即争夺那小壶井水的生死搏斗在4个商人中展开了。先是厮打叫骂，拳头相加，很快用上了贴身的匕首、皮带。不太久，搏杀平息了，4个商人都倒了下去。他们流出的黏稠的血，在烈日下干结。

4个商人都没有得到的那小壶井水，却无意属于了干杂活身无分文的少年。这始料不及的突变竟使少年一时茫然不知所措。更让他意外的是，映入他视线的是散落在地上的大把金币，那些从前一直与他无缘，对他毫无感情的灿灿金币，此时只要他肯弯下腰，就可以成为它们的新主人。少年却没有弯腰，他的手中只捧着那小壶井水。那颗稚嫩的心在这场生死搏斗中被深深地震撼。聪明的他十分清楚，拾一枚金币就可能会拾两枚三枚以致全部，沙漠中负重行走会加大干渴的程度，他虽然得到了这小壶井水，但同样还可能倒下去。因此，少年头也不回地离开了那些金币。朝霞为他镀一身金光,他的生命之树开始复绿。

少年战胜了大漠,也战胜了自己。而战胜自己让他最后战胜了大漠。

世上几乎没有人不知道金钱的价值,但确有一些人不知道金钱有时没有一点儿价值。

金钱不是万能 ◎陈积龙

金钱也会没有价值的时候?

我相信许多人都听过"金钱不是万能的,但没有金钱就是万万不能的"这句话,但能真正理解的人又有几个呢?

是的,金钱也会有它没有价值的时候,而且是毫无价值,但有些人却不能理解这一点,在物质生活当中金钱的确起到重大的作用,这点众人周知,但是在精神生活上金钱就失去了它所有的光辉。在友情、爱情、亲情的面前金钱就如同白纸一样苍白无力,这三样东西是金钱永远买不到的。有人会问有的有钱人不是一样有许多的朋友整天围着他打转吗?难道这不是金钱的作用吗?是的,这的确是金钱的作用,正是金钱使得他有了这么多所谓的朋友,但这并不是真正的朋友,而是酒肉朋友。当有一天他失去了金钱这一层光环,他们就会如树倒猢狲散一样,一个一个远离他而去。真正的友情,不是金钱可以买到的;爱情更不是金钱的多少可以衡量的。如果是建立在金钱基础上的爱情,那不是爱情,而是在买卖人格。爱情是神圣的、高尚的。

是的,金钱也会有失去价值的时候,好好珍惜眼前所拥有的一切,无论是友人,还是爱人,或是亲人。不要等到失去才懂得去珍惜,才想起要弥补。用金钱去赎罪,把失去的赎回来,即使他重新回到你的身边,也是变质了的。当你那一天发觉这一切的时候,你会追悔莫及的。不要将金钱看得比一切都重要,金钱也有买不到的东西,而那些往往都是最珍贵的,是金钱没法弥补的东西。

一个人的生命最美丽的时候，不是他享受成功鲜花的时候，而是在他默默地奋斗和经受命运考验的时候。

高考，我曾经落榜

杨建魁

1994 年 7 月对我来说，是个黑色的 7 月。原本学习成绩一直不错，被班主任预言可以考上本科的我，却意外地落榜了。

看到考试成绩单的那一刻，我一下子就蒙了，感到万念俱灰，觉得这个世界对我太不公平了。我到现在都不知道那天是怎么回的家。一到家就把自己扔到床上，一天不吃不动不语。我想到过死，但父母一直坐在床边，让我没有机会。他们没有责备我，也没有过多的语言劝说，只是默默地陪我坐了一夜。

第二天，母亲对我说："跟我到地里打花顶吧！到外面散散心会好受些。"看到父母熬红的双眼，我不忍让老人伤心，默默地接受了母亲的建议。母亲熟练地给棉花拿杈打顶（掐掉棉花秧顶尖的部分）。很少干农活的我，看到母亲把长势正旺的棉花顶一个个地掐掉，觉得很不解。我忍不住问母亲："棉花长这么好，把头掐掉了还能长吗？"母亲说："掐掉顶，下面的花枝才能长得更好，结的棉桃才多。如果不打顶，棉花就会一直往上疯长，结不了几个棉桃。"听了母亲的话，我心头猛地一颤。这时母亲又说："不信你找两株试试，一棵打顶，一棵不打顶，看哪个结的棉桃多。"我随便在地里找了两棵长势差不多的棉花，把其中的一棵掐掉了顶。

过了几天，再次和母亲到地里，发现打过顶的棉花枝条每个枝条上都有至少五六个花桃，而那棵没打顶的虽然长势很旺，高出其他棉花很多，但下面没几个棉桃。这时我才明白母亲让我跟她来打花顶的真正用意，她是想告诉我：一帆风顺并不都是完美的，挫折和磨难其实是可以变成财富的。

经过这件事后，我成熟了许多。当年，部队在高考落榜生中特招一批文化兵，我报名参了军，并在第二年考上了军校。在部队我也曾遇到过很多困难和挫折，但一想起那些打了顶的棉花，就会信心倍增，把这些困难当作前进的动力，不断地超越自己。现在我已经成长为机关里的一名干事，并且通过自己的努力，加入了河南省作家协会。

总结自己的成长经历，我只想对和我一样遭遇高考失利的同学们说一句："困难和挫折是弱者的坟墓，也是强者前进的垫脚石。"

在挫折中成长 ◎黄 棋

看完这个故事后，我为这位落榜者那份战胜自我的勇气而感动，为他那份将挫折变为财富的理智而感动。做人就应该这样，应该在挫折中学会成长，不断完善。

"宝剑锋从磨砺出，梅花香自苦寒来。"你想拥有别人不能拥有的，就得承受别人所不能承受的。同样面对挫折，勾践卧薪尝胆，不断壮大成长，终灭仇国；项羽自刎乌江，可叹世上从此少了位力拔山河的霸王。

"一个人的生命最美丽的时候，不是他享受成功鲜花的时候，而是在他默默地奋斗和经受命运考验的时候。"(爱迪生语)其实，勇于面对挫折的道理谁都懂，只是真正做到却绝非易事。然而，故事中那位落榜生做到了，他经受住了挫折的考验，获得了成长与坚强。人就像不能逃避死亡一

样不能逃避挫折,不同的是:强者的可贵在于在挫折中奋进成长,弱者的可悲在于在挫折中颓废消沉。

"一帆风顺并不都是完美的,挫折和磨难其实可以变成财富。"生命本来就是一个过程,挫折是人生之歌不可缺少的音符。其实,我们从不奢求自己生命完美,只求别给生命留下太多的遗憾。故事讲的是一名高考落榜者,其实生活中每个遇上挫折的都是"落榜者"。要使挫折不成为遗憾,只有在挫折中成长。错过了星星就别再错过太阳,在挫折中寻找那份通向成功的财富,坚信风雨过后你是更美的彩虹。

"前事不忘,后事之师",小挫之后,必有大获。记住这个故事,记住那份属于坚强的感动。如果懂得在挫折中学会成长,就学会了如何走向成功。

"兄弟,好好活!是用血写的。"

他愣了半晌,接着双手抱头,号啕大哭。

地震来临

孙邦建

也就是几秒钟,大厅里一阵猛烈摇晃,接着头上掉下一块又一块的水泥板。大厅里顿时慌乱起来,大伙哭喊着往外跑。

"地震啦,地震来啦……"

他和下属也跟着蜂拥的人群往外跑,还没到门口,就被倒塌的墙壁压在底下，他一下子失去了知觉。

也不知过了多久，他醒过来，听到不远处有声音传来："你怎么样了，经理？"他竖起耳朵，辨出是下属的声音。还好，两个人离得不远，还能搭上话。

"不大好。"他有气无力地回了一句，"大腿砸坏了，身上压……压着水泥柱子，你呢？"

"差不多，身子也压住了。"

"我怕……怕是撑不过去了。"

"要坚持啊，救援人员会……会来救我们的。"

"……"

"我感觉……难受，可能撑不久，你出去帮我……照顾一下家人啊。"他感觉越来越没有气力。

"你再撑一会儿，救援人员快……快到了。"

"怕撑……不住了，难受。"

"……"

"喂，你说话啊，怎样啦？"

"我快……不行了。"他的眼睛快睁不开了。

"什么都是你走在前头，没想到连……连死也要死在我前头，哈哈哈！"下属突然笑了起来。

"我快死了，你……你还笑？"

"我笑你早就该……该死了。苍天有眼啊！反正你也快……快闭眼了，索性把这些年憋在心里头的话说……出来痛快痛快。知道不，我心里头恨……恨着你呢。"下属愤愤地说，"你这个忘恩负义的东西！小时候你受……欺负，都是我护着你，到头来你给……我什么了？把我叫到你公司当……苦力，像狗一样使唤，你算……是个人吗！我也不怕告诉你，公司的机密是我透……透露出去的，我就要看着你……倾家荡产！"

他心里一惊，感觉血液在往上涌，呼吸渐渐急促起来。

179

青青丝竹

"怎么，呼吸这么急？该不会是心脏病发……发作了吧。想吃药？我可不是你秘书，兜里没揣……揣那药。还是闭……上眼睛，到阎王那儿拿……拿药去吧……"

……

另一头，他痛苦地闭上眼睛，泪如雨下。

腿上钻心的痛他还忍受得了，但心头却像是万箭穿心般疼痛。他没有想到最好的朋友心里一直埋藏着"仇恨"的种子。他在朋友最困难的时候把他叫到公司来上班，就是想从底层开始磨炼他，一年来他干得也不错，本来打算下个月提拔他，没想到他竟是这样的人。真是人心难测啊！

坚持住！一定要坚持住！死也不能跟这种卑鄙的人死在一起。他攥紧自己的拳头，给自己鼓劲。

昏昏沉沉不知过了多久，好几次他都感觉自己走到了一个阴森森的地方，就在要跨进那道门的时候，脑海里有一个声音在大喊：进不得，快出来！他的脑子激灵了一下，人就醒了过来。

渴了，难受。饿了，难受。他撕下袖子的一截布料把自己的尿液滴到嘴里……

一阵嘈杂的声音把他吵醒，他艰难地把眼睛撑开一条缝，看到几个模糊的人影在眼前晃动。他意识到自己得救了，嘴角泛起一丝笑意，再次昏迷过去。

当他再睁开眼睛的时候，他看到了雪白的天花板，雪白的墙壁，雪白的被单。

窗外，温暖的阳光洒了进来，金灿灿的。墙脚还有一盆常青藤正努力向窗外探出头。

活着真好！他挪了一下身子想站起来，发现站不起来了。他一把掀掉被单，呆住了，他的左腿膝盖以下的部分全没了。

就这样怔了好久，他才歇斯底里地喊起来："医生，医生！"

医生好不容易才稳住他的情绪。医生告诉他，他的左腿已经严重感染，不截掉会危及生命，当时情况紧急，没办法征求他的意见。

他闭上眼睛，长长地叹了一口气。良久才说："跟我一起被埋在底下的那个人呢？"

"那人的伤势比你严重多了，救出来的时候已经死了两天了。唉，也多亏他临死之前拼了命把一只血淋淋的腿伸到外面，我们的救援人员才发现奄奄一息的你。那栋楼压了十几个人，整整 4 天，就你一个人活着，真是个奇迹。那人胳膊上还写着字，你知道写的是什么吗？"

他毫无表情地摇摇头。

"兄弟，好好活！是用血写的。"

他愣了半晌，接着双手抱头，号啕大哭。

灵 魂 赞 歌 ◎ 许妍敏

"兄弟，好好活！"

血写的遗言震撼了"他"，也震撼了读者，原来一切都是谎言。

好好活，这句话凝聚了朋友最真挚的心意，这份心意换来了生存的奇迹，换来了在最困难的时候帮助过他的兄弟的生命。在危难时刻，放弃求生意志等于放弃生存机会，朋友比"他"更懂得这个道理，不断地鼓励"他"，在"他"就要放弃的时候，朋友用谎言刺激了"他"的求生欲望，并在临死之前用血淋淋的腿作为"他"的救信号。这是大义，是大爱。同患难，共生死的朋友，把生的希望、生的机会留给了兄弟，为兄弟拼尽了最后一分力气。

患难见真情，"他"以为见到了朋友卑劣的真面目，却不知这是朋友的高尚，等到真正明白时，却再无法亲自向朋友道谢。朋友用生命书写了一页崇高的灵魂赞歌！

成功没有侥幸。你怎样书写人生的答卷,答卷就会怎样回报给你结果。

这一份人生答卷

一 冰

晓春是个农村孩子,他的学习成绩不怎么好。这也不能怪他,他家生活条件差,放了学还要放羊、割麦……这是没办法的事。

初中毕业,他的选择只能是回归到他父辈的生活内容中去,面朝黄土背朝天,大不了出去打上两年工,回来还得照旧。除了皱纹的逐渐增加,他的日子将一成不变。

毕业之际,班主任老师对每一个学生都作了一个中肯的评价,老师说晓春的体育不错,比如长跑、跳高,等等。老师希望自己的话能对学生将来的命运有些帮助,但并没有多少家长和学生把他的褒奖和鼓励放在心上。

唯独晓春的母亲记在了心里。回到家,晓春的母亲对父亲说:"老师夸咱娃体育好,咱们送娃去考体校吧。考上了,就有公家粮吃了。"

父亲一听说有公家粮吃,也来了兴致。他也同意,可是钱呢?去考试得有报名费、考试费,还有路费和食宿费。父亲拿出家里所有的积蓄,才凑了300元,只怕刚够车费。

晓春说:"300元够了!"

到了省城,找到体校,考试已经开始了。晓春几乎是拼着命完成了考试。可是，他的成绩却很一般。

体校的老师对他说："你没有考上，你回去吧。"

晓春默默地收拾着自己简陋的行装，老师看他狼狈的样子，想再跟他搭两句宽慰的话。老师问："你家是哪里的？"

晓春说了家乡的名字，老师说："那地方够远的，车票买了吗？有座位吗？"

晓春摇了摇头，说："我走回家。"

"走回家？"老师吃了一惊。

晓春得意地说："来的时候我就是走来的——800里路，我走了9天。"

老师不相信地问："你是……你是从家里走来的？"

"嗯。"晓春说，"我还以为要误了考试呢，没想到还赶上了。"

老师的喉咙有些堵："也就是说，你一直在走，没有休息，更不可能吃得很好……就参加了考试？"

晓春点了点头，说："我是考试的前一天夜里到的，就在学校的门厅里躺了一会儿，早上还差一点被保卫科的人赶了出去呢。"

老师的眼泪涌了出来，他一把抓住晓春的手，说："我们一起去找校长！"

在校长面前，老师语无伦次，他说他见过很多参试的学生，考前请人帮助训练，饮食休息都有人安排，甚至有些学生还弄虚作假，托关系走后门……老师激动地说："但我没见过这样的学生，为了给家里省钱，他走了800里路来考试！这个学生一定要收下，不为别的，就因为他这份不同一般的答卷，这份答卷是用脚走出的，用远远超过常人的坚韧毅力走出来的，而这，正是一个运动员必备的最重要的素质啊！"

晓春被录取了。他的学费也得到了减免。他没有辜负那位老师的知遇之恩，他努力学习、刻苦训练，多次在各项比赛中获奖。后来，他还去了国外比赛，还在国歌声中登上了领奖台！

成功没有侥幸。你怎样书写人生的答卷，答卷就会怎样给你结果。

用良好的心态去书写人生　◎墨 菲

　　农家的孩子晓春在他的人生答卷上填上了坚强、勇气、决心、不屈、毅力、不怕困难、自强不息的精神,生活也回报给他鲜花和掌声。成功不是偶然,关键在于面对生活的态度。如果你觉得自己不行,生活也会放弃你。如果你从不去为自己奋斗,则永远没有成功的可能。你给生活报以微笑,生活就给你灿烂的阳光;你在困难面前永不低头,困难就只好绕道走;你用信心和坚强书写未来,成功就为你张开梦想的翅膀……没有富裕的生活,没有优越的学习条件和环境都不要紧,最重要的是要有良好的心态去面对人生的每一次考验。

　　在我转身走出地下室的一瞬间,我听见小四的哭声追出来,是喜极而泣的哭声。

对自己说声谢谢

　　　刘正权

　　在小城苦熬了10年,终于有了自己的窝,房子不大,两室一厅,但我很满足了,好歹也是乔迁之喜吧。

　　搬家那天,很热闹,楼下拐角擦皮鞋的小四也跑来搭帮手。小四我知道,刚摆摊不到两个月,手艺很生疏,这不怪他,先前他靠乞讨为生呢!上次把我的一双花花公子袜子擦得黑不溜秋的,气得我当时砸出两个硬币在他脚下,一言不发走了,换别人,他恐怕一分钱挣不上还得挨训。

再以后,小四见了我,总讪讪地笑,一副讨好卖乖的表情。

我对小四说,我请了搬家公司的,你凑什么热闹!

小四挠挠头皮说,咱好歹是邻居,我也可以帮帮手,你要觉得过意不去,就送我一瓶水吧!小四嘴里跟我说着话,眼里却盯着我手中的矿泉水。我买了一件矿泉水,给帮忙的人喝的,搬家时乱,烧开水太麻烦,我就买了几瓶水,以备解渴。

我随手塞了一瓶水给小四,开玩笑说,一瓶水而已,我可不想背上剥削童工的骂名!小四很激动,两眼放光,揭开盖使劲嗅,再用舌头舔,那模样让我想起电影《上甘岭》的镜头。

我们这座城市不缺水啊,小四不好意思地冲我笑,我平时都喝自来水呢,这水真甜!

我才想起小四就租住在我们楼下公厕对面的地下室,里面没水龙头,也没电。小四每天早上出来,就跟耗子样探头探脑地瞅谁家水龙头闲着。我们居住的这幢老式楼属于拆迁对象,所以没搞水改,大家用水全挤楼下那一排水龙头,编号使用。像小四这样租地下室的外来人口,就只能见缝插针了。买一瓶矿泉水,对一天收入不到 20 元的小四来说,是奢侈了点!

小四受了这滴水之恩,干活愈发卖力了,比搬家公司的人跑得还欢。

一室一厅的母子间立马空荡荡的了,剩下一面被水蒸气蒸得看不清脸面的大镜子挂在墙上,小四摸出取钉钳要取,妻子一努嘴,砸了吧,带去也丢人!也是的,妻子的脸从没在这面镜子上生动过,尽管妻的表情一向很生动。

小四一伸舌头,砸了多可惜,你们真不要,送给我!

妻就笑,小四,你那破地下室,照得出人影子吗?

小四涨红了脸说,中午还是看得清的!

我冲妻子使眼色,小四虽说擦皮鞋,可也是个小男人了,十三四岁的孩子,自尊心正冒头呢。我对小四说,你中午来取吧,眼下你那地下室光线不好,别磕坏了。完了把旧房钥匙给了小四。

在新居倒腾了大半天,一晃中午了,简单吃了点,我就去找小四拿钥匙,钥匙是公家发的,我得物归原主不是!

小四的鞋摊前没有小四,我就径直去了小四的地下室。

地下室很暗,我这个近视眼勉强能看个大概,小四的门开着,有走来走去的响动,还有人说话的声音。

谁这么热钻小四的蒸笼里来受罪啊!我想。走近了,听见了小四喜滋滋的声音在说,您好,擦鞋吗?跟着是一个憋着的嗓门,擦!然后是挪动凳子的声音,凳子刚落音呢,小四的声音又响了,擦好了!憋着的嗓门问,多少钱?小四答,两元!我心说谁啊,跑地下室擦皮鞋,有病!

我悄悄踱到门口,想看看是谁个吃饱了撑的,跑这儿受洋罪!

只见小四正对着镜子躬腰丢下两个硬币憋着嗓门说,谢谢,谢……那个憋嗓门的人原来是小四装的啊,玩什么把戏?

我正纳闷呢,小四撅起屁股捡了那两个硬币,一矮身坐在凳子上连连点头说,不客气,不客气!

我说,小四你是对着镜子作揖,自己恭贺自己呢!

小四没想到我会突然出现在地下室,吭了几声,极不自然地说,刘老

师,让您见笑了。

我还是不大明白,我问小四你这是演的哪出戏啊?

小四低下头,像犯了错误的学生,蚊子般说了声,没演啥戏,擦鞋都有快两个月了,没人跟我说一声谢谢,我就是想听听。

我说,谢谢对你很重要吗?

小四昂起头,重要啊,起码证明我在别人眼里不是乞讨,是劳动!

我一下子怔住了,没想到这孩子会这样看问题,小四见我不说话,急了。小四说,上小学时老师说了的,劳动人民最光荣!

小四把钥匙递给我,我却不想走了,我把脚伸出来,说,小四啊,麻烦你帮我把鞋擦一下,我下午有个会!

听说我下午有会,小四擦得很卖力,也很认真,汗从他头上脸上往外渗,我的脸上也湿漉的,我知道那上面掺杂有泪水。

完了,我掏出两个硬币塞到小四手中,很清晰地说了声谢谢!

这两个字似乎很重,我说得一字一顿的。

在我转身走出地下室的一瞬间,我听见小四的哭声追出来,是喜极而泣的哭声。

尊重他人就是尊重自己 ◎墨 菲

人都是有自尊的。在这个社会中,无论多贫穷多卑微的人,都渴望得到别人的尊重。小小年纪就被迫出来谋生的小四,虽然很辛苦地工作,生活环境也不好,但是从来不觉得自己低人一等。一声"谢谢"包含的不仅仅是对他劳动成果的肯定,更是对他人格的尊重。

一个有自尊的人就是一个对自己有信心、不肯看轻自己的人。一个尊重别人的人就是一个有着谦卑的良好品德的人。从身边的每一个细节做起,尊重别人的劳动成果,感谢别人给你带来的帮助,时时表示你对别人的尊重,你也将时时得到别人的尊敬。

没有富裕的生活，没有优越的学习条件和环境都不要紧，最重要的是要有良好的心态去面对人生的每一次考验。

霜雪青松

　　葱绿的青松，在悬崖峭壁上能顶天立地，恭迎八方客人；在霜欺雪压时仍然从容镇定，毫不动摇，风骨永存……

　　现实生活里，我们也许会遇到进退维谷的困境；也许会遇到人生的坎坷不平；也许会面对生离死别……面对这些我们茫然不知所措，这时霜雪里的青松是我们的精神支柱，流浪的灵魂能在那里感受智慧和力量。

在人生的风雨中忍辱负重，顽强拼搏，矢志不渝，才能笑傲人生。

永不绝望

景刻宁

在 1974 年寒冷的冬季，我被宣判最高刑期 20 年，罪名是反"旗手"江青。在大墙之下，知识分子的政治犯中，有的经受不住劳动的重负，有的忍受不了生活的羞辱，有的承担不了家庭的断裂，有的控制不住精神的崩溃，往往会丧失了生活的力量，走上自绝之路。

有一个被捕前是工程师的犯人，多次企图自杀未能实现。我知道了他的情况，我要劝阻他。但是怎样才能使这个心如死灰的人恢复生的愿望呢？我终于找到了一个和他攀谈的机会，下面是我和他的一段对话：

"你今年多大岁数了？"我问。

"37。"他答。

"我——57 了。"我说，并问："你判了多少年刑期？"

"15 年。"他答。

"我——判了 20 年刑期。"我说，并继续问，"你被捕前是干什么的？"

"工程师。"他答。

"我——是大学教授。"

我注意到他有些惊讶，便明知故问：

"你读了几年书？"

他看着我，答：

"大学毕业。"

"很好。"我停了一下，看着他的眼睛，温和地说：

"那么就是说，你读了16年的书：小学6年、中学6年、大学4年，共16年。"接着，我非常严厉地说道：

"现在，请你看看我，想想我，请你看看你，想想你！你心中的书，你读过的16年的书，你读过16年的知识，都真的被狗吃掉了吗？你想自杀，你不觉得羞耻吗？"

说完，我掉头而去，不再理睬他。

可是，我没有走几步，便听到了他哭出声来。我心中一块悬石落地，我相信他不会再去自杀了，"男儿有泪不轻弹啊！"

果然，就是这一次谈话后，他放弃了自杀之念，我又找到了一个和他谈话的机会，这一次比较轻松了，我问他：

"你怎么这样愚蠢呢？你为什么一再想到要自杀呢？"

他有点赧然地说：

"我当时想自杀，还不完全是我忍受不了这里的一切，主要是因为我的爱人向我提出了离婚，我想不通！"

我一听，立刻向他表示祝贺：

"这可是好事，可喜可贺。"

"怎么是好事，有什么好贺的？"

我说："你为什么没有想到，今天在我们的处境下，对我们的家庭，对我们的亲人，我们唯一能够作出的贡献，唯一能提供的帮助，就是提出离婚，你为什么没有想到，在社会上，'反革命家属'的压力是多么可怕，你为什么不帮助他们摆脱这个可怕的压力？你还能为你的亲人做些什么呢？"他始乎没有想到这点，想说什么，我拦住他，接着说下去：

"在我被判处20年刑期后，我做的第一件事，就是立刻写信给我的

霜雪青松

妻子,提出离婚要求,我要做我在目前情况下唯一能做的事情,以解脱他们可怕的压力。"

"我的妻子在接到我的信后,立刻带着三个儿女赶到这里。当我走进接见室里,看到我的妻子坐在那里,子女站在旁边。当我也坐下后,我的妻子拿出了那封我要求离婚的信,放在我的面前。然后对子女说:'现在你们都跪下,要求你们的爸爸把这封信收回去!'我的三个儿女都泣不成声地跪下。我的妻子不再说话,她沉默地坐在那里,等着我。

"我看着我的妻子,看着跪在我面前的儿女,我没有说话,从桌上拿起了那封信,当着妻子和儿女的面,把它一撕两片,抛在地上。我们谁都没有哀求,没有解释,也没有安慰。因为,在那一刻,在我们之间,甚至连一个字都是多余的!

"直到这时,我的妻子才泪如泉涌地握住我的手,这是一双被苦难磨搓得非常粗糙的手,但却是一双充满感情的手。我握住它,我们都不说话,一股暖流从我心底升起,会见的时限到了,我站了起来,只说了这次会见唯一的一句话:'那么,让我们都坚持下去吧,记住,永不绝望!'"

听完我这段叙述后,那个工程师泪水模糊了。

为坚强喝彩 ◎梁杰荣

文中的故事令我对人生有了新的看法和体会,人生如同山间的涓涓细流,虽然一路上会遇到岩石的阻碍,但这些水滴自信能冲破岩石的阻挡,因此,它们一滴一滴地向下滴,终于水滴石穿。它们面对旅途上的绊脚石,丝毫没有退缩,而是坚强面对。同样,人生亦如此。人生不如意事十有八九,面对困难,面对逆境与不幸,我们应该像那自信的水滴,勇敢面对。也应和文中的主人公一样,永不放弃,永不绝望。用自己的坚强去开创自己的人生。"自信人生两百年,会当水击三千里。"凭着自己的那份自信去走出黎明前的黑暗,迎接霞光的到来。

历史上的那些坚强斗士们正是利用他们的毅力，用豁达的胸襟，去笑对命运的坎坷，并留下了一段段千古绝唱，如"文王拘，而演《周易》；仲尼厄，而作《春秋》；屈原放逐，乃赋《离骚》；左丘失明，厥有《国语》；孙子膑脚，《兵法》修列；不韦迁蜀，世传《吕览》；韩非囚秦，《说难》、《孤愤》；《诗》三百篇……"虽然忠而被贬、放逐，或者遭人陷害，但他们却丝毫没有退缩，而是笑看风云。确实，人生有许多不平事，谁又能预计后果，要活得精彩，那就要有一份乐观心态，笑看人生的风风雨雨。在人生的风雨中忍辱负重，顽强拼搏，矢志不渝，才能笑傲人生。

　　是的，黑暗里没有火，但是，我们懂得去寻找光明，那样，人生虽有很多不幸遭遇，但是乐观的春风一定会驱走悲愁与忧郁，唤醒心中沉睡已久的生机。

　　生命是弥足珍贵的，不要轻言放弃，对生命的执著才是人生亮点的条件……

不要闭上眼睛

　📑 佚　名

　　"不要闭上眼睛！要坚强，你可以和我说话，但千万不要闭上眼睛。"

　　2003年7月21日凌晨4点半左右，一辆满载着陶制瓦片的卡车撞进南京下关区上元门的三间民房里。顷刻间，瓦砾四溅、房屋倒塌，卡车内的几个人当场死亡，房屋内也埋下了5个人。

193

霜雪青松

由于是凌晨时分,大多数人都在睡梦中,惨祸发生后,被惊醒的为数不多的附近居民面对惨祸束手无策。在等待救助人员到达期间,人们发现在倒塌的房屋废墟里,有一个人,头露在外面,身子却埋在废墟里。也许因为失血过多,他的呼吸越来越微弱,眼睛也睁不开了。这时候,一个青年男子俯身对那露在外面的头喊道:"不要闭上眼睛!要坚强,你可以和我说说话,但千万不要闭上眼睛。"那个被埋人的眼睛睁开了,眼神中隐藏着一丝恐惧和一丝谢意。年轻男子和那个被埋的人说着话,问他:"你今年多大年龄了? 在哪里工作啊? 做什么工作啊……"

可没有多久,被埋的人又一次闭上了眼睛,那个年轻男子又一次喊道:"不要闭上眼睛!睁开你的眼睛! "可被埋的人似乎没有听到,一点反应也没有。喊话的年轻男子找来了医生,被埋者输入了氧气后眼睛再一次睁开了……

救援人员终于赶到了,被埋的男子被紧急送往医院抢救。有人问喊话的年轻男子和被埋者是什么关系,喊话的年轻男子说道:"我不认识他,我开出租车路过这里。"

素不相识,毫无血缘关系,他的呼喊,只因为对生命的珍重和爱的秉承。那场灾难中有 7 个人丧生。然而那个年轻的出租车司机的喊声却响彻那个清晨,响彻南京,成为那座城市最动听的声音之一。

喊出生命的奇迹 ◎ 赵碧妹

不要总抱怨世态炎凉而冷眼看待生命与生活,也不要因一时的失意而自暴自弃,更不要只为多挣几块钱,节省几分钟而忽视身边的每个人,即使彼此只是互不相识匆匆的过客。试着用关爱的眼光看看周围的一切,或许你会发现另一番风景,你会发现时时演绎着的动人故事,时时回响于耳边的"我要活着"的声音。声声祝福,点点问候;一朵鲜花的微笑,几缕春风的暖意……这些都会让我们为之动容。

素不相识，不是冷漠的借口；毫无血缘关系，更不是无情的理由。打开心窗，选择博爱，你会创造另一个亮丽的风景。即使你不知道，睁开眼睛，你也能在内心喊出生命的奇迹。别让封闭太久的心冻结我们"性本善"的感情，学会用宽容的心善待每场风雨，关爱身边的每个生命，唱一首快乐的人生之歌。我们的爱也许微不足道，但也说不定能挽救某个灵魂与生命，甚至更多！

选择博爱吧！博爱，会让我们活得更舒坦；博爱，会让世界更美好。对爱的秉承，便是我们活得更潇洒的真理。

而生命又是弥足珍贵的，不要轻言放弃，对生命的执著才是人生闪亮的条件，因此"不要闭上你的眼睛！"坚持着！因为奇迹与转机往往就出现在不懈地坚持上……

一条狗尚能执著地追求，一条狗尚能表现出坚强、隐忍、忠实、善良，一条狗尚能勇敢与坚忍，一条狗尚能大度和宽宏……

那年那月那狗

那是 1950 年夏天，爷爷服从了组织安排，携奶奶到北京工作。当时只有 5 岁的父亲随了太爷爷生活在这个叫大河的村子。太爷爷在当地行医，是个远近闻名的好郎中，父亲是他最为宠爱的长孙。太爷爷为了哄孙

子高兴,经常趁出诊的机会不知从哪里弄来些当地绝无仅有的物品送给父亲玩儿,诸如会唱戏的留声机和光可鉴人的唱片、能写字画画的小黑板和彩色粉笔、伏天里躺上去又光滑又凉快的竹子床和竹子躺椅。还有就是这只长得像小鬈毛狮子一样的小犬,说它也算稀罕物,是因为每家喂养的看门护院的土狗都长的一个模样,人们就认为狗应该长成那样。当这只小狗被太爷爷带回村子时,几乎轰动了全村。每家的孩子奔走相告,挤在院子里看"耍狮子"。

现在,父亲回忆起来说那狗应该属于西域或京巴这类娇小可爱的玩赏犬。它没有名字,父亲依了它的长相管它叫"小狮子"。

当谷物成熟的秋天到来时,小狮子长大了。小狮子是条雌性犬,村里远远近近的雄性土狗开始接二连三地往太爷爷家里跑。它们有的在门外不停地徘徊,不停地狂吠;有的用粗壮的爪子把木质的院门抓出道道深沟;有的一次次蹿上高高的墙头,扒落了墙头的砖瓦;还有的整夜呜咽低吼……这样的情况终日不绝。太爷爷开始厌恶小狮子,打心眼里厌恶,他把这些日子的不安宁归罪于小狮子的日渐成熟,尤其是当他修补破损的墙头和沟壑纵横的院门时就更加憎恨小狮子。一辈子行医行善的太爷爷想出了最为残酷的惩罚小狮子的方法,那就是把它远远地扔掉,让它找不到家门。

冬天就要到了,太爷爷和村里的人们都在为过冬做准备。没隔几天,就有村子里的人赶着马车到50多里地以外的小火车站拉煤。

一个深秋的早晨,太爷爷瞒了父亲,把小狮子装在一条麻袋里,松松地扎了口,放到马车上,叮嘱车夫"扔得越远越好"。小狮子并不知道主人不喜欢它了,不想要它了,以为又要带它去赶集,依然兴高采烈地、乖乖地任主人摆布。

年幼的父亲在没有了小狮子的日子里过得闷闷不乐,时间久了就渐渐淡忘了。他又不断拥有了新的稀罕物。

一个雪后的清晨,应该是腊月二十八吧,满村飘荡着年食的甜香,太爷爷腋下夹着一卷写好的鲜红的对联,踩着厚厚的积雪,咯吱咯吱地走到院门口。推开院门的一刹那,太爷爷惊呆了。他分明看到一团小小的身躯蜷缩在积雪上,身后是一串深深的小脚印,那本来黄白相间的毛皮已经看不出颜色,在白雪的衬托下,越发灰黑,像一团用脏了的抹布。见到了太爷爷,小狮子的眼睛一下子焕发了光彩,活蹦乱跳、摇头摆尾地扑了上来,它终于到家了!它轻车熟路地跑进屋向每一个家庭成员打招呼。一跑起来,太爷爷才发现,它的一条后腿残废了,从留下的痕迹可以看出,那是被夹黄鼠狼的夹子夹断的。太爷爷在惊诧小狮子的顽强生命力的同时,依然厌恶它,这次是因为它瘸了。于是,太爷爷在思忖着下次应该把它丢得更远。

太爷爷毕竟是善良的,他没有立即丢掉它,把它好好养了起来。两个多月后,春天来了,当村子里的狗开始闹春的时候,太爷爷再次决定扔掉小狮子。这回是托一位出远门的亲戚,把它带到 80 多里地的外村,到那里去要渡过一条河。太爷爷坚定地认为,那条河是小狮子不可逾越的天堑。然而,一个多月后,小狮子又回来了。

太爷爷有股子倔劲儿,他不相信小狮子扔不掉。以后,他又把小狮子丢弃了三回,一次比一次扔得远,可小狮子找回家的次数一次比一次短,它好像在和这个倔老头较劲,不断用它的忠诚和精灵与命运抗争,而每次的胜利者必定是小狮子。我始终想不明白,也无法知道,它到底经历了怎样的过程,一次次实现着"回家"的梦想。

1954 年,又是一个夏天,太爷爷要带 9 岁的父亲转到北京上学,并在北京住上半年。临走,太爷爷决定把小狮子带上火车,中途停车时丢掉。父亲畏惧太爷爷,虽然心中不情愿,也不敢反对。

火车风驰电掣般开出两站地,半夜临时停车时,太爷爷再次丢弃了小狮子,太爷爷坚信这回它再也回不了家了,就算鬼使神差回了家也会吃闭门羹。

半年后,太爷爷决定带着放寒假的父亲回老家过年。傍晚下的火车,

霜雪青松

那时候没有汽车，没有自行车，完全靠徒步，要赶一百多里地。天越走越黑，越来越冷。已经走到下半夜了，父亲又冷又饿，实在走不动了。这时，恰巧路过一所乡村小学，太爷爷决定带父亲到学校过夜，等天亮再走。爷孙俩刚刚走近小学校，就听到大门里有狗在狂叫，爷爷边扣门，边护住父亲，生怕父亲被狗咬伤。一位传达室的老人出来开门，门刚开了条缝，就从里面蹿出一条狗，跳着叫着扑向太爷爷和父亲，它没有扑咬，而是像见到久别重逢的老朋友一样在爷孙俩的脚边绕来绕去，摇头摆尾，激动万分。待传达室的老人用手电照亮，爷孙俩看清了，居然是小狮子！它依然不记得主人对它的冷漠和残酷，依然不在乎主人是否喜欢它。

传达室的老人说，小狮子是半个月前一个风雨交加的夜晚，他在小学门口捡到的，当时它又饿又冷，已经不能动了，蜷缩在茅草窝里。捡回来后，喂了水和草，很快就精神起来，还能看门。末了，老人一声叹息"小命活得真艰难啊！"

我不敢想象，也想象不出，小狮子是怎样拖着一条残腿，步履蹒跚、忍饥挨饿地奔走在寻找家园、寻找主人的路上。我在想，抑或它果真又回到了家，可怎么也找不到主人，没有主人的房子，还是家吗？它不得不东奔西走，苦苦寻觅着那个温暖的地方，那是它的天堂啊！在这个过程中，它是不是还要防备其他野兽的袭击，是不是还要奋力游过河湖，是不是

还要躲避人类的追打啊！它多么执著、多么辛苦啊！而它所承受的这些苦难，全部缘于我们人类的一个不良的想法，一个轻易地举动，这是多么的不公平啊！

这回太爷爷一句话也没说，他认定了小狮子扔不得，它有灵性。

第二天天刚亮，爷俩谢过传达室的老人就上路了，在他们的身后，多了一个小小的、活泼且有些蹒跚的身影。

后来，父亲到北京上学。太爷爷和小狮子依然生活在那个农家小院里，相依为命。

再以后，确切地说，应该是 4 年以后。北京的一家医学研究所到村子里收狗，要大家积极支持祖国的医学研究。虽然太爷爷一辈子行医，懂得医学对人类生存的重要，但当小狮子再次被装入麻袋时，这位一生倔强的老人像送别亲人那样，禁不住老泪纵横。他知道，这回，小狮子是真的不会回来了。

小狮子最终献身于祖国的医学事业。

此后，小狮子带有传奇色彩的故事在当地流传了很久很久，深深触动了我的祖辈、我的父辈和我，将来我会把这个故事讲述给我的朋友和我的孩子。

我不知道，天堂里的小狮子是不是也会在竹床下钻来钻去，但我知道，在父亲的记忆中，小狮子的身影始终跳跃着、活泼着、蹒跚着，让人不忍回想。它带给父亲的是荣耀、是欢乐、是人本善良的顿悟，而它带给我的是深深的思考。

想一想，这样一条生活在半个世纪前的农村的小狗，居然具有这样大的性格魅力，它坚强、隐忍、忠实、善良……然而面对这一切，作为人，我会惭愧。我不知道，当我面临巨大困难或者生存危机时，我能不能表现出小狮子那样的勇敢与坚忍。当有人令我身陷困境无法自拔时，我能不能表现出小狮子那样的大度和宽宏。当有一项崇高的事业需要我奉献一切时，我能不能像小狮子那样义无反顾。

霜雪青松

我想，自然界的万物应该是相通的，所有生灵应该是生而平等的。对于可贵的生命，我们不应该关怀吗？哪怕它是一条生活在农村的小狗。

那年那月那狗，是我心中永远的情结。

称颂生命的顽强 ◎ 黄凤群

动物是有灵性的。我依稀记得奶奶曾经说过，她小时候在池塘边玩耍，不小心掉进了池塘，是邻居的一条看庄稼的大狗奋不顾身扑进池塘里把她救起来的。狗是我们忠实的朋友，可是狗的命运却是那么悲惨，它们的生命在人类看来根本无足轻重，我觉得很不公平，它们年轻力壮时为人类"抛头颅，洒热血"，可当它们老了，行动迟钝了，就会遭到人类的遗弃。

我读完这个故事后流泪了，我被这条狗的信念打动了。每每看到它是如何如何克服重重困难，回到家园的句子时，我都有一种冲动的感觉，从来没有想过一只狗会有如此顽强的生命力。而太爷爷的那些不人道的行为反衬出小狮子强悍的性格魅力，人类的不人道并没有泯灭动物崇高的信念。

动物尚且如此大度和宽容，它们只记得主人对它们的恩惠，却不曾记得主人对它们的冷漠和残忍。人类呢？人类能忘记一切不满和一切愤恨吗？人类能够对周围的一切都采取大度和宽容的态度吗？

一条狗尚能执著地追求，一条狗尚能表现出坚强、隐忍、忠实、善良，一条狗尚能勇敢与坚忍，一条狗尚能大度和宽宏，面对这一切的一切，我深感惭愧。我也不知道，当我遇到同样的艰难困苦时，我会表现出怎样的生命力来？我想，我大概只会无助地流泪吧。

不能否认人有时会很脆弱，也许这个故事能使你坚强些，也许这个故事能让你受到启迪，也许这个故事可能影响你的一生，因为小狮子是一条具有顽强生命力的，能给人带来启迪的，不同寻常的狗。

> 一个民族不能缺少一种精神，那就是民族团结精神。这种精神要有人作出贡献甚至于牺牲生命来维护与巩固。

带缺口的馒头

曹德权

血色黄昏，硝烟滚滚。

日军 56 师团长驱直入，已彻底切断滇缅国际通道，进占怒江西岸，在惠通桥沿岸同国军接火，双方几十万部队摆开了决战的架势。

怒江不保，昆明危在旦夕，整个大后方已感触到战争的迫近。

距惠通桥不到 50 公里的泥泞公路上，开过来 5 辆重型卡车，第一辆车上，坐着一个穿着少校制服的"大胡子"。

两小时前，"大胡子"少校接到集团军总部的命令：不惜一切代价，将弹药及食品送上惠通桥南高地。这时，国军耿振华师已到了弹尽粮绝的地步，一个师打到不足一个团的兵力了，全体官兵已有 4 天没有进过一口食物，士兵们连枪都快提不起了，而他们接到的命令是必须再坚持 24 小时。

卡车在马路上疯狂地弹跳着向前冲去，"大胡子"少校手提一挺轻机枪，两眼血红，作为带队官长，他明白迟到一小时的后果是什么。

不该发生的事发生了，第一辆卡车陷进炮弹坑里，熄火了，随后的 4 辆卡车也被迫停了下来，前面的路面都布满了大大小小的炮弹坑。全体

霜雪青松

押车官兵都下了车，奔跑着搬运石头填炮弹坑，推车，累得气喘吁吁。

也就是在这个时候，马路上聚集了很多饿得皮包骨头的饥民，怯生生地围着卡车转，也不知是谁喊了一声：车里有白馍！顿时，饥民们像打了强心针般振奋起来，呼啦冲上去钻进车厢，抢吃起馒头。

"大胡子"少校手提轻机枪冲到被抢的车前，嘴角抽搐着，双眼滴血，一咬牙将机枪用手端起来对准饥民，全体押车官兵也都持枪围住了饥民。

就在这时，"大胡子"少校的双眼直直盯着车尾，然后痛苦地闭上了双眼。在车尾，一个十二三岁的女孩饿得双眼深陷，一双脏兮兮的手抓住馒头，嘴里还咬着一个馒头，在嘴边啃着的馒头遮住了半张瘦脸，双眼惊骇而哀怜地望着"大胡子"少校。

"大胡子"少校浑身战栗着，两幅画面在眼前交替晃过，一边是饿着肚子同鬼子拼命的国军弟兄；一边是手无寸铁、饿得只剩下一口气的小女孩。他丢下机枪，面对饥民们跪了下去，拳重重地砸在头上："乡亲们，前边守怒江的弟兄们已经4天没有吃饭了，他们空着肚子在跟鬼子拼刺刀，你们……"

公路上一片寂静，所有人如石雕一般愣在那里。

小女孩怯生生地挪到"大胡子"少校面前，将手里的馒头递到"大胡子"少校手上，然后取下嘴里的馒头也递上去："叔叔，我不知道这些馍是送到前线去的，这个馍我咬了一个缺口。你给前边打鬼子的叔叔们说一声，请他们不要嫌弃，请他们吃饱了多杀鬼子……好吗？"

"大胡子"少校一下抱起小女孩，一个劲儿地点头，他将脸贴着小女孩的脸："你叫什么名字？"

小女孩有气无力地答道："我叫尤小翠。"

"大胡子"少校颤声说道："好妹妹，等我们打败了鬼子，我一定要让你吃上白馍，一定让你吃饱，好吗？"

小女孩吃力地点点头，脸上露出稚气的笑。所有的饥民此时都将抓在手里的馒头默默地送回了车上，然后用尽最后一点力气抱起一坨坨填坑的石头帮官兵们一起填炮弹坑。

车队终于怒吼着沿怒江向前冲去⋯⋯

一周后，"大胡子"少校和耿振华师长来到一周前陷车的地方，"大胡子"少校手里提着一小袋馒头，他们找一个叫尤小翠的小女孩。

一个老大娘将他们引到一座新的小坟包面前，老大娘说："尤小翠一家 7 口人，她是最后一个死去的，是在 3 天前饿死的！"

"大胡子"少校和耿师长"咚"地跪在新坟前。

凄厉的枪声伴着一声号叫："小翠妹，所有的中国军人将会为你报仇！"

34 年后，一位国军起义将军临终前拿出一个有缺口且发黑的干馒头，对周围的士兵们说："把这馒头的故事⋯⋯讲给⋯⋯弟兄们⋯⋯听。"

残酷的伟大 ◎ 黎成灿

某些事、某些情之所以能够深深地震撼着我们的心灵，使我们产生共鸣，甚至捶胸顿足、泪流满面，很多情况下是因为它们本身付出了沉重的代价。这代价太过于沉重了，让我们难以接受，很压抑，因而冲击着我们的神经，让我们感动了。而最大的代价莫过于珍贵无价的生命的陨落，当我们看见一个活生生的生命转瞬间归于尘土时，泪或许已经涌满了我们的眼睛。更何况是为了正义而牺牲的呢？

《带缺口的馒头》让我们深感战争的残酷。在民族灾难深重的时期，民生之凋敝，河山之萧条与我们脑子里昔日的亲情、昔日的欢乐、昔日美好的家园形成一种强烈鲜明的对比，不禁感物伤怀，潸然泪下。而就在这硝烟弥漫的艰苦岁月里，民族反抗的正义之战却让我们看到希望，特别是军民之间的鱼水之情更让人感动不已。

日本鬼子将中华民族逼到生命线上挣扎，欲置之死地而后快。无论官兵抑或平民都到了衣不蔽体，饥不得食，命在旦夕间的地步。谁都要活

霜雪青松

命！然而在大敌压境之际，只有官兵们活着打倒敌人，才能救活更多的人，让更多的人活命。因而就出现了一幕幕动人而又残酷的，舍小我存大我的画面。尤小翠一家七口就只剩下她一个人了，他们是死于战场，还是死于饥饿我们不得而知。而尤小翠却是我们眼睁睁地看着她死在饥饿的魔爪之下的。虽然她是死得其所，但是要这么一个饥寒交迫，软弱无力的弱小女孩来铸造这样一种残酷的伟大，真是让我们痛心不已！

一个馒头或许不值几个钱，但它却带着一股正义之气，说它扭转了整个战争局面或许过分了点，但是其功劳却不可抹杀！尤其是咬了一口这个馒头的小翠，虽纤小却伟大！

一个民族不能缺少一种精神，那就是民族团结精神。这种精神要有人作出贡献甚至于牺牲生命来维护与巩固。

在现实生活中，这种人的人生往往坎坷曲折，难能可贵的是他们在努力地抗争着，在用心谱写自己的人生之歌，虽然快乐与痛苦并存。

一根稻草定终身

方白羽

现在有些青年人相信星相学之类的东西，但很早的时候，人们只对算命术笃信不疑。这里讲一个发生在民国时期的故事。

某村有个老顽童瞎爷爷，叫什么名字大伙儿都记不得了，小孩子都只叫他瞎爷爷。其实瞎爷爷也不是全瞎，只是得了较严重的白内障，多少还能看得清近处的东西。

不知听谁说起，瞎爷爷不但能治病，更绝的是还会算命术，比明眼人看得还准。村里的孩子们出于好奇心，都缠着瞎爷爷让他给算命，但是，不管孩子们怎么求他，在这件事上他死活不答应。

怎么办？几个孩子凑在一起，想出了一个绝招：瞎爷爷不是最喜欢和孩子玩吗？惩罚他的最好办法，就是不和他玩，晾他三五天。果然，不出3天，瞎爷爷耐不住寂寞找孩子们来了，在大家一致要求下，他终于勉强答应给大家算一算，不过却提了一个条件。

那天刚好邻村唱戏，瞎爷爷把十几个孩子叫到他那儿，一人给了一根稻草，然后郑重其事地说："你们拿上这根稻草，记住，只能拿在手里，不能揣在兜里，也不能掖在裤腰带上。看完戏回来后如果稻草还没丢，瞎爷爷就给你们算。"

孩子们便拿上稻草去看戏了。到邻村有好几里路，还没到邻村，十几个孩子手里的稻草就丢了一小半，看戏时又丢了几根，回来时，天早已黑透了，瞎爷爷却还等在村口。看到他时，好些孩子才想起算命这回事。

瞎爷爷一一摸着几个孩子手里的稻草，然后问大家："谁教你们丢了稻草后，随便在田里地扯根稻草来骗爷爷的？"几个自作聪明的孩子都不好意思地低下头，然后把目光转向教他们这招的二毛，瞎爷爷明白了，叹了口气，摸着二毛的头说："孩子，看来你是当官的命，虽然做不成什么大事，不过这辈子大概也不会吃什么苦。"

接着，瞎爷爷又从稻草中抽出一根来，问："这根是谁的？"一旁的三娃小声嘀咕道："是我的。"

瞎爷爷点点头，摸着稻草说："你是一直把它揣在衣兜里才带回来的吧？看来你是做生意的料，将来吃得起苦。"说着瞎爷爷拿起一根笔直的稻草问："这唯一一根一直拿在手里带回来的稻草，是黑子的吧？"

一旁的黑子挺起胸脯骄傲地点了点头，瞎爷爷摸着他的头，轻轻地

霜雪青松

叹息说："按理说你该最有出息，是干大事的命，可惜生不逢时，恐怕这辈子你的命最苦。"

说完，瞎爷爷突然又笑起来，摇着头说："算命这回事是说不准的，一个人的命运如何，更多是取决于时势和大的社会环境，自身的原因只占小部分。所以没人能算得准别人的命运，你们也不要把我的话放在心上。"

瞎爷爷虽然这么说说，可他的话，大伙还是一直记在了心上。

20多年后，瞎爷爷虽然去世多年，可他的话却一个个神奇地应验了：二毛当上了一乡之长，虽然官不大，可吃香的喝辣的，还娶了本地盐商的大小姐，盖了一幢小楼房，日子过得倒也逍遥自在。

三娃数年后闯关东，扛过大包，搬过砖头，从小工做到大工、工头，再一步步干到老板。到最终，三娃也没有忘记自己是吃井水长大的，他用赚来的钱开了家挺大的米店，还请了上百号的工人，家业也是蒸蒸日上。

只有黑子的命运令人感叹不已，他是村里的第一个大学生，先是考上了北京的一所名牌大学，后来又考取了律师资格，开了一家自己的律师事务所。可他过得并不幸福，总觉得自己精神极度压抑。村里人还听说他帮人打官司，因为苦苦坚持他的职业道德和良心，得罪了不少权贵，在受到威胁和警告后也不轻言放弃，结果遭人陷害被抓起来判了三年。

而那些当初丢失了稻草的孩子，日子虽然过得普普通通，却也算简单而快乐，正如瞎爷爷所言，他们是些容易满足又随遇而安的普通人。

稻草人生 ◎潘锦祝

出身农村的孩子，对于稻草并不陌生，而把稻草和人生联系起来恐怕就有点令人费解了。在《一根稻草定终身》中作者向我们叙述的正是这样的一个故事。

在我们的印象中，算命先生和常人相比，总是带有几分神秘。然而在故事里给人算命的瞎爷爷却是一个平易近人，而又扮演了智者角色的老顽童。他对孩子们人生的解读与其说是借助稻草来实现的,倒不如说是他把生活这一部大书读深读透了——丰富的人生阅历对一个人来说无疑是一笔取之不尽用之不竭的财富。

瞎爷爷通过稻草事件发现了孩子们独特的另一面,于是他对孩子们人生的解读也一个个地应验了:二毛当了官,三娃成了商人,黑子"最有出息,是干大事的命",唯一不足的是命太苦。在这里作者推崇的是黑子的人生,因为从某一种程度上而言,黑子是正义与良知的代名词。你看他"苦苦坚持他的职业道德和良心"。在现实生活中,这种人的人生往往坎坷曲折,难能可贵的是他们在努力地抗争着,在用心谱写自己的人生之歌,虽然快乐与痛苦并存。世界在他们的积极参与下而变得更加美好和绚丽多彩。

尽管瞎爷爷的眼睛不好使,可是他在用心地观察这个世界。因为我们的心是和世界相通的,于是便有了孩子们的"稻草人生"。

是英雄总会长存不倒,是耻徒总会消失殆尽!
医心无价,医心无敌。

药　嘴

✍ 龙会吟

山里的草药和来回摇动的枝条在石爷头顶劈劈啪啪地跳跃,炒豆子一般炸出白亮花花的响声。烈日当空,石爷被灼得喘不过气来,脸上脖

上,胸前背后,汗水像一道道小溪刷刷地流淌。他顾不得这些,冒着炎热在山里钻来钻去。还差一味药哩。差了那味药,整剂药就没了药力。

村头的二宝正等着这剂药治肿毒。二宝的无名肿毒生在膝盖上,四处求医,都不见好,痛得他一天 24 小时嚎爹叫娘,满村里都听得到他那撕心裂肺的哀叫。家里人就去找石爷,请石爷寻一剂草药敷敷。石爷会寻草药,他用有点儿昏花的老眼在二宝的膝盖处眯了一会儿,又用青筋暴突的枯手摁了两下二宝膝盖上的无名肿毒,什么也没说,便顶着毒日进了山。石爷的眼睛不大好使,只得弯腰弓背,在蓬蓬杂杂的灌木丛里吃力地揪,几乎全靠鼻子嗅草药,身子被燃烧着的日光烤晒得像只老虾。

像只老虾的石爷终于采齐了最后一味草药。然后就坐下来,像老牛反刍,把草药塞进嘴里反反复复地细嚼,一双昏花的老眼微微闭着,不想让远远近近的山景分散咀嚼的精力。他嚼出了一嘴苦汁,嚼得太阳穴的青筋像蚯蚓般蠕来蠕去,嚼得嘴里的草药清清幽幽气味悠远了,就吐在一片碧绿宽大的桐树叶上,包好,站起来走回村里去。嚼过草药的嘴里,牙齿墨绿,满嘴的药味沿路飘散。敷上了草药的二宝,无名肿毒的膝盖凉丝丝的,像有仙风吹拂,立马就不痛了,撕心裂肺的哀叫声潮水一样退去。二宝一家人感激得非要石爷留下吃饭不可。石爷不吃。离吃饭还有好长时间,他不能坐在二宝家里死等那餐饭。二宝给他药钱,邻里邻舍的,收钱不好意思,所以他坚决不收二宝的药钱。一连三次敷药,石爷都是这样。

石爷第四次去二宝家里,正是吃晌午饭的时候。这次他没有带药去,药在儿子手里。他早上出门时吩咐儿子把药嚼好,嚼好后就送到二宝家里去。他的牙齿有点儿松动了,嚼起药来很吃力,他要儿子接他的班。现在他路过二宝家,顺便进去看看二宝的病情。二宝家正准备吃晌午饭,鸡鸭鱼肉摆了一桌,原来是宴请乡长、村长。二宝能下地走路了,脸膛红红的,洋溢着一脸灿烂。他让石爷瞧了瞧快痊愈的患处,嘴里说着感谢的话,眼神却巴不得石爷快点儿离开。石爷觉察到了,转身朝门外走去。

二宝媳妇喊:"石爷,吃了饭再走。"二宝剜媳妇一眼,说:"喊什么喊,看着他那张药嘴,乡长、村长还吃得下饭?"

石爷的头顶像突然炸起声声惊雷,汹涌着像巨大的巴掌向他捆来。他一脚高一脚低地走到离二宝家不远的小溪边,再也走不动了,两腿一软就蹲了下去,溪水清亮,映出了他那苍老的身影,一张变了形的嘴巴在溪水里喘着粗气。那是他的药嘴,为二宝嚼过草药却又让二宝厌恶的药嘴!他的老泪潸潸地流下来。

儿子来送药了。看到父亲悲伤的表情好像明白了什么,"咚"的一声,把药丢进溪里。

"你疯了,你不晓得二宝正等着换药?"石爷跳起来。

儿子冷笑一声,说:"换啥药,他瘫了我才高兴。"

石爷盯着儿子一阵,摇了摇头,随即嘘出一口长气,说:"儿啊,做个草药郎中,要时时有颗善心。"他望一眼热浪蒸腾的山峦,坚毅地向山里走去。儿子把药丢进溪里了,他只好再去山里采。

一双手拉住了石爷,不让石爷去山里采药。那是二宝的手。二宝愧疚地站在石爷身边,说:"石爷,我对不起你,请你去我家吃饭!"

石爷看二宝一阵,摇了摇头,说:"二宝,莫客气了,我这张药嘴,真的不好和乡长、村长一起吃饭。"

霜雪青松

二宝急了，说："是乡长请你去的，你不去吃，乡长也不肯吃，村长骂我不是人。乡长在那里喊你。"

果然有热热烈烈的喊声传来，一声声情真意切。倏忽间，白亮刺眼的日光，在喊声里变得万般柔和。

医心无价 ◎ 陈力彰

石爷的形象无疑是高大的。作为一个草药郎中，石爷那颗医者的心更是这种高大形象的坚实支柱。古语云：医者父母心。石爷无疑是最有资格享受这话的医者了。

石爷治病不是为了钱，甚至也不"死等那餐饭"，因为石爷觉得"做个草药郎中，要时时刻刻有颗善心"。这是多么难能可贵的精神，多么难得可见的善心啊！

于是，我想到了"SARS"，想起了那场没有硝烟的战争，想起了那无情而沉重的国之灾难。然而，"SARS"无情，人却有情，我们千千万万的白衣卫士们有情！他们在全民族最危难的关头下临危不退，时时刻刻坚守在抗"SARS"救同胞的第一战线上。他们劳碌着，前进着；他们与病危者同在，与责任同在；他们背负着民族的使命，背着全人类的使命……多少个日夜过去了，多少个勇敢的人倒下了，又有多少个勇敢的人站起来了！是的，在炮火纷飞的年代，我们的英雄在战壕里诞生——他们是最可爱的人；在这场没有硝烟的战争里，我们的英雄在病房里诞生——他们同样是最可爱的人！

然而，要构建我们的和谐社会，仅仅靠一个又一个像石爷那样的医者并不足够。因为在我们的身边还有不少像二宝那样不懂得尊重人的人，他们在侵蚀着这里的一草一木，他们在消磨着这里的梦、这里的情。然而，我们也有理由相信，是英雄总会长存不倒，是耻徒总会消失殆尽！

因为，医心无价，医心无敌。

这不能不引起我们的沉思：反腐仅仅靠讲就行了吗？今后反腐的路在何方？

童　心

尹利华

　　赵局长正在给6岁的孙子讲童话故事。他说，古时候呀，有一个残暴的国王，他喜欢吃一种稀有的海螺，于是就命令他的老百姓都到海里给他捉这种海螺。如果哪一天捉不到，他就大发雷霆，杀掉一个人。一天，大家都没有捉到这种海螺，人们害怕极了。正在这时候，一位白须飘飘的老神仙出现了，他将一只癞蛤蟆变成了一只像咱们的房子这么大的海螺，让人们去献给国王。大家兴高采烈地抬着这只蛤蟆变成的大海螺向国王的城堡走去……

　　赵局长刚讲到这儿，门铃响了。

　　他开门一看，熟人，是养殖场的小王和小马，两人照例给他送水产品来了。

　　小马和小王两人满头大汗，抬着三只黑色的编织袋。赵局长将他们让进了屋后，习惯性地往门外瞅了瞅，没人。

　　他回身对孙子说："乖，爷爷有事情和叔叔说，你先去玩，回头爷爷再给你接着讲故事，好不好？"孙子很听话，蹦跳着出门玩了。

　　关上门，赵局长含笑说："两位辛苦，先喝杯水。你们张场长真是好福

霜雪青松

气,有办事效率如此之高的部下。"

小王和小马抹了抹额头的汗珠,满脸堆笑,说:"赵局长,您客气了,这是我们应该做的,没有您这几年的关怀,就没有我们养殖场的今天。"

赵局长满意地笑了,指着那3只编织袋问:"老张这次给我弄了些什么玩意儿?"

小马说:"一袋甲鱼,一袋龙虾,一袋扇贝。"

放下东西,小王和小马就告辞了。

赵局长送走小王和小马没一会儿,孙子回来了,缠着他继续讲故事。

赵局长将孙子抱在膝盖上,慈爱地说,那个国王一见人们送来了这么一只大的海螺,自然高兴极了。他命令铁匠连夜打造了一个巨大的蒸锅,清蒸了这只海螺,然后他就拿了一把大叉子,吃着螺肉,边吃边往里走,一连吃了三天三夜。人们在外面等国王出来,等啊等啊,却见一只又大又丑的癞蛤蟆从里面蹦了出来,大家都明白了,原来他们那位贪吃的国王变成了癞蛤蟆。于是,无论这只癞蛤蟆蹦到哪里,人们都用唾液吐他,用石头扔他……

为了讲得更形象,赵局长一边讲着,还一边向孙子表演那个变成癞蛤蟆的国王又蹦又跳的滑稽样,把孙子逗得拍着小手喊:"打癞蛤蟆喽,打癞蛤蟆喽。"

中午吃饭的时候,孙子神色有些怪怪的,突然很认真地问:"爷爷,王八是什么?"

赵局长哈哈大笑:"傻孩子,放在桌子中央的不是王八吗?"

"噢。"孙子盯着桌子中央的那盘甲鱼汤,显得很吃惊的样子,面色变得青白。

赵局长用筷子夹了一块甲鱼肉,放在孙子的小碗里,孙子却很快把它扔在地板上。

赵局长忙问:"乖乖不爱吃?"

孙子的小嘴绷得紧紧的,不说话,只是用一双充满惊悸的眼睛盯着桌中央的那盘甲鱼汤。

赵局长说："这个很好吃的,乖乖以前不是经常吃吗?"

说完,他做了个示范,夹了一块甲鱼肉,往嘴里塞。

"爷爷,不要!"孙子突然大声哭了出来,用小巴掌将赵局长筷子上的甲鱼肉打落,然后扑倒在赵局长怀里,搂着他的脖子,晶莹的泪珠扑扑地落下,"我不要爷爷变成王八,我不要爷爷变成王八!"

赵局长一愣,忙问是怎么回事。

孙子抹着眼泪,说:"那两个叔叔是坏人,我听见他们在门外说,谁吃了他们送的王八,谁就会变成王八!"

听了孙子的话,赵局长持着筷子的手僵在空中,好久也放不下去……

赤子之心  ◎潘锦祝

《童心》叙述的只是我们生活中的一个很寻常的故事。从表面上看,孙子害怕的只是他的爷爷会落得像残暴的国王那样的下场,所不同是国王变成了癞蛤蟆,而他的爷爷变成了王八。从更深一层次而言,作者向我们传达的主题——腐败,却是一个永远也说不尽道不完的话题,单凭这一点,就足以引起我们的深思。

在我们的眼里,这一主题无疑具有鲜明的时代色彩。作品中没有出现什么紧张的矛盾冲突,也没有生与死、好与坏的激烈的二元对立,有的只是娓娓道来的爷爷与孙子之间的对话,但是这并不影响作者对主题的表达,更没有削弱主题的深度和厚度。

受贿和腐败生来就是一对孪生兄弟,而爷爷的腐败正是通过受贿这一形式来完成的。只不过他所通过的媒介不是金钱而是"一袋甲鱼,一袋龙虾,一袋扇贝"罢了。从本质上而言,它们和金钱没有实质上的区别。众所周知,在物欲横流的当今社会,腐败就像过街老鼠——人人喊打,或者说只要有一点正义感和良知的人都会喊打。对于腐败,从中央到地方,

从省到市到县，我们天天抓，时时抓，刻刻抓，可是结果摆在我们面前的却是一种更为尴尬的局面：抓了一两个，惩罚了一大片，打倒了一大批，可是还有后来者。这不能不引起我们的沉思：反腐仅仅靠讲就行了吗？今后反腐的路在何方？

作者给我们开出的药方是孩子的童心，那是一片没有受到污染的净土。孩子的童心寄予着作者的期望，虽然他对他爷爷的担心这一出发点是单纯的，是亲情之间的一种表现。然而作者还是比较乐观的，因为孩子毕竟是我们未来的希望，他目前所做的与其说是有意的，不如说是无意的碰到了他爷爷那根腐败的弦，从他爷爷僵在空中的手，我们可以推断出他的爷爷被他的话深深地震动了……

孩子是新生的力量，世界的明天是属于孩子的，我们的社会也必将变得如孩子的童心那般单纯和干净，我们对此深信不疑。

在遇到挫折时，要有战胜困难的决心，并勇敢地去挑战生活，让自己的生命潜能在决心中爆发出来。

决心的力量

陈　昀/译

在一次因为战乱而产生的逃难人潮当中，有一位身体虚弱的母亲，带着她只有 3 岁的小孩一起逃难。

难民潮靠着步行，缓慢地向边境移动。酷热的太阳，恶毒地在每一个难民的头上肆虐,难民们拖着蹒跚的步伐,一步一步向前走,不知道自己什么时候会倒下。

那位虚弱的妈妈,终于支撑不下去了,她抱着她的小孩,找到了难民潮当中的一位神父,这位可怜的母亲,苦苦地哀求神父,帮她照顾她的小孩,因为她觉得自己绝对无法再继续支撑下去。

神父看着这位可怜的母亲,由于他略懂医道,在简单地检查了这位母亲的身体状况后,发现她的体力尚可,便断然地拒绝了她的请求,神父说:"你自己的孩子,当然要由你自己负责,我无法代劳!"虚弱的母亲听到神父这般无情的拒绝,心中不由得十分愤怒,转身抱着自己的孩子,回到难民潮的队伍当中。

时间一天一天过去,这一群难民终于步行到了边境,通过国际红十字会的照顾,在难民营中,每个人至少有了最起码的安身之处。这时候,神父再来探望这位身体已经恢复健康的母亲。神父看到她,欣慰地说:"还好我没有接下你托孤的任务,今天才能看到你们母子都平安——"

充当智慧的神父,在最危难的时刻,让这一位可怜的母亲,激发出无穷的潜能。生命的能量,往往在你下定决心的时候,可以全部被激发出来。

希望你能了解决心的力量,在每次遇到困难的时候,激发出自己的生命潜能,勇敢地去面对眼前看似不容易通过的挫折。

激发生命的潜能 ◎邹汉龙

有时候,负担也是一种力量。人往往在有了负担后,才会下定决心解决问题,以减轻心理压力。

人们都有一定的依赖性,走在难民潮中的妈妈也一样。在她的身体虚弱,"终于支撑不下去了"的时候,她想到哀求神父来照顾孩子,以摆脱心理上的负担。我们可以想象一下,假如神父顺应了妈妈的请求,会有

霜雪青松

什么样的结果。答案是孩子很好地活了下来，而妈妈可能就在没有牵挂的心态下失去生命。"充当智慧的神父"很清楚地想到了这一结果，他毅然选择了一种完美的做法，用"无情的拒绝"激发妈妈潜在的誓死保护孩子的决心。神父的拒绝点燃了妈妈求生的欲望，她决心生存下去，有决心的生命才有激情和力量。

人生要走的路总是充满荆棘的，不可能一如既往的百里平川。在遇到挫折时，要有战胜困难的决心，并勇敢地去挑战生活，让自己的生命潜能在下决心过程中爆发出来。生活因决心而变得美丽，生活因决心而充满力量。人要想很好地活着，就要了解"决心的力量"，让它来激励我们更好更顽强地继续生活下去。

生命虽短暂，但人生航向之舵掌握在我们自己手中，朋友请记住，不可对时间之狼掉以轻心，因为你的生命态度决定了你的生命厚度。

生命危险

李广智

在我人生路上最暗淡的那段日子里——但凡平民百姓都有这种体验——我完全失去了生活的勇气，心浮气躁四处浪荡。后来，我想到那位来自阿尔泰的哈萨克猎人，虽然老了举不动猎枪了，但毕竟还是见多识广阅历丰富，兴许能找出点乐子来，于是我便不请自到地找上门去。猎人的子女都忙事儿去了,我在猎人那儿整整泡了一天,两人灌下去了两瓶伊力特曲,吃掉了两盘手抓肉,直到窗外漆黑一团,我还没有离去的意思。老猎人慈祥地望着我,泛红的脸上闪着油亮亮的光,说,真主保佑,我的孩子,我还是给你讲一个雪原狼的故事吧。

那时节,老猎人当然还很年轻,他跟他的四个伙伴挎枪骑马行走在漫无边际的雪原上。时值傍晚,老猎人无意间一回头,只见远处一片绿荧荧的光晃动着射过来。是狼群!老猎人惊叫出声,酒顿时醒了。这类几十条以上的狼群,是猎人最犯憷的“跟枪跳”,没法儿打,猎手之间也无法互救,能否生还,全凭各人的胆识和本事。眨眼之间,绿荧荧的光已带着浓烈的血腥味扑到了百米以内,齐声一嗥,似有喉间的血痂撕裂开来的感觉。老猎人双脚一磕,打马就窜。情急之间,他看到每一匹乘骑的屁股后面都拖上了长长的跳跃着绿光的“尾巴”。老猎人知道,谁要是甩不掉这条“尾巴”,世界的大门就会对谁关闭了。他一拽缰绳,马匹斜冲过去,但后面的“尾巴”也随之弓成一个弯射上来,“嘭”的一声,一团绿光弹起来挂在他的背上,触电般地一痛,立即有刀割一般的寒气钻入肌肤。紧接着,又有好几团绿光弹起来,抓在他的腿上、肩上、胳膊上。绿光闪烁之间,他看到了白惨惨的牙和血艳艳的舌头,其中一团绿光居然挂在了马头上。老猎人不顾疼痛,一杆猎枪在飞奔中舞成了一盘飞转的磨。他腾出手来,摸出匕首,狠狠地往马屁股上一扎,马痛极而嘶鸣,撒开四蹄狂奔起来,冰河断崖灌木丛,统统踩在了脚下。渐渐地,狼群被甩开了,距离慢慢拉开,终于归于消失。生还的老猎人背上掉了两片皮,腿上掉了一坨肉。除他之外,他的伙伴仅有一人生还。其中一个,因为体弱多病且动作一贯缓慢,没跑出千米就被狼群从马上拖下来,事后连一块骨头都没能找回来。有一个倒是生还了,可惜吓破了胆,子夜时分便永远地闭上了眼睛。

我抹了一把脑门,满手是汗。我说这太可怕了,幸亏是在城里住,与狼无缘。老猎人淡淡一笑,说,我的孩子,确切地讲,这种狼还不是最可怕的,最可怕的是时间之狼,不管你遇到什么事,你都必须跑在它的前面

霜雪青松

才行,否则后果不堪设想。好了孩子,抖擞精神该干什么就干什么,这般样子,可是有生命危险呢。

从老猎人那里出来,我犹如被一盆冷水兜头而下,不由得打了一个寒战。是呀,实在是太可怕了,人只要活着,就逃脱不了时间这条最凶猛最无情的狼的追逐。它可不管你是豪门骄子还是寒门弃儿,只要你停下来,它就会无情地将你吞噬,连块骨头都不会留下来。日子暗淡,那便是时间之狼留在你身上的齿痕,你已经受伤了,还敢以"伤"为理由而放弃生命的张扬和拼搏吗?我不敢再想下去了。我明白过来,不管我干什么,不论我走哪条道,需要的是赶紧跑起来。时间之狼,正闪着绿光,露出尖齿,抖动着血红的舌头,箭一般往上蹿着呢。

生命的哲学 ◎ 袁淑文

"生命危险"四个字犹如一道闪电划过夜空,一下子抓住了读者的眼球。文章通过"我"与老猎人的促膝交谈,向读者讲述了猎人与狼群搏斗的惊险故事。作者对惊心动魄的搏斗场面采用了工描手法,从声、形、光、色、触觉和动作,多角度描写狼的凶残与敏捷,猎人的紧张害怕与机智勇敢,还有马的惊痛与飞奔。这一幕幕细致逼真的镜头,像火车一样朝我们轰隆隆驶来,让我们不寒而栗,心怦怦的似乎跳到了嗓子眼儿。

"'嘭'的一声,一团绿光弹起来挂在他的背上,触电般地一痛,立即有刀割一般的寒气钻入肌肤。紧接着,又有好几团绿光弹起来,抓在他的腿上、肩上、胳膊上。"死神已紧紧地贴住了他的背脊。老猎人到底是凭着什么摆脱了狼群的追捕,逃出了生命危险?从那一系列的动作描写,我们不难发现,在这千钧一发的时刻,老猎人仍保持着一份机智、冷静。一秒,不过时间中的沧海一粟,对老猎人而言却是一个生死分界线。他以过人的胆识,分秒必争的抗争精神,充分激活生命的每一点潜能,最终改变了他的命运。那些未能逃脱厄运的猎人伙伴,让我们体验到了命运的残酷与悲哀。生命真的是很脆弱,可让我们激动得热泪盈眶的是,老猎人活了下来,生命其实也很顽强。

老猎人开导对生活失去勇气的"我"说,"这种狼不是最可怕的,最可怕的是时间之狼,不管你遇到什么事,你都必须跑在它的前面才行,否则后果不堪设想。"那么,如何才能战胜时间之狼,使自己立于不败之地呢?顽强的意志,锲而不舍的拼搏精神便是最有力的武器。如果意志消沉,一蹶不振,我们的生活将会变得黯淡无光、空虚、贫乏,生命将毫无意义,并将陷入沉沦的危险。

古人曾叹曰:"羡长江之无穷,哀吾生之须臾。"生命虽短暂,但人生航向之舵掌握在我们自己手中,朋友请记住,不可对时间之狼掉以轻心,因为你的生命态度决定了你的生命厚度。

爱本来就不仅仅是浪漫的鲜花和美酒,不仅仅是海誓山盟,花前月下,不仅仅是虚虚幻幻的东西,更是一份沉甸甸的责任。

最后一次爱你

徐连祥

他原本是一家油漆店的小老板,与妻子结婚3年了,有一个可爱的女儿,日子过得很幸福。

没想到,在一次意外中他的油漆店着火了,顷刻之间,店内价值10万元的油漆和近万元的东西化为灰烬。当他和妻子挣扎着从火海中跑出

霜雪青松

来后,均已严重烧伤。所幸的是,他们一岁多的女儿在油漆店着火前被邻居抱去玩了,无意中躲过了一劫。他全身烧伤面积达百分之九十,只有两只脚上的皮肤是完好的,妻子全身的烧伤面积也达百分之六十。

躺在医院烧伤科的病房里,他心如刀绞。住院才 5 天,就花去了 6 万元。而这些钱,都是家里人向亲戚朋友借遍了才筹到的。尽管社会上一些知情的好心人也多少不等地捐了一些钱,可这与夫妇俩治疗烧伤所需要的几十万元相比,无异于杯水车薪。

他的家在农村,家里最值钱的那个小店已被大火吞没了。而他疗伤需要的金额实在太大了,是任何一个农村家庭都难以承受的。

他意识到,是该自己作出抉择的时候了,与其两个人一起死,不如集中钱款救活一个。他想,女儿还小,不能没有妈妈……

于是,他开始请求医生,停止对他用药,让他回家,而且事情的真相不能让他的妻子知道。家人一次次努力筹钱失败后,不得不含泪同意了他的请求,医生也流下了无奈的眼泪。

就这样,年轻的他突然要面对死亡,要永远离开他深爱的妻子和女儿,他感到于心不忍,但又毫无办法!他觉得自己烧伤的不是肌肤而是心脏。但他又为用这样的方式换回妻子的生命而感到欣慰,毕竟这是自己唯一能为她做的事情啊!

临走之前,他向家人和医院提了最后一个要求:再见自己心爱的妻子一面,再触摸她一下,就一下。

重度烧伤的他躺在担架上,颤抖着伸出手——那只烧伤的手,仿佛穿越了好几个世纪,咫尺天涯,这感人而揪心的一幕让在场的人不忍心再看下去。

在他事先精心安排下,妻子以为他只是需要转院治疗,而这只是短暂的分别。尽管如此,她还是情不自禁地失声痛哭起来,在场的人全都掩面而泣。只有他异常平静地安慰着妻子:“不要哭,我会好的,你也会好的,我们都会好的,等我们康复后再去开店,过日子……”

他的哭泣是在离开医院回家的那一刻开始的，一路上，泪水就着血水，淋浸了整个枕头。

4天后，他匆匆而去，年仅28岁。离开前，他再一次央求朋友们把他妻子救治好，把他女儿养大……

他的妻子仍正在接受治疗。据说，要完全治好，还需要几万元的费用。她仍然不知道，丈夫已经去世，还以为他"正在好转之中"，她仍然期待着与他重新开始新生活的那一天。

这是发生在一对小夫妻身上的一个真实而悲凉的爱情故事。大难来时，一个贫寒家庭里一对卑微的小人物向人们展示了一场悲壮而深沉的生死爱情。对他们而言，在那严峻的时刻，爱已不意味着浪漫的鲜花和美酒，而是一种责任。男人最后用放弃生命的方式完成了对家庭的最后一次挽救，履行了自己对爱的责任。年轻的他虽然走了，但他救起了爱……

爱是一份责任 ◎ 姚文红

这样真实的故事，让我重新认识了爱的含义。是的，或许，爱从某种意义上说，本身就是一种负累，其中包含了宝贵的责任感。爱本来就不仅仅是浪漫的鲜花和美酒，不仅仅是海誓山盟，花前月下，不仅仅是虚虚幻幻的东西，更是一份沉甸甸的责任。

故事的男主人公因为爱，更是因为爱的责任，用放弃自己生命的方式把希望留给妻子，留给这个家庭。这种超越生死的爱情相信每个读者都会为之动容。对他而言，离开心爱的妻子和女儿，或许比死还难受。他的泪水不是对死亡的恐惧，而是对妻子女儿的深深眷恋，是对不能再照顾妻子女儿的遗憾……毫无疑问，他爱妻子远远超过了爱自己，正是这样，他才会选择放弃自己年仅28岁的生命，无奈而又欣慰地离开。

与此相比，我突然觉得那些鲜花美酒式的爱情和缥缈的诺言是多么的庸俗，而这一种实实在在的爱，震撼着每个人的心灵。

霜雪青松

我相信，男主人公虽然走了，但他的妻子和女儿会永远铭记这么一份沉甸甸的爱。他的家庭，他所爱的人会继续很好地生活。逝去的是生命，留下的是永不泯灭的爱，是沉甸甸的责任！

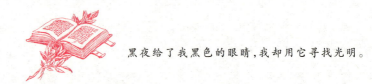

黑夜给了我黑色的眼睛，我却用它寻找光明。

盲 人 看

毕淑敏

每逢下雨的时候，附近的那所小学，就有密集的人群，糊在铁门前，好似风暴前的蚁穴。那是家长等着接各自的孩童回家。

在远离人群的地方，有个人，倚在杨树下，悄无声息地站着，从不张望校门口。直到有一个孩子飞快地跑过来，拉着他说，爸，咱们回家。他把左手交给孩子，右手拄着盲杖，一同横穿马路。

多年前，这位盲人常蹲在路边，用二胡演凑很哀伤的曲调。他技术不好，琴也劣质，音符断断续续地抽泣，听了让人只想快快远离。他面前盛着零碎钱的破罐头盒，永远看得到锈蚀的罐底，我偶尔放一点钱进去，也是堵着耳朵近前。

后来，他摆了小摊子，卖点手绢袜子什么的，生意很淡。一天晚上，我回家一下公共汽车，黑寂就包抄过来。原来这一片突然停电，连路灯都灭了。只有电线杆旁一束光柱如食指捅破星天。靠拢才见是盲人打了手电，在卖蜡烛火柴，价钱很便宜。我赶紧买了一份，喜滋滋地觉得带回光明给亲人。

之后的某个白日，我又在路旁看到盲人，就气哼哼地走过去，说，你也不能趁着停电，发这种不义之财啊！那天你卖的蜡烛，算什么货色啊？蜡烛油四下流，烫了我的手。烛捻一点也不亮，小得像个萤火虫。

他愣愣地把塌陷的眼窝对着我，半天才说，对不起，我……不知道……蜡烛的光……该有多大。萤火虫的尾巴……是多亮。那天听说停电，就赶紧批了蜡烛来卖，我只知道……黑了，难受。

我呆住了，那个漆黑的夜晚，即便烛光如豆，还是比完全的黑暗好了不知多少。一位盲人，在为明眼人操劳，我还不分青红皂白地指责他，我好悔。

后来，我很长时间都没到他的摊子买东西。确信他把我的声音忘掉之后，有一天，我买了一堆杂物，然后放下 50 元，对盲人说，不必找了。

我抱着那些东西，没走几步，被他叫住了。大姐，你给我的是多少钱啊？

我说，是 50 元。

他说，我从来没拿过这么大的票子。

见他先是平着指肚，后是立起掌根，反复摩挲钞票的正反面，我说，这钱是真的。您放心。

他笑笑说，我从来没收过假钱。谁要是欺负一个瞎子，他的心就先瞎了。我只是不能收您这么多钱，我是在做买卖啊。

我知道自己又一次错了。

不知他在哪里学了按摩，经济上渐渐有了起色，从乡下找了一个盲目的姑娘，成了亲。一天，我到公园，忽然看到他们夫妻相随，沿着花径在走。四周湖光山色美若仙境，我想，这对他们来讲，真是一种残酷。

闪过他们身旁的时候，听到盲人有些炫耀地问，怎么样？我领你来这儿，景色不错吧？好好看看吧！

盲妻不满地说，好像你看过似的？

盲夫很肯定地说，我看过，常来看的。

听一个盲人连连响亮地说出"看"这个词，叫人顿生悲凉，也觉出一些滑稽。

盲夫说，别人用眼看，咱可以用心看，用耳朵看，用手看，用鼻子看……加起来一点不比别人少啊。

他说着，用手捉了妻子的指，沿着粗糙的树皮攀上去，停在一片极小的叶子上，说，你看到了吗？多老的树，芽子也是嫩的。

那一瞬，我凛然一惊。世上有很多东西，看了如同没看，我们眼在神不在。记住并真正懂得的东西，必得被心房茧住啊。

后来盲夫妇有了果实，一个瞳仁亮如秋水的男孩。他渐渐长大，上了小学，盲人便天天接送。

起初那孩童躲在盲人背后，跟着杖子走。慢慢胆子壮了，绿灯一亮，就跳着要越过去。父亲总是死死拉住他，用盲杖戳着柏油路说，让我再听听，近处没有车轮声，我们才可动……终有一天，孩童对父亲说，爸，我给你带路吧。

他拉起父亲，东张西望，然后一蹦一跳地越过地上的斑马线。于是盲人第一次提起他的盲杖，跟着目光如炬的孩子，无所顾忌地前行，脚步抬得很高，轻捷如飞。孩子越来越大了，当明眼人都不再接送这么大的孩子时，盲人依旧倚在校旁的杨树下，等待着。

为生命点一盏心灯 ◎梁杰荣

一滴水映出太阳的光辉，一瞬间表现出一个人的品性。故事中盲人用自己的心灯去燃亮自己的一生，去诠释人生的真善美，感化活在黑暗中的人去热爱生活。人生种种际遇是我们始料不及的，面对不幸的遭遇，我们应该坦然面对，它能驱散生活中的痛苦和眼泪，不论生活怎样折磨你，你永远是那样微笑，永远是那样热爱生活。

顾城说过："黑夜给了我黑色的眼睛，我却用它寻找光明。"是的，面对黑暗，只有寻找光明才是唯一的出路。黑暗并不可怕，可怕的是心灵的灯因此而熄灭，对生活失去信心。要让生命发出耀眼的光辉，就要有热爱生活的心，让生命保持清新、亮泽、热情，远离暗淡、萎缩、冷漠。只有做一个精神明亮的人，才能活出真实，活出浪漫，活出质量！耳聋的贝多芬成为一代音乐的宗师，说明了他懂得生活，懂得为自己点燃一盏灯，去照亮自己前进的方向。同时，他的灯也照亮了许多不幸人前进的道路：给懦弱者以生的勇气，强的胆识，让精神跪倒的人用独立的头脑霍然站起来，让缺乏意志力的空虚心灵向上奋发。

只要心中有明灯，黑夜就不会长久。

点亮心烛时，就不要轻易让它熄灭，应该让它常亮，因为它是希望，它是寄托，它是奇迹！

点亮心烛

✍ 高 兴

第二次世界大战期间，一个多云黯淡的午后。

英国小说家西雪尔·罗伯斯照例来到郊外的一个墓地，拜祭一位英年早逝的文友。就在他转身准备离去时，竟意外地看到墓碑旁有一块新立的墓碑，上面写着这样一句话：

全世界的黑暗也不能使一只小蜡烛失去光辉！

炭火般的语言立刻温暖了罗伯斯阴暗的心，令他既激动又兴奋。罗伯斯迅速地从衣兜里掏出钢笔，记下了这句话。他以为这句话一定是引用了哪位名家的"名言"。为了尽早查到这句话的出处,他匆匆地赶回公寓,认真地逐册逐页翻阅书籍核查。可是,找了很久,也未找到这句"名言"的来源。

于是,第二天一早他又重回到墓地。从墓地管理员那里得知,长眠于那个墓碑下的是一位年仅 10 岁的少年,前几天,德军空袭伦敦时,他不幸被炸弹炸死。少年的母亲怀着悲痛,为自己的儿子做了一个墓,并立下了那个墓碑。

这个感人的故事令罗伯斯提笔疾书。很快,一篇感人至深的文章从他的笔尖流淌出来。

几天后,文章发表了。故事转瞬便流传开来,如希望的火种,鼓舞着人们为胜利而加快了执著前行的脚步。

许多年后一个偶然的机会,还在读大学的布鲁克也读到了这篇文章,并从中读出了那句话的隽永与深刻。布鲁克大学毕业后,放弃了几家企业的高薪聘请,毅然决定随一个科技普及小组去非洲扶贫。

"到那里,万一你觉得天气炎热受不了,怎么办?"

"非洲那里闹传染病,怎么办?"

"那里一旦发生战争,怎么办?"

面对亲友们异口同声地劝说,布鲁克很坚定地回答:"如果黑暗笼罩

了我,我决不害怕,我会点亮自己的蜡烛!"

一周后,布鲁克怀揣着希望去了非洲。在那里,经过布鲁克和同伴们的不懈努力,用他们那点点蜡烛,终于照亮了一片天空,他们也因此被联合国授予"扶贫大使"的称号。

蜡烛虽纤弱,却有熠熠的光芒围绕着它。

其实,我们每个人都是一支这样的蜡烛。当一个人在气馁失败,甚至感到有些绝望时,不妨激活自己点亮心烛。黑暗消失了,留下来的却是一个令人惊叹的奇迹。

心 灯 常 亮 ◎李 保

有句名言:"有光的地方,就是生命的根源。"生命的短暂可能会给人带来不及之感,很多人曾对天空哀鸣:"上天为何这样待我,只给我悲伤与贫困,不赐我欢乐与财富!"生命之运是受上天控制?非也。

这篇故事描述了英国小说家西雪尔·罗伯斯"竟意外地看到"一墓碑上的"全世界的黑暗也不能使一只小蜡烛失去光辉"后,以此疾书,影响千万读者,为千万读者点燃其心中的那支蜡烛。布鲁克就是其中之一,他凭心目中的那支蜡烛而弃优赴贫,随着一支科技普及小组去非洲扶贫。面对黑暗,他就点亮心中的蜡烛,终于实现了胸中大志。为什么布鲁克能够毅然放弃高薪而远赴非洲?是因为那支纤弱的蜡烛,一支燃烧着人生辉煌的蜡烛。

"蜡烛虽纤弱,却有熠熠的光芒围绕着它。"所鉴如是,当我们诞生时,上帝只会给我们一粒种子,诸如发嫩芽、结硕果,还得靠我们自己的造化。也许在耕耘之道上有人累倒不起,一无所获;有人屡倒屡起,喜有硕果,这就是区别,这就是蜡烛效应。所以,我们应该充分利用心烛,点亮心烛,这样在我们周围就多了光芒,少了黑暗。点亮心烛时,就不要轻易让它熄灭,应该让它常亮,因为它是希望,它是寄托,它是奇迹!

227

霜雪青松

在回去的路上，他从衣袋里拿出一张卡对管家说，这些钱你拿回去，分给弟兄们，叫他们好好做人吧。

葬　腿

游　睿

天阴霾着。一阵寒风袭过，顿觉一丝凉意。他挥挥手，对推着轮椅的管家说，停。

这是一片空旷的草坪。深秋过后，地上一片枯草。风中几个皑皑的坟头似乎在一起一伏。管家按照他的意思停了下来，然后按照吩咐将他抱下了轮椅。他坐在草地上，左手拿着一把铲子，右手抱着一个长长的包裹。先放下铲子，然后缓缓将包裹打开。展现在他眼前的，是一条赤裸的腿。

他太熟悉这条腿了。这条腿陪伴了他整整30个年头。他摸着右边空荡荡的裤管，十几天前，这条腿还在自己的身上。而此刻，他抱它，是要亲手将它葬掉。

他的腿，一直是他的骄傲。

第一次为自己的腿骄傲，是因为一块面包。那时候他刚来到城市，十多岁的他因为身无分文好几天都没吃东西。直到看到那块面包黄灿灿地躺在柜台里冲自己招手和微笑。他冲上前去，抓起那块面包转身就跑。他的腿在这个时候显得特别的有力，他的耳边响起忽忽的风声。那个装面包的柜台，那些凶恶的追喊声都统统被甩远。

后来，他几乎每天都习惯了这种奔跑。有时候为了一块面包，有时候为了一个钱包，也有时候是为了呼啸的警笛。但是，每次他都能飞快地跑掉。这都源于他那双腿。他的腿修长而结实。撩起裤腿一看，整条大腿上全是肌肉疙瘩。

奔跑的次数多了，他渐渐也有了些积蓄。在过着同样生活的兄弟们面前，也渐渐有了些地位。所有人都仰慕作案无数而他一次也没有栽过，更仰慕他那一双行走如飞的腿。于是，他成了兄弟们的老大。

成了老大的他再没有亲自奔跑过。他有了自己的车，房子，还有了管家。他喜欢在热闹的街头，看那些丢东西的人为了追回自己的东西而努力地追赶。他觉得那是一种莫名其妙的刺激。

后来，因为下面的兄弟出了事，他被抓进了监狱。几年的监狱生活结束后，他刚好30岁。出监后，有人劝过他金盆洗手，劝他娶老婆好好过日子。但他并没有听，他拉着弟兄们，准备重操旧业。

然而，就在十几天前，一场意外的车祸改变了他的一切。医生告诉他，因为失血过多，他的右腿必须截断。尽管他大声地叫嚣，苦苦不肯做手术，但是最终那条腿还是离他而去。手术结束后，他执意要求，要亲手将这条腿葬掉。

他将那条冰冷而僵硬的腿放在地上，反复地抚摩。因为没有血液，那

229

霜雪青松

条腿显得格外的苍白。腿上的肌肉依旧显得紧而有力。抚摩着它,他似乎又想起了以前依靠腿疯狂奔跑的日子。

他叹了口气,将腿放下。然后拿起铲子,用力地刨了个坑。之后将自己的腿慢慢地放在了坑里。他用手捧起泥土,一捧一捧地将腿盖上。那条以前那么有力那么值得自己骄傲的腿,就这样一点一点在自己眼前消失。他看着逐渐消失的腿,忽然发现自己正在埋葬的,正是自己身体的一部分。一部分死了,另一部分却在埋葬它,原来生与死之间竟然如此触手可及。他禁不住一阵害怕,泪眼婆娑起来。

在回去的路上,他从衣袋里拿出一张卡对管家说,这些钱你拿回去,分给弟兄们,叫他们好好做人吧。

你呢? 管家问。

他叹了口气说,我想在路边开个修鞋的铺子,对所有人都免费。

顿　悟  ◎许妍敏

这是一个老大的顿悟。

奔跑对于老大来说,是"生"的愿望。被截去的右腿,承载着老大的骄傲,也承载着他曾经的希望,所以他坚持要亲自把它葬掉,亲自对自己辉煌的过去说再见。

生与死的距离,也许只有一步之遥,也许只有一纸之隔。意外永远在人意料不到的时间发生。如果意外夺取的不只是右腿,而是他的生命,他便没有机会在此感伤;如果没有意外,他重操旧业,总有一天会被追到,那时没准他就再也出不来了;如果他继续奔跑,或许会碰到那要命的意外……只有奔跑才能"生"吗?奔跑的生命意味了什么?老大顿悟了,决定金盆洗手,并给弟兄一个良好的祝愿。老大选择了平淡的"生",决定用免费修鞋的铺子来践行自己"生"的意义。

这就是所谓的生有所益,死有所义。

父母不可能一辈子跟我们在一起，只有学会独立，独立地面对苦难，独立地思索人生的道理，独立地做自己应该做的事，才能成长起来。

慈善鸟

陈永林

加勒比海上有座小岛，名叫慈善岛。慈善岛上栖息着成千上万只慈善鸟。

慈善鸟很溺爱自己的后代。幼鸟一生下来，慈善鸟就一天到晚在外捕食喂养幼鸟。幼鸟长大了，能飞了，却不想学飞，不想学捕食，仍赖在巢里喊："饿呀，饿呀。"慈善鸟只有更辛勤地捕食。慈善鸟为喂饱它们，自己舍不得吃。它们"饿呀饿呀"的叫声让空着肚子的慈善鸟更加忙碌了。因而许多正在捕食的慈善鸟，却一头栽进太平洋，它们是累死的、饿死的。

父母死了，那些不会飞也不会捕食的小慈善鸟仍喊"饿呀饿呀"，别的慈善鸟就衔食物给它们吃。

慈善岛上的人也像慈善鸟一样极爱自己的子女。子女长大成人了，可他们仍不要子女干活。只待他们老了，做不动了，子女才干活。许多人因劳累过度在壮年就去世了。岛上人的日子过得极苦，仅能混饱肚子。

岛上有个叫蒙弗兰克的人，6岁时父母先后病死了，他成了孤儿。有

霜雪青松

人在他脖子上系了根黑带子。岛上的人一见脖子上系着黑带子的蒙弗兰克，就知道他是孤儿，因而都给他食物吃。蒙弗兰克走到哪，吃到哪。他想在谁家吃饭就在谁家吃饭，想在谁家睡觉就在谁家睡觉。如果哪家不给他饭吃不让他住，那全岛的人就会都瞧不起那一家人。

蒙弗兰克在小孩中是吃得最好穿得最好睡得最好的，许多小孩都恨自己不是孤儿。

但不安分的蒙弗兰克想看看外面的世界。一天他上了一艘旅游船，藏在一个厕所内驶向了外面的世界。

船上一个好心的英国人收养了蒙弗兰克。

蒙弗兰克在伦敦上了大学。

但蒙弗兰克的心一直留在慈善岛上。蒙弗兰克想改变慈善岛，想让慈善岛的人过上富裕幸福的生活。

因而蒙弗兰克大学一毕业，就回到慈善岛。

蒙弗兰克先是给岛上的人讲外面的事，讲年轻人不干活而靠父母养活是可耻的，讲年轻人应该对父母孝顺，讲父母溺爱自己已成人的子女是害了子女……蒙弗兰克讲了很多，可岛上的人就是听不进去。岛上的人都说："神鸟也是这样爱自己的子女，难道我们连神鸟都不如？"慈善鸟被岛上的人称作神鸟，人们溺爱自己的子女也是向慈善鸟学的。

蒙弗兰克觉得改变岛上人的思想观念得先改变慈善鸟的生活习惯，得让老慈善鸟不再给已长大的慈善鸟捕食，要让它们自己捕食，如果它们不捕食，那只有饿死。

想了很久，蒙弗兰克才想到一个办法。蒙弗兰克带着录音机来到海滩上的灌木丛中，慈善鸟的巢就筑在灌木丛里。巢中的成千上万只已长大的慈善鸟不停地叫唤"饿呀饿呀"。蒙弗兰克把小慈善鸟叫饿的声音录了下来。然后走到另一片树林里，开了录音机，把声音开到最大声，又安上扩音器。录音机里小慈善鸟悲哀的喊饿声超过灌木丛里小慈善鸟喊饿的声音，因而成千上万只慈善鸟把嘴里的鱼虾、蛤蜊、海蟹全往树林里扔。

慈善鸟一直往树林里投了几天食物。地上铺了厚厚一层鱼虾、蛤蜊与海蟹。

巢里的小慈善鸟饿得难受，只有学着飞，学着捕食。

巢里再没有一只喊饿的慈善鸟。

蒙弗兰克也关了录音机。慈善鸟再不需要为小慈善鸟捕食了。蒙弗兰克对岛上的人说："神鸟的生活习惯不是改变了吗？我们人呢？不同样可以改变吗？我们年轻人有力气，应该干活，应该让自己的父母享福……"蒙弗兰克正说得起劲时，一块石头飞来，砸着了蒙弗兰克的后脑，血涌了出来。

晚上，蒙弗兰克被人杀了。躺在床上的蒙弗兰克身上被人刺了十几刀，血浸透了身下的床单。

第二年春天，慈善鸟又到了繁殖季节。两个月后，幼鸟长大了，仍赖在窝中喊饿，慈善鸟又一天到晚给它们捕食。先是一个老人在树林里学着小慈善鸟的叫声"饿呀饿呀"，后来又一个老人来了，三个，四个，几十个老人来了。他们学慈善鸟喊饿声学得极像，叫得悲悲切切的。无数的慈善鸟飞来投扔食物……

第三年，巢中的慈善鸟长大后，慈善鸟没再给小慈善鸟喂食。饿得难受的小慈善鸟只有学着飞，学着捕食。

……

再后来，岛上的中心广场上耸立了一尊蒙弗兰克的铜像。

学会独立才会成长 ◎墨 菲

慈善鸟过度溺爱幼鸟的行为，最终只能让长大了的幼鸟落得个无法独立而自己也活活累死的下场。其实人也一样。如今许多家庭只有一个孩子，这就导致了父母如慈善鸟一样，非常溺爱孩子，真是含在嘴巴里怕化了，放在手里怕摔了。孩子哪怕是想要天上的星星，父母也恨不得长个翅膀飞上天去摘下来。有父母疼爱的我们是幸福的，但同时也是不幸的。父母怕摔了我们，我们就不敢蹦蹦跳跳、攀登高峰，失去了锻炼勇气的机会；父母怕累了我们，我们就从来不做家务，养成了懒惰的习性；父母告诉我们不能这样做，我们便照着他们的经验做，错失了实践和自己领悟的机会；父母从来不肯放松拉着我们的手，我们便不敢自己走路，变得依赖性强和胆小怕事……父母不可能一辈子跟我们在一起，只有学会独立，独立地面对苦难，独立地思索人生的道理，独立地做自己应该做的事，才能成长起来。